LA CONSÉQUENCE DE MANGER DES DONUTS AVEC UN GARÇON QUI JOUE DE LA GUITARE

NICOLE CAMPBELL

Traduction par
CHARLOTTE PIPEREAU

© Nicole Campbell, 2021

Conception de la mise en page © Next Chapter, 2021

Publié en 2021 par Next Chapter

Couverture illustrée par CoverMint

Image de quatrième de couverture par David M. Schrader, utilisée sous licence de Shutterstock.com

Édition De Masse De Poche

Ceci est une œuvre de fiction. Les noms, personnages, lieux et situations décrits dans ce livre sont purement imaginaires : toute ressemblance avec des personnages ou des événements existant ou ayant existé n'est que pure coïncidence.

Tous droits réservés. Aucune partie de ce livre ne peut être reproduite ou transmise sous quelque forme ou par quelque moyen que ce soit, électronique ou mécanique, y compris la photocopie, l'enregistrement, ou par tout système de stockage et de récupération d'informations, sans la permission de l'auteur.

Pour Melissa, l'architecte des meilleures aventures estivales et sans qui l'inspiration derrière ce roman n'existerait pas. Merci de m'avoir offert certains des plus beaux souvenirs de ma vie.

PROLOGUE

Après avoir repoussé son réveil pour la quatrième fois, Courtney entendit les pas de sa mère dans le couloir. Elle évalua mentalement l'état de sa chambre et sut qu'elle n'avait simplement pas le temps de fourrer tous les vêtements éparpillés sur le sol dans son placard avant que sa mère n'entre dans la pièce et ne pousse son « soupir frustré » signature. Courtney referma les yeux au moment où la porte s'ouvrit avec un léger grincement.

— Courtney, tu sais quelle heure…

Et voilà le soupir…

— Cette chambre est répugnante ! Un jour, tu vas rentrer et tu vas trouver tous tes vêtements à la poubelle, la menaça sa mère.

Courtney ouvrit un œil pour regarder sa mère, qui était déjà habillée et maquillée. Elle semblait irritée. Les gens adoraient dire qu'elle et sa mère ressemblaient plutôt à des sœurs, ce qui ravissait Mme Ross, mais qui agaçait perpétuellement Courtney.

Courtney se força à revenir à la situation présente et fit de son mieux pour afficher une expression désolée qui soit convaincante.

— Désolée, maman, je sais. Je suis rentrée tard du travail, et l'entraînement d'hier a été intense. Je te promets de tout nettoyer ce week-end.

Ses bras protestèrent lorsqu'elle les étira au-dessus de sa tête. Dire que l'entraînement avait été intense était un euphémisme. Elle était quasiment certaine d'avoir de minuscules fibres bleues des tapis du gymnase collées aux genoux pour le restant de ses jours. Le fait qu'elle arrivait à atterrir parfaitement de son salto arrière dans son jardin mais pas pendant les entraînements devenait une source de frustration croissante.

— Oui, oui, c'est ça. J'y croirai quand je le verrai, répondit sa mère.

Courtney savait que le petit sourire de sa mère signifiait qu'elle n'était plus vraiment fâchée.

— Il faut vraiment que tu te lèves par contre. Tu m'as dit de te rappeler que tu avais ton truc d'études approfondies ce matin.

Cela suffit à faire ouvrir grand les yeux à Courtney et à la faire sauter hors de son lit.

— Études avancées, maman, pas approfondies, la reprit-elle.

Elle se mit à fouiller désespérément sa chambre à la recherche de son uniforme pour la journée.

— Maman, t'as vu mon calendrier ? Je me souviens pas quelle jupe je dois mettre pour le match de ce soir, et maintenant, je vais être en retard à ma session d'études avec Ben !

Elle se regarda brièvement dans le miroir et inspira profondément. Peu importe le nombre de fois où on lui avait assuré qu'elle avait de la chance d'avoir les cheveux bouclés, les jours comme celui-ci, elle savait que ce n'était rien d'autre qu'une malédiction. Agacée, elle s'efforça de dompter sa crinière en une queue de cheval retenue par un ruban vert.

Lorsqu'elle se tourna vers sa mère, elle vit que cette dernière tenait le calendrier disparu, mais aussi la jupe blanche qu'elle devait porter pour le match de basket du soir même.

— Je t'ai dit dernièrement que t'es la meilleure et la plus cool des mamans ? Et aussi que tu as l'air incroyablement jeune ?

Courtney adressa un sourire pénitent à sa mère avant de saisir la jupe et d'enfiler son uniforme. Ses chaussettes étaient peut-être dépareillées et elle devra peut-être manger son petit déjeuner tout en se maquillant dans la voiture sur le chemin de l'école, mais elle aura l'air parfaitement enthousiaste quand elle arrivera sur le campus. Rien de mieux que de l'ombre à paupières pailletée pour y parvenir.

Une dernière vérification contre la carrosserie argentée de sa Mustang lui assura qu'elle n'avait rien de coincé entre les dents. *Heureusement*, se dit-elle, soulagée, lorsqu'elle fut convaincue d'avoir l'air suffisamment présentable.

Elle s'efforça de rester calme et centrée alors qu'elle traversait le campus à toute vitesse pour se rendre à la bibliothèque. Bien qu'elle ne l'admettrait jamais de peur de passer pour une folle, elle adorait que son uniforme de pom-pom girl soit assorti au décor de l'école, encore plus lorsqu'elle passa sous l'énorme banderole verte et dorée au-dessus de l'entrée principale, où étaient écrit les mots « Horizon Huskies », le nom de l'équipe de l'école. Cela lui donnait le sentiment d'appartenance dont elle avait besoin.

Ben était déjà assis à l'un des bureaux de la salle média, et elle s'étonna qu'il ne restait presque rien chez lui de l'enfant maigrichon aux pantalons trop courts depuis sa croissance soudaine de milieu d'année.

Courtney se souvenait être devenue sa partenaire d'études pour le premier projet qu'elle avait dû rendre après avoir emménagé à Scottsdale, six ans plus tôt. Elle avait été agréablement surprise qu'ils aient réussi à bien travailler ensemble. Ils avaient fait une présentation impeccable sur l'Espagne, ce qui était leur sujet cette année-là, et avaient été assignés en binôme depuis.

— Salut, désolée d'être en retard. J'ai l'impression d'être à la ramasse en ce moment, expliqua-t-elle à Ben.

— Pas de problème. Se faire une beauté prend du temps, hein ? Ou c'est ce qu'on dit en tout cas, répondit Ben avec un sourire amusé.

Courtney ne savait jamais comment réagir à ce genre de commentaires, n'étant pas sûre de s'il s'agissait d'un compliment ou simplement d'une blague sarcastique. Elle opta pour un rire léger avant de se laisser tomber sur la chaise à côté de lui.

— Tiens, mes notes sur la première partie du guide d'études que Mme Wells nous a donné, dit Courtney. C'est pas trop mal selon moi, mais j'ai juste envie d'en finir avec les exams des cours avancés. Étudier pour ça, en plus de la chimie et de l'éco, c'est en train de m'achever.

Courtney lui tendit les feuilles et essaya de se détendre en choisissant où poser son regard. Rencontrer le regard des gens était un peu trop pour elle, donc elle avait tendance à se concentrer sur l'arête de leurs nez. Elle n'arrivait pas à déterminer si elle était anxieuse car elle était assise près de Ben, ou si elle l'était car elle était *elle*.

Mal à l'aise, elle tendit une main pour lisser sa queue de cheval et resserrer le nœud de son ruban.

— Ouais, je comprends complètement, répondit Ben. Une fois que la saison de basket sera finie, je me sentirai mieux. Trop de stress.

Il accompagna cette confession d'un soupir à peine audible.

Courtney fut surprise qu'il soit aussi ouvert avec elle. Ils étaient dans la même classe depuis leur rencontre en 6ème, mais leur relation n'avait tourné jusqu'à maintenant qu'autour des études. Elle l'avait toujours trouvé mignon, surtout parce qu'il était gentil, mais ça lui paraissait encore plus vrai maintenant qu'il mesurait un bon mètre quatre-vingts et qu'il était plus carré. Elle admira ses cheveux auburn en bataille et ses yeux marron chaleureux. *Depuis quand il a des bras aussi musclés ? Il a l'air...*

— Quand est-ce que tu finis ta saison ? lui demanda-t-il, interrompant la conversation très importante qu'elle avait avec elle-même.

— Oh, euh, eh bien, on a le championnat après la fin du basket, et ensuite, le camp d'été des pom-pom girls en juin. On va voter pour les capitaines à ce moment-là.

Elle laissa son esprit divaguer. Elle savait être la candidate idéale pour le poste de capitaine, mais la personne choisie au final serait sûrement celle qui attirerait le plus l'attention, ce qui n'était pas toujours elle. Son anxiété sociale était un véritable frein.

Elle chassa ses inquiétudes et reprit :

— Ça fait bizarre qu'on entre déjà en terminale l'année prochaine, non ? C'est genre, la dernière fois qu'on recommence tout.

Son doigt trouva enfin une occupation en s'enroulant autour d'une mèche bouclée qui s'était échappée de sa queue de cheval.

— Enfin, je sais pas... C'est fou à quel point les cinq dernières années sont passées vite. J'ai l'impression qu'on vient juste de se rencontrer dans la classe de Mme Velasquez... T'avais encore ta coupe au bol, le taquina-t-elle d'un ton hésitant.

— Oh, ça fait mal ça, Ross, répondit Ben en riant. Il a fallu que tu parles de la coupe au bol, hein ? Tu sais très bien que c'était cool à l'époque ; on essayait tous d'être Bieber.

Il dissipa ce souvenir douloureux d'un geste de la main.

— On devrait relire nos guides d'études avant que t'ailles trop loin dans les souvenirs. Qui sait ce que tu gardes d'autre là-dedans, dit-il en lui mettant une tape légère sur le crâne.

Courtney se retint de rougir. Pourquoi avait-elle toujours besoin d'exprimer les choses idiotes qui lui passaient par la tête ? *Mets-toi un filtre, sérieux,* se réprimanda-t-elle. Elle aurait aimé pouvoir en rire mais elle savait déjà qu'elle rejouerait ce moment encore et encore dans sa tête plus tard, comme une scène de film. *Lâche l'affaire, oublie. Il était pas sérieux. Sois plus comme Vanessa,* pensa-t-elle. Sa meilleure amie réussissait toujours à être confiante sans le moindre effort, peu importe qui l'entourait. Courtney était certaine que les garçons mignons n'appelaient jamais Vanessa par son nom de famille comme si elle faisait « partie de la bande ». *Prends des notes cet été.*

— Je vais essayer de rester concentrée, chef, lui dit-elle d'un air sarcastique.

Ben n'avait pas besoin de savoir qu'elle était déjà tombée dans le puit profond de ses doutes.

Elle passa le reste de la session d'études à se rappeler que dans neuf semaines seulement, elle quittait la ville pendant quelques temps et pourra faire… quelque chose. Rencontrer des gens ? S'amuser ? *Ne mets pas la barre trop haut, Courtney. Oh, super. Maintenant, tu te parles à la troisième personne. La journée va être longue.*

CHAPITRE UN

La boule de stress qui habitait l'estomac de Courtney avait *enfin* disparu. Les examens étaient terminés, et elle pouvait à nouveau respirer normalement. Elle inspira plusieurs fois juste pour se prouver en être toujours capable avant de se lever et de ranger ses vêtements d'elle-même, sans que sa mère n'ait à lui rappeler de le faire. Son excitation quant au voyage qui l'attendait le jour suivant lui donnait envie de sauter partout.

— Hé, Court, l'appela sa mère depuis le bout du couloir, n'oublie pas d'appeler Vanessa pour confirmer l'heure de ton vol…

Sa mère arriva sur le pas de sa porte, les yeux écarquillés et un sourire amusé sur le visage.

— J'arrive à voir le tapis ! s'exclama-t-elle. Oh, mon beau berbère, comme tu m'as manqué.

Cette déclaration fut suivie d'un horrible mouvement de danse des années 70.

— C'est bon, maman, j'ai compris. Pas besoin d'en venir au disco. C'est propre. C'est fou ce que je peux faire quand je suis pas à l'école, aux entraînements ou au travail toute la journée, hein ? remarqua Courtney.

— Tu as raison. Tu mérites d'avoir un été tranquille. Je n'arrive toujours pas à croire que tu entres en terminale. Je vais être obligée de commencer à dire aux gens que je t'ai eue à 14 ans, blagua sa mère.

— Ha. Ha. Ha, répondit Courtney d'un ton sec.

— Alors, qu'est-ce qu'aimerait manger la future capitaine des pom-pom girls des Husky pour le petit déjeuner ? Ne te fais pas d'idée, je ne vais rien cuisiner, mais on peut aller où tu veux. Loin de moi l'idée de refuser à la reine du pom-pom son dernier petit déjeuner avant son départ.

Les yeux de sa mère brillaient de l'excitation qu'elle vivait par procuration grâce aux accomplissements de pom-pom girl de sa fille.

— Oh, mon Dieu, mais arrête un peu ! dit Courtney, à moitié sérieuse. J'arrive toujours pas à croire qu'ils aient voté pour moi. Je suis presque sûre qu'ils vont me remplacer pendant que je suis en vacances ou un truc du genre.

— C'est toi qui devrais arrêter un peu. Tu as travaillé dur pour tout ce que tu as obtenu, donc détends-toi. Ton père et moi, on est vraiment fiers de toi. Alors viens, allons dévorer un énorme festin, et ensuite, tu pourras faire ta valise pour ton voyage.

— Dit comme ça, je peux difficilement refuser.

Alors que Courtney était assise à table pour le petit déjeuner, se préparant au coma alimentaire qui l'attendait, son téléphone sonna. La photo de sa plus qu'adorable meilleure amie apparut à l'écran.

— Maman, c'est Vanessa, il faut que je réponde.

Elle sortit du restaurant.

— Salut, toi ! Qu'est-ce que tu fais ? demanda-t-elle joyeusement lorsqu'elle décrocha.

— Je suis juste en train de prévoir ta fête de demain soir, donc bon, rien de fou, quoi.

Dans le monde qu'était la petite ville de Gem City,

Ohio, Vanessa était connue pour son calendrier social surchargé.

— Pardon ? Ma quoi ? dit Courtney.

— Laisse tomber, t'as pas le choix, insista Vanessa. T'as été super stressée et négative et BLABLABLA pendant bien trop longtemps. Mais tout ça, c'est fini, et maintenant, on va s'amuser un peu. On fait une fête, et j'ai invité tout le monde. Enfin, tous les gens cools. Tu vas reconnaître des gens qui étaient déjà là avant que tu déménages, mais on a aussi eu de belles petites arrivées en ville ces derniers temps. En plus, Luke a invité plusieurs mecs de son équipe de basket. Donc en gros, il y aura l'embarras du choix.

Le cœur de Courtney s'emballa, ce qui l'irrita. C'était tout ce qu'elle espérait : un été pour se détendre et être elle-même. Sentir son estomac se serrer à l'idée que tous ces gens allaient se réunir pour la voir *elle* était idiot.

— Helloooo ? T'es morte ou quoi ? Je te connais par cœur avec tes problèmes d'« anxiété sociale » à deux balles. Ignore ça et prépare-toi à t'amuser.

Courtney rigola, ce qui apaisa efficacement son stress.

— Ah, en effet, tu me connais bien, dit-elle avant d'inspirer longuement. Ok. T'as raison, il faut que je me prépare. Je suis impatiente de rencontrer toutes ces « belles petites arrivées » dont tu as parlé.

— Et pendant qu'on y est, arrête de parler comme Abe Lincoln ou tu vas ruiner mon été. Pas de vocabulaire d'exams, ok ? On va parler comme des hommes des cavernes si on doit en arriver là. Compris ? demanda Vanessa.

— Sérieusement ? Abe Lincoln ?

Parler à sa meilleure amie la faisait sourire à chaque fois.

— Bon, c'est toi qui gère tout, alors oui, m'dame, capitula Courtney. Ou tu préfères que je te réponde en grognant à partir de maintenant ?

— Ça serait mieux, merci ! Hé, écoute, Luke arrête pas de m'appeler sur l'autre ligne donc je vais te laisser, mais texte-moi tes infos de vol et on se voit demain ! dit Vanessa en chantonnant joyeusement.

— Compris. Et dis bonjour à Luke de ma part et que je suis pressée de le rencontrer.

Tout ça avait manqué à Courtney. Vanessa était la seule qui arrivait réellement à la faire sortir de sa coquille et qui la *comprenait* vraiment. Elle n'arrivait pas à croire qu'elle allait passer un mois entier dans la ville où elle avait grandi. Cela faisait plusieurs années qu'elle n'y était pas allée, pas depuis qu'elle s'était débarrassée de son appareil dentaire et avait appris à plus ou moins dompter ses cheveux bouclés. La perspective d'une aventure estivale emplissait son esprit d'un optimisme prudent.

Elle retourna dans le restaurant et découvrit sur sa table le plus gros cinnamon roll qu'elle ait jamais vu, ce qui la fit rire. Sa mère et elle tapèrent leurs fourchettes comme pour trinquer et s'exclamèrent d'un « Bon app' ! » avant de dévorer l'équivalent d'une semaine entière de calories.

Courtney profita du regain d'énergie offert par le sucre de son petit déjeuner pour préparer sa valise ainsi que des snacks et des livres pour le vol, et enfin, pour choisir une tenue pour la fête organisée en son honneur. *En mon honneur*, pensa-t-elle. *J'ai l'impression d'être la reine d'Angleterre, presque.* Elle fit une révérence à son reflet dans le miroir et s'essaya à un accent anglais. *Et après, tu te demandes pourquoi les mecs font pas la queue pour sortir avec toi ? C'est parce que tu es. Complètement. Folle.*

Elle s'efforça de contrôler son excitation pendant tout le reste de la soirée pour pouvoir dormir. C'était comme si la veille de Noël était arrivée et qu'elle était redevenue une enfant de cinq ans qui attendait le père

Noël. *Vanessa serait pas franchement ravie que je la compare à un vieux mec obèse.*

Finalement, elle s'endormit, l'esprit occupé par son retour imminent dans le seul endroit où elle se sentait chez elle.

CHAPITRE DEUX

♫ *This Is How We Roll* – Florida Georgia Line
Famous In a Small Town – Miranda Lambert

Courtney était assise sur le bord de son siège, prête à bondir quand l'avion atterrirait. Le vol lui avait paru durer une éternité, et elle s'était depuis longtemps lassée de ses sodas au citron et de ses cacahuètes. Elle voulait juste voir Vanessa et s'amuser sans s'inquiéter pour l'école, le travail ou son équipe, ni pour rien d'autre.

Pour essayer de se calmer, elle se visualisa laisser la version inquiète, anxieuse et complexée de Courtney Ross derrière elle et entrer dans l'aéroport plus décontractée et confiante. *Inspire lentement et profondément. Tu peux le faire*, se rassura-t-elle mentalement. *Même si j'imagine que la plupart des ados n'ont pas à méditer pour se convaincre de s'amuser.* Cette idée la fit grimacer.

Et enfin, l'avion toucha le sol et la consigne de sécurité s'éteignit. Elle manqua de renverser la femme à côté d'elle, s'excusant vaguement après coup, afin de saisir son sac et de se précipiter hors de l'avion.

Courtney esquiva les gens et les valises pour rejoindre la zone de retrait des bagages. Elle inspira profondément lorsqu'elle aperçut la chevelure blonde brillante et les longues jambes bronzées s'échappant d'un short coupé à la main de sa meilleure amie.

— V ! cria-t-elle.

— Court ! répondit Vanessa avant de rejeter ses cheveux d'un côté pour pouvoir regarder sa meilleure amie de haut en bas. Oh, mon Dieu ! T'es juste trop belle !

— Arrête, c'est pas vrai. C'est toi qui as l'air d'une de ces filles magnifiques dans un clip de country avec ce short.

— C'est tout moi, ouais !

Vanessa remua son derrière, s'attirant les regards intéressés de plusieurs hommes adultes qui se tenaient à proximité.

— Attends, laisse-moi prendre ton sac et je vais te montrer ma nouvelle caisse, dit-elle, une étincelle dans ses yeux bleus.

Courtney n'arrivait pas à croire ce qui se trouvait devant elle lorsqu'elles arrivèrent dans le parking. Une Camaro rouge flambant neuf. Elle lança un regard à Vanessa, qui lui ouvrit la portière passager comme à une vraie lady.

— Votre carrosse vous attend, dit Vanessa.

Courtney se glissa sur le siège en cuir marron doux et inspira l'odeur enivrante de voiture neuve.

— C'est *ça* qu'on va conduire tout l'été ? Cette voiture déchire !

Bien qu'émerveillée, Courtney se sentait toutefois légèrement coupable, comme si elle trompait sa petite Mustang.

— Tous les mecs en ville doivent te regarder comme si t'étais une reine là-dedans, continua-t-elle.

— Oh, t'imagine même pas. Ils sont tous super jaloux. Franchement, j'arrive presque plus à savoir s'ils essayent de me draguer ou s'ils veulent juste monter dans ma voiture, blagua Vanessa.

Elle releva ses longs cheveux en une queue de cheval haute, puis enfila ses lunettes de soleil.

— Prête ?

Courtney se contenta de sourire et de mettre ses propres lunettes de soleil, se sentant parfaitement à l'aise pour la première fois depuis très longtemps. Alors que l'air lourd de l'été emplissait ses poumons, elle réalisa que ce moment était exactement ce qu'elle avait attendu.

Courtney demanda à Vanessa de traverser la ville afin qu'elle puisse se réhabituer à l'endroit qu'elle avait considéré comme chez elle pendant très longtemps. Elles dépassèrent le parc, leur école primaire, et finalement, l'ancienne maison de Courtney.

C'était une petite demeure jaune de style victorien située près du centre-ville, un terme que Courtney trouvait hilarant maintenant qu'elle vivait juste en dehors de Phoenix. Le parquet grinçant de la maison lui manquait, ainsi que le grand porche à l'entrée et le petit balcon attaché à sa chambre.

Elle était consciente qu'avoir emménagé à Scottsdale n'était pas la pire chose au monde et que son père adorait son travail malgré les voyages constants qu'il impliquait, mais elle peinait à ne pas regretter que les choses aient changées.

Vanessa la tira rapidement de sa nostalgie en insistant pour qu'elles aillent acheter de quoi faire la fête. Naïvement, Courtney imagina des banderoles et des ballons, mais elle se rappela vite avec qui elle se trouvait.

Courtney ne buvait jamais beaucoup aux soirées où elle se forçait à aller chez elle, mais elle se trouvait maintenant sur le territoire de Vanessa. Elle se doutait que toutes sortes de boissons vivement colorées aux noms un peu idiots feraient partie de son futur proche. Elles effectuèrent rapidement leurs achats dans un petit magasin, puis se rendirent chez Vanessa pour tout mettre en place.

— Luke vient en avance pour aider, donc tu vas le rencontrer bientôt, dit Vanessa d'une voix excitée alors qu'elles circulaient entre les pièces de sa maison.

Le rez-de-chaussée n'avait pas changé. Il y avait toujours beaucoup de coqs. *Vraiment* beaucoup de coqs. Ce rappel de l'obsession de Mme Roberts fit sourire Courtney.

— Dis-m'en plus sur lui. J'ai besoin de satisfaire mon instinct protecteur et de m'assurer qu'il est assez bien pour toi.

— Hmm, eh bien, quand il va arriver, tu vas voir qu'il est incroyablement sexy, mais il en est conscient donc j'essaye de pas lui rappeler trop souvent, lui répondit Vanessa avec un clin d'œil. Et il est aussi capable de tenir une conversation intéressante, donc c'est un plus. Et aussi, la plupart du temps, il m'apprécie un peu plus que moi je l'apprécie, donc je gagne. La plupart du temps, insista-t-elle avec un sourire.

— Oh, mon Dieu. Tu l'*aimes* ! Tu fais bien semblant, ma petite, mais tu peux arrêter, dit Courtney avec un regard parlant.

— Tss, va te faire.

Les mots de Vanessa étaient brusques comme d'ordinaire, mais Courtney remarqua que son amie souriait alors qu'elle sortait leurs achats des sacs.

La maison de Vanessa était quelque peu étrange. C'était un bâtiment récent et construit sur trois étages, mais le rez-de-chaussée dégageait un air typiquement campagnard. Vanessa détestait les coqs que Courtney trouvait si amusants.

Ses parents lui avaient donné le sous-sol entier, doté de sa propre porte sur l'extérieur, afin qu'elle ait un « coin pour traîner », selon leurs propres mots. Ils lui avaient même fourni un budget décoration assez conséquent pour la laisser organiser l'espace comme elle le souhaitait. Arriver au sous-sol était comme pénétrer dans un autre univers. Courtney fut prise de l'envie d'acheter une pancarte disant : « J'ai l'impression que nous ne sommes plus au Kansas ».

Vanessa avait opté pour un style très boho, excepté pour l'écran plat géant au mur, avec des canapés bas dans plusieurs teintes de blanc sur lesquels étaient posés une multitude d'oreillers colorés à perles. Courtney avait très envie de s'enfoncer dans l'un de ces canapés et de ne jamais en sortir. La lumière faible que diffusait une collection de lanternes marocaines créait une ambiance décontractée que Courtney n'avait pas expérimentée depuis un trop long moment. Elle se fit une note mentale de repenser la décoration de sa chambre très contemporaine lorsqu'elle rentrerait chez elle.

— V... Tu me surprends des fois, dit Courtney alors qu'elle continuait d'examiner lentement la pièce.

— Pourquoi ? Parce que je suis absolument géniale ? répondit Vanessa, occupée à finir la playlist pour les festivités à venir.

— C'est plus que juste le sous-sol d'une fille qui vit dans une petite ville de l'Ohio, ça. C'est incroyable. À couper le souffle, même.

Vanessa la regarda d'un air sérieux pendant un instant, ce qui était rare pour elle.

— Tu aimes vraiment ? Luke se moque de moi parce que j'ai choisi chaque objet soigneusement, mais je sais pas... J'ai juste...

— C'est parfait, et c'est exactement toi. Faudra que tu m'aides à redécorer ma chambre.

— Je te ferai un tarif d'amis, bien sûr.

Moment terminé. Vanessa était redevenue elle-même. Courtney lui jeta l'un des coussins à perles au visage et rigola.

Son cerveau essayait de lui rappeler d'être nerveuse quant à la soirée à venir, mais elle l'ignora en passant l'aspirateur pour se distraire et en réfléchissant à sa tenue.

Elle força Vanessa à l'aider à transporter ses deux valises jusqu'à la chambre au deuxième étage. La pièce était couverte de photos, de vêtements et de pièces d'uniforme de pom-pom girl, un peu comme la chambre de Courtney.

— Je nettoierai tout… un jour. Je viens jamais ici à part pour dormir. Si seulement mes parents acceptaient de me laisser emménager dans la chambre d'amis au sous-sol, se plaignit Vanessa.

— Ha ! Ils sont pas idiots, tu sais. Tu passes déjà trop de temps à faire le mur, même depuis cette chambre. Te donner une chambre en bas, ça serait comme te donner ton propre appart'.

— En voilà une bonne idée, dit Vanessa avec un sourire alors qu'elle commençait à entasser ses vêtements dans le panier à linge et à faire son lit.

— Hé, V ? demanda Courtney d'une voix sérieuse. Tu veux bien regarder la tenue que j'ai préparée pour ce soir et me donner honnêtement ton avis ?

— Tu m'as déjà vue ne pas être honnête ? répondit Vanessa en la rejoignant d'un pas vif. Oh, non, non, non, NON et non. Et encore une fois : non.

— Quoi ? Qu'est-ce que t'as contre une jupe en jean et un T-shirt blanc ? Je croyais que c'est ce que vous portiez dans les petites villes pour vos soirées dans les champs et tout ça, répondit Courtney, légèrement vexée par la réaction de Vanessa.

— Meuf… Tu es super sexy. Mais regarde cette jupe. Elle t'arrive aux genoux ! T'es une nonne ou quoi ? Va me chercher des ciseaux, immédiatement ! Je vais l'améliorer. Et le T-shirt ? Juste non. Tu vas mettre…

Elle s'interrompit alors qu'elle disparut en direction de la pièce accueillant la machine à laver au fond du couloir, pour aller fouiller dans ses vêtements propres.

— Ça ! s'écria-t-elle d'un ton victorieux lorsqu'elle

revint, un haut dos nu à rayures rouges et blanches dans les mains.

Il était si petit que Courtney se demanda si son amie l'avait trouvé dans la section enfant d'un magasin. Son estomac se contracta. L'idée de porter quelque chose de si révélateur lui donnait des haut-le-cœur. D'instinct, elle saisit son T-shirt blanc plus couvrant.

— Absolument pas, dit Vanessa en lui arrachant des mains. Tu vas être magnifique à cette soirée même si je dois me battre contre toi. Sérieux, Court, une jupe mi-longue ? T'as oublié qui je suis ? dit Vanessa en riant.

Elle découpa l'ourlet de la jupe en jean, en réduisant drastiquement la longueur. Courtney s'efforça de respirer lentement et profondément jusqu'à accepter qu'elle n'avait pas d'autre choix.

Elle emporta la jupe coupée aux ciseaux et le haut dos nu dans la salle de bain pour s'habiller et faire sa crise cardiaque en paix. *Tu peux le faire*, se dit-elle, *tu peux être confiante et flirter et porter cette tenue incroyablement minuscule et ne pas t'inquiéter de ce que pensent les autres. Vois ça comme un uniforme de pom-pom girl.* Sauf que lorsqu'elle était en uniforme, vingt autres filles portaient exactement la même chose. Elle repoussa cette pensée et se répéta les mêmes affirmations positives jusqu'à ce qu'au moins une partie d'elle y croit.

Alors qu'elle finissait de se maquiller, elle entendit une voix d'homme appeler Vanessa depuis le rez-de-chaussée. Elle se regarda une dernière fois dans le miroir, ébouriffa ses longs cheveux bouclés et se prépara à rencontrer le fameux Luke.

CHAPITRE TROIS

♫ *Summer Girls* – LFO
Raise Your Glass – Pink
Call Me Maybe – Carly Rae Jepsen
Geronimo – Sheppard
Everything to Everyone – Everclear

Courtney dévala rapidement les escaliers mais se figea lorsqu'elle réalisa que Vanessa et Luke étaient occupés à se couvrir de baisers. Les voir ainsi réveilla une sensation désagréable dans son ventre, qui faisait son apparition à chaque fois qu'elle pensait au manque d'événements romantiques dans sa vie.

— Gênant ! cria-t-elle en se couvrant le visage des mains, amusée.

J'accepterais même un flirt pas romantique au point où j'en suis. Genre, l'attention d'un matheux m'irait. Elle essaya de se rappeler les visages des garçons de l'équipe de décathlon académique, mais ça n'aidait en rien.

Le couple se sépara lentement, et Courtney tendit une main.

— Luke, j'imagine ?

Luke la prit par surprise en repoussant sa main et en la soulevant du sol pour l'emporter dans un câlin affectueux.

— Garde tes poignées de main pour les autres, dit Luke en la reposant, un grand sourire sur le visage. Vanessa parle de toi tout le temps, donc c'est comme si on était déjà amis. Donc on se fait des câlins.

— T'es du genre amical, hein, remarqua Courtney en riant.

Elle eut enfin l'opportunité de l'observer de près et s'émerveilla du goût de sa meilleure amie.

Luke était grand, taillé comme un mannequin d'Abercrombie, et son beau visage au sourire agréable donnait envie à Courtney de lui faire confiance sans hésiter. Il avait des cheveux bruns et doux qui bouclaient naturellement aux extrémités mais qui donnaient l'impression d'avoir été coiffés ainsi, et des yeux verts captivants ainsi que des dents incroyablement parfaites. Elle réalisa soudain qu'elle devait le fixer depuis trop longtemps, et détourna vite son regard vers le reste de la pièce.

— Oui, je sais que je suis pas mal à regarder, profites-en, déclara Luke, amusé par la gêne de Courtney.

Il exposa ses abdos parfaitement définis en soulevant son T-shirt. Courtney vira au rouge et jeta un regard paniqué à Vanessa, mais Luke reprit la parole :

— Meuf, détends-toi, je t'embête juste. Viens, on va manger, ça te détendra. C'est presque l'heure de faire la fête !

Il entama alors une interprétation étonnamment réussie de la danse de Roger Rabbit, à laquelle Vanessa se joignit.

— La classe, complimenta Courtney, soulagée. Je dis pas non à de la nourriture en tout cas. Tout ce que j'ai mangé aujourd'hui, c'est ce qu'on m'a servi dans l'avion.

Ils montèrent tous trois au rez-de-chaussée pour choisir des snacks avant l'arrivée des autres invités. Courtney sentait le regard de Luke sur elle alors qu'elle dévorait ses chips en forme de baleine, et leva les yeux vers lui.

— Oui ? demanda-t-elle.

Luke se contenta de sourire et de regarder Vanessa.

— T'avais complètement raison, Fisher va être fou d'elle.

Vanessa le transperça du regard.

— Euh, enfin, je voulais dire, oh ! Ces chips sont géniales, non ? Qui a pu avoir l'idée de faire de la nourriture en forme de baleine ? C'est super bizarre, hein ?

Il évitait de regarder Courtney autant que Vanessa.

— Euh, ok, quoi ? C'est quoi, « Fisher » ? demanda Courtney, son cœur s'affolant en réponse à son anxiété grandissante.

— Ok, détends-toi, dit Vanessa. Je sais à quoi tu penses et t'as pas besoin de paniquer. Son nom, c'est Ethan Fisher, et je lui ai mentionné l'air de rien que t'étais absolument géniale. Il avait l'air intéressé. C'est tout. Pas besoin de t'imaginer tout ce que je sais que t'es en train d'imaginer dans ta petite tête tordue. Pas besoin de déclencher l'alerte nucléaire. Respire. Mais fais pas genre que t'es pas un peu excitée à l'idée de rencontrer notre Ethan. Et ses abdos en acier. Je crois que j'ai oublié de mentionner ce petit détail.

Elle finit sa phrase, le regard brillant d'un éclat espiègle.

— Hé, V, je suis toujours là, hein, remarqua Luke.

— Tss, tais-toi, tu sais bien que je préfère les tiens, lui répondit-elle en tapotant son estomac d'un geste affectueux.

Courtney lança un regard soupçonneux à Vanessa.

— L'air de rien, hein ? répéta-t-elle, visiblement peu convaincue.

Courtney se demanda un instant s'il existait une échappatoire qui lui permettrait de ne pas faire ce que Vanessa attendait d'elle. Il n'y en avait pas.

— Ok, peu importe, tu gagnes. Je vais porter cette

tenue ridicule et je vais pas paniquer pour toute cette histoire de Fisher.

Elle savait que protester contre Vanessa ne servirait à rien. Courtney était déterminée à au moins faire semblant d'avoir la confiance en elle qu'elle prétendait posséder, jusqu'à la développer réellement.

— Qui es-tu et qu'as-tu fait de ma meilleure amie ? répondit Vanessa, l'air très sérieux.

Courtney lui tira la langue, et Vanessa contre-attaqua d'un clin d'œil.

— Très mature, dit Courtney alors qu'ils se lançaient dans les préparatifs de dernière minute.

— Bon, Courtney. T'es sûre que je peux pas t'appeler Court ? Mini C, peut-être ? demanda Luke.

Courtney le transperça du regard. *Personne va m'appeler « Mini C ».*

— Ok, Courtney alors. Je sais qu'on vient juste de se rencontrer et tout, mais en tant que ton tout nouvel ami, laisse-moi te dire qu'il faut que tu boives un shot de Jell-O avant que les autres arrivent. Si t'en veux pas, c'est pas grave, aucune pression, mais tout ce que j'essaye de te dire, c'est qu'il faut que tu chillax, lui dit Luke comme s'il était en train de l'encourager avant un match important.

Est-ce que sa nervosité était si évidente ? Elle avait pourtant l'impression d'arriver à paraître détendue. *Bon sang.*

— « Chillax », c'est pas un mot. Mais ok. Un shot. Envoie.

Luke n'hésita pas et tendit le petit verre à Courtney.

— Cul sec, dit-elle avec une confiance qu'elle ne ressentait pas, avant de boire le mélange de gélatine verte d'une traite.

— Yeees ! s'écria Luke. Maintenant, on peut s'amuser !

Au même moment, la sonnette retentit, et Courtney se félicita d'avoir écouté Luke.

Pendant la demi-heure suivante, elle eut l'impression d'être entourée d'un nuage flou de visages et de noms. Elle était heureuse de revoir quelques personnes familières, mais finalement, elle n'était restée proche que de Vanessa après avoir quitté Gem City. Elle salua beaucoup de monde et aspira un autre shot de Jell-O. Ou trois.

Enfin à l'aise dans la tenue approuvée par sa meilleure amie, elle se déplaçait dans la salle lorsqu'elle repéra V dans le coin opposé, en train de parler à quelqu'un. Vanessa croisa son regard et lui lança un sourire parlant. Courtney comprit alors que son amie discutait avec le fameux Ethan.

Elle resta hors de ligne de vue pendant un instant, prenant le temps de l'observer dans le détail. Il remplissait toutes les catégories : grand, bronzé et incroyablement attirant. Ses cheveux noirs étaient parfaitement décoiffés, et sa peau, gorgée de soleil. *Comment c'est possible que tous ces gens qui vivent en Ohio soient plus bronzés que moi ? Je vis dans un désert. Un vrai désert !* se révolta Courtney. La chemise blanc cassé ajustée qu'il portait ne rendait sa peau brune que plus tentante. *Pour le moment, je suis convaincue.* Elle remarqua une bague argentée épaisse à son doigt, ce qui attira son attention sur l'étui à guitare qu'il tenait à la main. *Oh. Ok. Super convaincue, en fait,* se corrigea-t-elle immédiatement.

Grâce aux pouvoirs de l'alcool, son estomac ne se serra que brièvement quand Vanessa lui fit signe de se rapprocher.

Alors qu'elle les rejoignait, Ethan se tourna pour lui faire de la place. Courtney leva les yeux vers lui. *Sois cool, sois cool, sois cool,* se répéta-t-elle mentalement.

— Ethan Fisher, je te présente ma meilleure amie depuis toujours, Courtney Ross. Court, c'est Ethan. Il a emménagé à Gem l'année dernière.

— Salut ! dit Courtney, peut-être un peu trop fort.

Ravie de te rencontrer. J'ai beaucoup entendu parler de toi. Enfin, de toi et de tes abdos.

OHMONDIEU, j'ai sérieusement dit ça ?! s'affola-t-elle. Ethan parut un instant déconcerté, puis il sourit d'un air espiègle, le genre qui laissait entendre qu'il savait quelque chose qu'il ne devrait pas savoir, avant d'éclater d'un rire sincère.

— Mes abdos, hein ? Content de savoir qu'on m'apprécie pour quelque chose, blagua-t-il en tapotant son estomac.

Il étudia Courtney du regard, comme s'il n'était pas sûr de ce qu'il devrait penser d'elle.

— En parlant d'estomac… V, je peux mettre ma guitare quelque part jusqu'à plus tard ? J'ai super faim. Et Courtney, tu veux bien me montrer où la bonne bouffe est cachée ?

Il souriait avec aisance, et Courtney se noya dans ses yeux d'un marron profond, oubliant de fixer l'arête de son nez. Vanessa répondit pour elle, la sauvant d'être à nouveau surprise à fixer un garçon avec insistance.

— Elle adorerait. Je vais mettre ta guitare dans l'autre pièce, mec. Merci de l'avoir amenée.

Vanessa poussa doucement Courtney pour qu'elle se sorte de sa stupeur. Elle suivit Ethan, mais se retourna vers Vanessa pour articuler silencieusement les mots « OH MON DIEU » avant de reprendre une apparence calme. Elle crut entendre Vanessa murmurer quelque chose comme « Je te l'avais dit », mais les bruits de la fête l'empêchèrent d'en être sûre.

Ethan et elle se dirigèrent vers la table des snacks dehors, et Courtney regarda autour d'elle. Visiblement, Luke et Vanessa s'étaient appliqués sur le choix des boissons mais ne s'étaient pas attardés sur la nourriture. Seuls quelques bols de chips à moitié vides et des assiettes de légumes peu appétissants étaient posés sur la table.

— Donc, Courtney Ross, tu vas me dire où elle range

la vraie nourriture ? Ou est-ce qu'on va devoir se contenter de Doritos ?

Il lui adressa à nouveau son sourire dangereux.

— Je, euh, ouais. Viens, on va explorer la cuisine.

— Je te suis.

Courtney se força à regagner sa concentration et le guida à l'étage. Elle était plus que consciente que sa jupe était incroyablement courte alors qu'il montait les marches derrière elle, mais elle oublia toutes ses inquiétudes lorsqu'elle sentit la main d'Ethan sur le bas de son dos alors qu'ils atteignaient le palier du rez-de-chaussée.

Ethan fouilla la cuisine du regard un instant.

— Ils sont où les parents de V ce soir, au fait ? Ils interdisent pas ce genre de soirée généralement ?

— Si, si, répondit-elle. Ils avaient prévu un week-end en famille dans le vieux Gatlinburg, mais j'ai un peu tout ruiné. Je pouvais pas avoir de vol plus tard dans la semaine pour le même prix, alors ils ont laissé V rester ici pour qu'elle m'accueille. Donc cette soirée est un peu grâce à moi, quoi.

Elle aimait la façon dont il la regardait lorsqu'elle le taquinait. Même si ça lui donnait aussi un peu envie de vomir. *Ne vomis pas ou je jure que je vais... rien faire. Être humiliée. Et arrête de te parler à toi-même.*

— Donc dis-moi..., dit-elle en s'asseyant sur le comptoir pour atteindre le placard le plus haut, qu'est-ce que tu penses des cookies et des mini-pizzas ? Super classe comme dîner, non ?

Encouragée par ses propres réparties nonchalantes et spirituelles, elle avait oublié les shots bus à toute vitesse et l'absence de vraie nourriture dans son estomac. Elle manqua de glisser du comptoir, et alors qu'elle tentait de retrouver son équilibre, elle sentit les mains d'Ethan sur ses hanches, l'aidant à rester droite.

— Ok, tu ferais mieux de me laisser les étagères du haut, non ?

Il l'aida à redescendre, et elle atterrit d'un pas léger.

— T'es presque comme un Hobbit, dit-il, visiblement fasciné par le petit mètre cinquante de Courtney.

Elle en oublia la nervosité que lui donnaient sa jupe courte et son haut qui pourrait en avoir trop révélé après cette chute manquée. Sa peau frissonnait là où les mains d'Ethan l'avaient touchée.

— Ça me paraît une bonne idée, répondit-elle, le souffle plus lourd que nécessaire.

Mais c'est alors que le sens des mots d'Ethan la frappa.

— Ooooh, une minute, là ! Tu m'as sérieusement qualifiée de Hobbit ? Genre la petite bestiole aux pieds poilus qui sort de la Contrée ? C'est la première créature fantastique qui te vient en tête ? T'aurais pas pu choisir, genre, une fée ou un autre truc qui brille ? l'interrogea-t-elle.

Étonnamment, il resta sur sa position.

— Absolument pas. Premièrement, je trouve les Hobbits filles sexy, perso. Franchement, comment on pourrait ne pas aimer ? Petite, mignonne et sûrement super douée en cuisine grâce à tous ces petits déj' et ces seconds repas. Les fées, c'est délicat. J'ai comme l'impression que t'es bien trop badass pour ça. Regarde tes bras, sérieusement. Tu pourrais sûrement m'éclater dans une bagarre. Donc ouais, Hobbit. Ou alors, je pourrais t'appeler l'Ours ou un truc comme ça. Parce que tu sais, le girl power, les rugissements féroces, tout ça. Je sais pas, mais maintenant, tu me fixes méchamment et ça me rend nerveux, finit-il en riant.

Courtney marqua une pause le temps de décider si elle était vexée ou non. L'adjectif « sexy » l'avait déstabilisée.

— Je peux t'assurer que tu vas en aucun cas m'appeler l'Ours, répondit-elle finalement. Mais pendant que tu t'enfonçais dans ton trou, tu m'as en quelque sorte complimentée, donc je laisse filer pour cette fois. Mais fais gaffe par contre, parce que je pourrais probablement te battre dans une bagarre, oui.

Elle *flirtait* avec lui. Du vrai flirt. Elle ne savait pas si c'était grâce à l'alcool ou à autre chose, mais elle aimait bien cette nouvelle personne qui avait pris contrôle de son cerveau.

Peu après, il lui tendit une assiette de mini-pizzas et de cookies, mais elle n'avait plus faim. Il s'installa sur l'un des tabourets, et elle sauta pour s'asseoir sur le comptoir. Elle n'arrivait pas à détourner son regard de lui ou à oublier la sensation de ses mains sur elle.

Ils discutèrent tranquillement de l'école, de Luke et de Vanessa, et de son groupe. Ethan était le guitariste principal et le chanteur d'un groupe nommé Tin Roof.

— J'avoue que j'ai plutôt envie de t'entendre jouer. T'as amené ta guitare, non ? lui demanda Courtney.

— Oui, répondit-il d'un ton confiant. Je suis sûr qu'une fois qu'ils auront allumé le feu de camp, je vais pouvoir jouer des trucs en acoustique. Des requêtes ?

— Hm... C'est pas facile comme question.

— Pourquoi ? T'aimes quel genre de musique ?

— Tu préfères une liste par genre ou par époque ?

— Ok, je suis intrigué. Fais par décennie.

La façon dont il haussait ses sourcils lui donnait l'air réellement intéressé. Courtney était persuadée que ça suffirait à lui faire oublier tous les noms des groupes qu'elle avait jamais écoutés.

— Ok, donc mon père est fan des années 70, et même si c'est pas ma décennie préférée, je peux pas ne pas aimer, genre, Eric Clapton, Queen, The Eagles, The Doobie Brothers, Fleetwood Mac, un peu, et Skynyrd aussi. Je suis pas super fan des Beatles par contre.

Elle leva les yeux pour voir s'il suivait.

— Je t'écoute, dit-il, un air surpris sur le visage.

— Tu l'auras voulu. Ma mère est accro aux années 80, dont je suis obligée de bien aimer plus au moins toutes les balades mélo de l'époque, mais aussi The

Bangles, les premiers trucs de Whitney et de Mariah, tout le début de carrière de Michael et de Janet, Wilson Phillips, un peu de Duran Duran, et évidemment Salt-N-Pepa, parce que qui n'aime pas *Shoop* ? continua-t-elle.

— Je te le demande, confirma Ethan, le regard brillant. Je pense pouvoir gérer une ou deux balades mélo. Mais d'abord, je veux entendre ta liste pour les années 90.

Sa demande ressemblait presque à un défi, mais Courtney était prête.

— Ok, donc j'avoue : j'adore les années 90. Et le début des années 2000 aussi, je suppose. Dans quelle autre décennie tu pourrais écouter The Fresh Prince et Jazzy Jeff, Nirvana, Blink-182, Oasis, les Spice Girls, et ne pas être démodé ? Les années 90, c'est genre, mon graal musical. Je sais que ça sonne prétentieux, mais je vais te faire un résumé. Donc… Radiohead, Everclear, Sublime, Matchbox Twenty, The Wallflowers, Train, évidemment, Fiona Apple, Bush, et sur la même lignée, No Doubt, Third Eye Blind, Counting Crows, John Mayer, et encore John Mayer, parce que, eh bien… je l'aime. Je pourrais continuer comme ça pendant un moment.

— Tu aimes son morceau *Your Body is a Wonderland*[1] alors ? Ça, c'est fun comme chanson, dit-il avec un sourire espiègle.

Elle se passa la langue sur l'arrière des dents, comprenant parfaitement ce qu'il faisait. Elle avait besoin d'une courte pause pour respirer, peu habituée à ce qu'on la drague si ouvertement. Ou à ce qu'on la drague tout court, d'ailleurs.

Convaincue que ses joues rouges la trahissaient, elle s'efforça de continuer sans lui montrer l'effet qu'il avait sur elle.

— C'est une bonne chanson, répondit-elle simplement. J'ai aussi adoré le premier album de Britney. De la bubblegum pop comme on n'en fait plus. Destiny's

Child aussi, évidemment. J'aime pas mal Hanson, 98 Degrees et les Backstreet Boys aussi. N'importe quel boy band à succès en gros. Mais sur ma playlist de rêve, je mettrais aussi Limp Bizkit, les Red Hot, Something Corporate, Taking Back Sunday et les Phunk Junkeez.

Elle se tut finalement, maintenant trop consciente que son excitation alcoolisée l'avait fait parler bien plus que d'ordinaire, et elle n'avait pas besoin de regarder l'expression d'Ethan pour comprendre qu'elle devrait se taire. *Bon... Prépare-toi à ce qu'il te dise qu'il doit partir.* Elle déglutit et attendit.

— Ok, donc t'es vraiment fan des années 90 alors, dit-il en riant. Je dois avouer que j'avais oublié l'existence de quelques-uns de ces groupes. Et pour d'autres, j'aurais préféré les oublier. Je suis pas super fan de toute l'invasion emo et pop-punk. Les voix sont médiocres et les basses trop faibles, mais c'est juste mon avis.

— Oooh, mais t'aurais fait un petit emo parfait avec tes cheveux longs, le taquina-t-elle en lui ébouriffant les cheveux.

Il repoussa doucement sa main avant de se recoiffer.

— Et je vois ce que tu veux dire, reprit-elle, mais je me sens obligée d'apprécier le genre qui permet à des beaux mecs d'exprimer leurs sentiments.

Ethan n'était pas parti, et ça suffisait à Courtney pour qu'elle s'autorise à respirer normalement.

— Je peux comprendre, dit-il en secouant la tête. Je me considère aussi comme plutôt ouvert d'esprit musicalement, mais tu me fais de l'ombre, là. Mais j'ai l'impression que t'as oublié quelques trucs majeurs, genre Pearl Jam, les Smashing Pumpkins, Stone Temple Pilots, le début de Green Day, les Gin Blossoms...

— Oui, les Gin Blossoms, absolument !

— Et je sais que c'est peut-être pas cool à dire, mais l'album *Continuum* de John Mayer est plutôt pas mal, je te l'accorde.

— Je garderai ton secret, promis, mais ouais, les parties de guitare sur cet album sont vraiment géniales.

Ethan la regarda, la tête inclinée sur le côté.

— Quoi ? demanda-t-elle.

— J'ai juste du mal à croire que je suis en train d'avoir cette conversation avec une pom-pom girl minuscule de Phoenix, c'est tout. Est-ce que j'ai envie de savoir ce que tu penses des époques plus récentes ?

Elle le gratifia d'un regard aiguisé pour son « minuscule ».

— Oh, eh bien, ça change quasiment tous les jours, mais en ce moment, je suis branchée Mumford and Sons, tout ce qu'ils sortent, mais aussi Ed Sheeran, les Avett Brothers... Je ne dis jamais non à un petit Top 40 aussi, histoire de rester à la page. Et aussi parce que je suis une pom-pom girl, d'une taille tout à fait normale au passage, je suis plus ou moins obligée d'adorer Taylor Swift. Et je l'adore. Genre, vraiment beaucoup. Pour moi, elle est une déesse qui nous fait l'honneur de sa présence sur Terre.

Ethan sourit.

— T'as des goûts très, hm... particuliers.

— C'est ta façon de me dire que je suis bizarre et de juger mes goûts tout en essayant d'avoir l'air sympa ?

— Pas du tout. Je dois avouer qu'à te voir, je m'attendais pas à une telle variété de genres. Je pensais plutôt que tu me sortirais une liste de gagnants d'*American Idol*, mais je suis content de voir que j'avais tort.

— Amateur, se moqua-t-elle en balançant légèrement ses jambes depuis le comptoir.

Parler de musique avec lui l'amusait énormément. Peu de personnes partageaient son intérêt pour certains des noms les plus obscurs qu'elle avait cités.

— Je l'ai mérité. Donc, c'est tout ? demanda-t-il.

— Eh bien, il y a tout ça et... la country aussi, ajouta-t-elle, nerveuse qu'il critique silencieusement cette confession.

Ethan haussa un sourcil.

— Me juge pas ! Ça me rappelle que je viens d'une petite ville. Les routes poussiéreuses, les filles en short super courts, etc..., dit-elle en indiquant sa propre tenue.

— Je peux pas dire que je sois contre les tenues courtes. Bon, je vais voir si je peux répondre à au moins une de ces requêtes, conclut-il avec un sourire amusé.

Courtney avait déjà compris que voir cette expression sur son visage lui couperait le souffle à chaque fois.

— Allez, viens, la nouvelle. Allons voir si mes talents musicaux te satisfont. Je peux pas décevoir l'Ours.

Il se leva et lui tendit une main qu'elle prit pour sauter du comptoir. Sentir à nouveau sa peau contre la sienne la fit rougir, mais elle se reprit suffisamment pour prononcer une phrase complète.

— Ça marche. En revanche, d'un point de vue technique, j'ai vécu dans cette ville avant toi, donc c'est plutôt toi, le « nouveau » garçon du coin.

Courtney baissa brièvement les yeux pour lisser sa jupe. C'est alors qu'Ethan l'attira à lui, la faisant s'exclamer doucement, et qu'il posa ses mains très bas sur son dos. Elle leva les yeux vers le visage d'Ethan, y trouvant un sourire et ses sourcils haussés.

— Hm. Le nouveau « garçon » ? interrogea-t-il.

Son visage à la mâchoire précise, ses cheveux, ses lèvres ; tout était si près de Courtney qu'elle avait du mal à se souvenir comment utiliser sa langue.

— Oui, enfin, hm, c'est une façon de parler, bafouilla-t-elle.

— Je vois, dit-il avec un sourire avant de l'attirer plus près.

Courtney posa ses mains sur ses biceps avant d'oser le regarder dans les yeux. Il se pencha davantage pour lui murmurer doucement à l'oreille :

— Je me vois plus comme un homme qu'un garçon, tu comprends ?

Elle pouvait sentir son savon, son chewing-gum à la menthe et un soupçon d'eau de Cologne. L'oxygène lui faisait défaut, mais peu importe. Qui avait besoin de respirer de toute manière ? La seule pensée qui l'occupait était de sentir les lèvres d'Ethan posées sur les siennes.

— Je peux pas te contredire là-dessus, murmura-t-elle.

Elle glissa ses mains des bras d'Ethan à sa nuque et enfouit ses doigts dans ses cheveux. *Ses cheveux sont tellement plus brillants que les miens. Je me demande quel genre de produits il utilise... Courtney ! C'est pas le moment de penser à ça !*

— Super, dit-il alors que son nez effleurait celui de Courtney.

Elle ferma les yeux, son corps frissonnant d'impatience, et se mit sur la pointe des pieds afin de le rencontrer à mi-chemin.

— Ethan, mec, t'es oùùùùù-oups ! s'écriait Luke lorsqu'il débarqua sur le palier, brisant leur moment d'intimité.

Ethan fit un pas en arrière, mais prit la main de Courtney dans la sienne comme pour confirmer leur proximité de quelques secondes plus tôt.

— Luke. T'as un super pouvoir pour deviner quand débarquer au pire moment possible ? dit Ethan avec un soupçon de frustration dans la voix.

Luke lui adressa un sourire penaud mais se reprit vite.

— Maintenant que tu le dis, oui. J'ai été mordu par une horloge radioactive quand j'étais jeune, et depuis, je suis maudit d'un timing horrible. J'en suis pas très fier, donc si tu pouvais ne pas en parler devant ma nouvelle amie ici-même, ça serait cool. Heureusement que j'ai pas à m'inquiéter d'avoir des toiles qui sortent des doigts, comme l'autre là, Peter Parker.

À son rire, il était évident qu'il était très fier de sa

blague. Courtney et Ethan ne purent qu'accompagner leurs regards exaspérés d'un sourire.

— Bon, viens, nos invités commencent à perdre patience. Ils réclament ta présence de rock star, mec. Vanessa est en train d'allumer le feu de camp, donc va chercher ta guitare.

Courtney s'efforça de dissimuler la déception qu'elle ressentait quant au baiser manqué le plus sexy de l'histoire des baisers manqués. Ethan lui lança un regard, comme pour lui demander son approbation. Elle inspira profondément.

— Si on peut me promettre des s'mores, je vois pas ce qu'on fait encore ici, dit-elle.

Luke sembla se réjouir du pardon qu'elle lui accorda, et Ethan serra sa main avant de l'entraîner vers les marches.

Courtney se mit à la recherche de Vanessa tandis que Luke et Ethan étaient partis récupérer la guitare. Elle avait besoin d'une minute pour raconter à sa meilleure amie tout ce qui venait de se passer, et peut-être pour la remercier à genoux d'avoir aidé *l'air de rien* à lui faire rencontrer Ethan.

— Hé, V, t'as besoin d'aide ? demanda-t-elle à son amie lorsqu'elle la trouva en train d'essayer de mettre feu à un assortiment de petites branches.

Elle était reconnaissante qu'il n'y ait encore presque personne dehors.

— Nan, ça va. Et apparemment, tu vas bien aussi ! commenta-t-elle à la vue du sourire et des joues rouges de Courtney. Vous êtes restés à l'étage super longtemps, donc raconte-moi tout. Maintenant. Et par pitié, dis-moi qu'il y a eu de l'action avec vos langues.

Courtney rougit encore plus.

— Pour être honnête, j'attendais que ça, mais tu peux pas m'en vouloir : il est juste magnifique. T'aurais pu me prévenir !

— Et te laisser le temps de paniquer avant même

qu'il n'arrive ? Pas moyen. Mais ouais, il est super beau, hein ? dit Vanessa, se félicitant presque elle-même. Allez, raconte-moi ce qui s'est passé.

— J'ai pas grand-chose à te raconter vu que Luke est arrivé pile au mauvais moment, répondit Courtney d'un air contrarié. Mais on a bien flirté.

— Sérieux ?! J'ai dit à Luke de vous laisser tranquille ! Tu veux que j'aille le tuer ?

Vanessa semblait franchement agacée, et Courtney se sentit presque désolée pour Luke, malgré sa propre déception.

— Je pense pas que la situation mérite un meurtre pour le moment, mais j'apprécie ta solidarité, copine, dit Courtney avec un sourire. Je suis toute rouge, non ? J'ai l'impression d'être toute rouge. Il faut que j'aille méditer ou que je fasse une position du chien tête en bas ou autre. Ce truc de yoga que tous les gens connus font.

Vanessa éclata de rire.

— Et si t'allais mentionner à Fisher que tu veux faire le chien tête en bas ? Je suis sûre que ses yeux sortiraient de leurs orbites. Et je veux voir ça.

Courtney réalisa alors le sous-entendu derrière ses paroles et rejoint Vanessa dans son éclat de rire. Une fois calmées, Vanessa regarda Courtney de son air de « meilleure amie sérieuse ».

— Courtney Ross, tu vas m'écouter. Tu es absolument adorable, tu vas être capitaine d'une équipe de pom-pom girls populaire, tu es super intelligente, et t'as cet air de fille de la ville qui te démarque ici. Ethan est génial, et toi aussi, donc va le rejoindre et fais-le te mériter, dit-elle en regardant la porte du sous-sol.

Luke, Ethan et d'autres personnes en sortaient pour s'approcher du feu de camp.

— Bon discours, coach, répondit Courtney, reconnaissante d'avoir son amie avec elle, même si elle ne savait pas comment appliquer son conseil.

Elle se répéta ce que Vanessa venait de lui dire alors

qu'elle s'approchait des garçons pour s'asseoir. Lorsqu'elle passa devant Ethan, il attrapa sa main et la retint.

— Tu t'assieds à côté de moi, l'Ours, la taquina-t-il. Il va peut-être falloir que tu utilises ta force pour protéger Luke quand je vais réaliser entièrement à quel point son timing était horrible.

Ethan lança un regard assassin à Luke. Le cœur de Courtney s'affola à cette référence nonchalante à leur baiser manqué, puis elle s'interrogea sur ce dont Ethan et Luke avaient discuté lorsqu'ils étaient partis récupérer la guitare. Elle se fit une note mentale de torturer Luke plus tard pour le lui faire avouer.

— Dans tes rêves, mec. Je pourrais me battre contre vous deux en même temps et même pas renverser mon verre, se vanta Luke en contractant ses muscles effectivement impressionnants.

Il s'ouvrit une bière et en tendit une autre à Courtney. Elle hésita avant de l'accepter mais décida que « Quand à Rome, on fait comme les Romains » ou quelque chose du genre.

Elle but une gorgée, puis reporta son attention sur Ethan, qui accordait sa guitare, des mèches dans les yeux. Courtney sourit lorsqu'elle s'imagina glisser ses doigts dans ses cheveux. Il était possible qu'elle se soit un peu perdue dans cet adorable fantasme, car lorsqu'elle revint à la réalité, Ethan avait fini d'accorder sa guitare et la regardait avec son sourire espiègle.

— Mais à quoi tu peux bien penser ? Quelque chose qui pourrait m'intéresser ? la taquina-t-il en passant son pouce sur sa lèvre inférieure.

Courtney manqua de perdre la tête à ce geste. Elle supplia son visage de ne pas rougir.

— Eh bien, ça dépend de ce que tu trouves intéressant, j'imagine. Qui sait, si ça se trouve, j'étais en train de penser aux équations quadratiques, répondit-elle d'une voix mesurée. Bon, écoutons ces talents de rock star dont tout le monde parle. T'as réfléchi à ma montagne de requêtes ?

— On peut dire ça.

Il gratta quelques accords, et très vite, Courtney reconnut l'une de ses chansons préférées de tous les temps : *How's It Going to Be* de Third Eye Blind.

Elle ne l'avait jamais entendue jouée en live auparavant et ne savait pas si elle serait un jour capable de la réécouter de la même façon. Ethan ne se contentait pas de la jouer ; il la vivait. Sa voix parfaitement rauque fascinait Courtney.

De temps en temps, il levait les yeux vers elle et lui lançait son sourire si enivrant, et Courtney comprenait pleinement pourquoi certaines femmes décidaient de devenir des groupies. L'entendre chanter quelque chose qui lui était dédié la grisait.

Elle remarqua vaguement que d'autres filles le regardaient avec tout autant d'intensité, et se sentit immédiatement possessive. Elle essaya de garder la confiance en elle qu'elle avait récemment acquise et d'ignorer les regards brillants d'envie qui étaient dirigés sur lui.

Ethan finit la chanson et accepta quelques autres requêtes pendant que tout le monde se régalait de s'mores et profitait de la température plus supportable maintenant que le soleil était couché. Tout ça avait manqué à Courtney. Cette ville, cette vie. Les étincelles et les craquements du feu de camp reflétaient l'électricité qui fusait dans son corps. L'atmosphère ici était si radicalement différente des soirées à Scottsdale où elle avait laissé ses amis l'entraîner. Ici, personne ne semblait essayer d'impressionner personne. La plupart des gens présents se connaissaient depuis leur plus jeune âge, et ces liens étaient aussi clairs que le son d'un rire dans l'air.

Elle inspira profondément l'odeur de la fumée et l'expira, le regard tourné vers le ciel. Être assise sur une couverture douce à écouter Ethan jouer et savoir que

Vanessa était là pour l'aider à rester calme était exactement ce dont elle avait besoin. Elle se promit silencieusement non seulement de profiter au maximum de cet été, mais aussi de trouver un jour une façon de revenir.

Ethan venait de finir une autre chanson que Courtney n'avait pas reconnue mais avait tout de même appréciée. Elle se dit alors qu'elle pourrait lui montrer qu'il était loin d'avoir découvert tous ses secrets, malgré ce que son sourire espiègle laissait entendre.

— J'ai vraiment bien aimé cette chanson, c'était quoi ? demanda-t-elle avec un enthousiasme sincère.

— C'était une chanson à moi. Elle est pas encore parfaite, mais mon public est plutôt généreux ce soir, donc je me suis dit que j'allais essayer. T'as aimé, vraiment ?

Son air ravi le rendait encore plus attirant.

— T'as écrit ça ? C'est génial ! J'adorerais entendre ce que tu as écrit d'autre, si tu veux les tester sur quelqu'un. J'écrivais beaucoup de paroles avant, mais c'était juste des bêtises d'ado anxieuse. Trop de métaphores basiques, tu vois le genre. Mais j'apprécie quand quelqu'un arrive à associer les bonnes paroles à la bonne mélodie. J'ai toujours eu du mal à le faire, lui confia-t-elle. Je peux t'emprunter ta guitare ?

Elle tendit les mains, et il lui adressa un regard légèrement inquiet.

— Ok. Tu veux que je t'apprenne des accords ou autre ?

— Nan, je gère.

Courtney se rassit, la guitare appuyée contre une cuisse, et commença à jouer *Everything to Everyone* d'Everclear. Elle s'inquiéta un instant de ne pas réussir à se souvenir de la chanson entière, mais une fois lancée, tous ses soucis s'évanouirent. Plusieurs personnes l'accompagnèrent pour le refrain, et elle ressentit l'excitation de se produire en public. Elle ne chantait pas souvent car sa voix n'était jamais parfaite et n'était jamais comme elle le voulait, mais à ce moment exact, elle réalisa ne pas avoir peur du tout. Grâce à Ethan ou à elle-même ?

À la fin de la chanson, elle fit une petite révérence, puis rendit sa guitare à Ethan. Lorsqu'elle le regarda finalement, elle vit que son sourire amusé avait été remplacé par un air de surprise et d'émerveillement, teinté d'une touche subtile d'admiration.

— Donc, euh… Tu peux chanter. Et jouer de la guitare ? demanda-t-il avec un rire léger. C'était génial. Super choix.

Il continua de la regarder en secouant doucement la tête. Elle se félicita d'avoir réussi à lui montrer que Courtney Ross était plus qu'une pom-pom girl névrosée.

— Pour être complètement honnête, je connais genre, cinq chansons. J'ai pris des cours de guitare pendant à peine six mois l'année dernière et j'ai appris à jouer mes morceaux préférés, mais j'étais pas très bonne. Donc j'ai arrêté. Je sais que c'est nul à dire, mais j'aime pas être juste moyenne à ce que je fais. Donc je suis pas une vraie musicienne ou rien du genre.

— Ok, pour être complètement honnête à mon tour, je suis plutôt content de l'entendre. J'étais un peu inquiet que tu sois une meilleure musicienne que moi, et j'étais pas sûr que ma virilité puisse l'encaisser. Surtout après que tu m'aies qualifié de « garçon » tout à l'heure et tout, blagua-t-il.

Il posa sa guitare derrière lui et attira Courtney sur ses genoux. Elle essaya d'agir comme si c'était tout à fait normal pour elle, qu'elle s'asseyait régulièrement sur les genoux de musiciens mignons. Mais ce qu'elle se demandait en fait était si ses fesses devraient reposer d'un côté ou de l'autre et comment faire pour garder une posture naturelle. *Les filles normales n'ont pas ce genre de problèmes. C'est certain.* Elle se sentit prise d'un petit vertige mais ne savait pas s'il était causé par l'alcool ou par la proximité d'Ethan.

Courtney décida de s'appuyer contre lui pour garder l'équilibre, et il remarqua la chair de poule sur sa peau. Il commença à frotter doucement ses bras pour la réchauffer, mais ça ne fit qu'empirer les choses. Et lorsqu'il posa ses grandes mains sur les cuisses de Courtney, son cœur se mit à battre à tout rompre.

— Tu veux rentrer ? demanda-t-il. Il fait un peu froid, surtout quand t'es habituée à vivre dans un vrai désert, j'imagine.

Il l'aida à se relever et glissa ses doigts entre les siens alors qu'ils retournaient vers le sous-sol. Courtney se laissa guider, se perdant dans la vision du ciel étoilé, la sensation de sa main dans la sienne, l'odeur de l'herbe mouillée… *C'est magnifique*. Elle fut tirée de sa transe lorsqu'elle remarqua qu'Ethan la regardait.

— Tu viens de me dire que j'étais magnifique ? Parce que si tu commences à me sortir des lignes de *Twilight* pour me draguer, je crois que tu ferais mieux d'aller dormir, l'Ours.

— Au secours, j'ai dit ça à voix haute ? murmura-t-elle. J'ai dit ça pour la scène en général, M. Arrogant. Mais maintenant que tu en parles, t'es pas désagréable à regarder non plus.

— Oh, une pro dans l'art de la flatterie, on dirait ? se moqua-t-il. Mais en vrai, il est tard. Tu me raccompagnes à la porte ? Faut que je rentre.

Courtney savait qu'elle devait sembler déçue. Elle n'était pas prête à ce qu'il parte et à ce que la soirée se termine déjà, mais elle accepta à contrecœur.

Ils se rendirent à l'entrée de la maison. Courtney se tourna pour faire face à Ethan, se préparant mentalement elle-même à ce qu'elle s'apprêtait à dire.

— T'es sûr de pas pouvoir rester un peu plus longtemps ?

Elle était certaine de ne jamais avoir été aussi courageuse, et attendre qu'il réponde lui laissa le temps de se convaincre qu'elle avait tout mal compris depuis le début de la soirée et qu'il essayait de trouver une façon de la rejeter en douceur. *Pourquoi est-ce que j'ai demandé ça ? Je dois avoir l'air… Oh, mon Dieu, mais pourquoi je lui ai demandé ça ?!*

Ethan se passa une main dans les cheveux et soupira, la mâchoire crispée. Finalement, il secoua la tête et répondit.

— Je pourrais, oui, mais j'ai pas envie d'être *ce* mec.

— Quel mec ?

Par pitié, ne dis pas le mec qui couche avec la première fille mal dans sa peau qu'il croise. Dis autre chose, n'importe quoi.

— Le mec que tu détesteras le matin suivant parce qu'on vient juste de se rencontrer et que t'as un peu bu.

Ethan hésita un long moment.

— Je te trouve plutôt… cool ? Donc je préférerais ne pas tout gâcher dès le début, dit-il à voix basse.

Il semblait surpris par sa propre admission.

Courtney sentit sa tête tourner. Elle était soulagée qu'il ne se soit pas juste enfui brusquement, mais lorsqu'elle comprit le sens derrière ses mots, elle réalisa avoir peut-être été un peu trop audacieuse.

— Je t'invitais pas à coucher avec moi, juste pour que ça soit clair, bafouilla-t-elle. Enfin, je peux comprendre que mon invitation était un peu, euh, suggestive, mais je, hm… Ok, j'ai tout rendu bizarre. C'est ma spécialité.

Ethan rit, amusé malgré tout.

— Vanessa rigolait pas à propos de ton amour du vocabulaire. Tu parles bien même quand t'es un peu bourrée et que tu essayes de me rejeter, dit-il avec un sourire. L'honnêteté me plaît en tout cas, peu importe sa forme. Je crois que je t'aime bien, Courtney Ross. Tu me surprends.

— Vraiment ? demanda-t-elle, pas tout à fait certaine qu'il s'agissait d'un compliment.

— Vraiment. Je devrais rentrer maintenant si je veux

éviter que ma mère me hurle dessus et peut-être pour essayer de soigner ma fierté blessée, mais tu veux bien me faire une faveur et regarder ton portable demain en te levant ?

— Euh, oui, bien sûr. Mais pourquoi ?

— Tu verras. On se parle bientôt, ok ?

Ethan fit un pas en avant et se pencha suffisamment près pour que Courtney puisse voir qu'il avait besoin de se raser. Il l'embrassa sur la joue avant de sortir par la porte d'entrée. Abasourdie, elle se dirigea lentement à l'étage, peu intéressée par les personnes toujours présentes à la soirée.

Courtney entra dans la chambre de Vanessa et se laissa tomber sur le lit, ne prenant pas la peine d'enfiler un pyjama. Elle se concentra sur les picotements sur sa joue, là où Ethan l'avait embrassée. *Faites que ça ne soit pas qu'un rêve demain.*

CHAPITRE QUATRE

Courtney se réveilla déshydratée et avec une légère gueule de bois, mais alors qu'elle commençait à reconnaître là où elle se trouvait, des images de la nuit passée emplirent son esprit.

Elle se souvint de sa promesse de regarder son téléphone à son réveil et se mit à sa recherche. Lorsqu'elle l'eut dans la main, voir qu'elle avait reçu sept textos de sa mère la fit grommeler. Elle avait oublié de l'appeler à son arrivée le jour précédent. Les textos disaient :

M : Coucou, bien arrivée ? J'espère que tu t'amuses bien !

M : Tu sais que tu es censée m'envoyer un message pour me dire que tu vas bien.

M : Courtney Michelle Ross, je suis très en colère contre toi. Tu auras de la chance si j'accepte de te laisser y retourner l'été prochain !

M : Ok, j'essaye de faire partie des « mamans cools » dont j'ai entendu parler sur des blogs. Je sais que tu as

17 ans, mais tu as intérêt à m'envoyer un message à la seconde même où tu te réveilles.

M : Je tiens à te dire que ma tentative d'être une maman cool est un échec total.

M : APPELLE-MOI ! Ou envoie-moi un texto.

M : S'il te plaît.

Courtney savait qu'elle ne pouvait pas repousser l'échéance plus longtemps et décida d'en finir. Elle appela sa mère et attendit qu'elle décroche.

— Oh, mon Dieu, je suis tellement fâchée contre toi ! Tu essayes de me donner des cheveux blancs avant l'heure ? s'écria sa mère.

— Je suis super désolée ! Vanessa et moi, on a passé des heures à discuter, et puis elle a organisé une petite soirée de retrouvailles tranquille pour moi, désolée, désolée, désolée. Je te promets d'être la meilleure des filles pendant le reste de mon séjour, déclara Courtney en essayant de paraître aussi innocente que possible.

— Une *petite* soirée de retrouvailles, répéta sa mère. Ça a dû être une sacré teuf pour que tu en parles comme ça. J'adore Vanessa, mais je sais ce qu'elle considère comme une petite soirée tranquille, donc fais attention à toi, d'accord ?

— Oui, mère. Et utilise pas le mot « teuf », par pitié.

— Je dis ce que je veux, je suis grande. Tu as pu voir tes anciens amis ? Je sais que vivre là-bas te manque.

— Oui, je les ai vus. C'était cool de pouvoir leur parler, mais surtout, c'est... facile de repasser du temps avec Vanessa. Je me sens plus à l'aise ici qu'avec mes amis à la maison, expliqua Courtney. Et il est possible que j'ai aussi rencontré un mec.

Elle dit ces mots sans se laisser le temps de réfléchir. Il était certain que sa mère allait lui poser un millier de questions, mais elle était juste bien trop excitée pour n'en parler à personne.

— Un mec, hein ? Dis-m'en plus.

Courtney pouvait entendre la retenue dans la voix de sa mère, ce qui la fit sourire.

— Il a une moto et il travaille dans un salon de tatouage. Tu l'aimerais beaucoup, je pense, dit Courtney avec autant de sérieux que possible.

— Pff, ma fille, la comédienne. Arrête d'essayer de me faire faire une crise cardiaque et raconte-moi.

— Ok, ok. En vrai, il est grand, beau et bronzé, et tous les autres adjectifs dignes d'un film Disney. Il s'appelle Ethan et il joue de la guitare et chante, et je crois que je l'aime juste bien. Me connaissant, je vais sûrement tout détruire avant même que ça commence, mais je suis impatiente de voir ce qui pourrait se passer avec lui.

— Un musicien ? Bon ok, il a l'air chouette. Prends une photo de lui discrètement la prochaine fois que tu le vois, et envoie-la-moi. Je veux voir ce mec grand, beau et bronzé.

— Je ferai de mon mieux, promit Courtney.

— Mais écoute-moi. Fais *attention*, peu importe ce que vous faites. Tu me comprends ? Enfin, tu comprends ce que je veux dire par-là ? Je n'ai pas envie de t'embarrasser plus que nécessaire, mais j'essaye d'être réaliste.

— Oh, mon Dieu, maman, oui, je comprends ce que tu veux dire, et c'est pas une conversation qu'on a besoin d'avoir maintenant ! Je vais y aller. Tu m'as mise suffisamment mal à l'aise pour ce matin.

— Ok ! Je suis ta mère, donc c'est mon travail. Passe une bonne journée, et tu ferais mieux de répondre à mon texto la prochaine fois, rappela-t-elle à Courtney avant que cette dernière ne raccroche.

Elle était si perturbée émotionnellement par cette conversation qu'elle faillit en oublier la requête d'Ethan.

Courtney reprit son téléphone et ne sut pas vraiment quoi chercher jusqu'à voir la petite alarme sur son calendrier. Elle ouvrit l'application et vérifia son agenda de la journée, qui lui annonçait qu'elle avait quelque chose de prévu dans quinze minutes.

Lorsqu'elle ouvrit l'événement, elle rit. Il y était écrit : « Petit déj' d'ours avec l'HOMME sexy d'hier soir ». Elle était si occupée à se demander quand est-ce qu'il avait trouvé le temps de mettre ce rappel dans son téléphone que la mention des quinze minutes lui échappa.

Quand elle réalisa que cela signifiait quinze minutes à partir de maintenant, elle bondit hors du lit pour aller se regarder dans le miroir. « Oh, mon Dieu », dit-elle à son reflet. *Comment est-ce que je vais arranger tout ça en quinze minutes ?! Ok, ok, ok.* Elle prit une profonde inspiration. *Une étape à la fois.*

Courtney fouilla dans sa valise pour en sortir la laque à cheveux magique qui lui donnerait moins l'air d'une échappée de l'asile. Elle opta pour une queue de cheval sur le côté qui semblerait être délibérément ébouriffée, puis elle retira son maquillage de la veille avant d'appliquer une ombre à paupières pailletée. Elle aurait l'air éveillé et coiffée avec soin même si elle devait se couvrir de toutes les paillettes du monde.

Finalement, elle se brossa les dents à toute vitesse et vaporisa une touche de parfum sur sa peau avant de regarder son téléphone. Il lui restait trois minutes pour s'habiller et reprendre son calme.

Ses options de garde-robe étaient limitées car presque tout ce qu'elle possédait était froissé dans sa valise. Elle se décida pour un jean slim, puis partit fouiller dans la penderie de Vanessa pour y trouver un haut adéquat. Alors qu'elle enfilait un top blanc imprimé de fleurs rose vif, elle réalisa qu'elle ne savait pas où Vanessa était.

Après s'être regardée une dernière fois et s'être assurée que son apparence ne ferait pas s'enfuir Ethan à toutes jambes, elle se mit en quête de son amie.

— V ! T'es où ? appela-t-elle depuis le haut des marches.

— Dans la cuisine ! cria Vanessa en retour.

Lorsqu'elle entra dans la pièce, Courtney y trouva Vanessa et Luke en train de préparer le petit déjeuner. L'odeur du bacon et des œufs ravissait tant son estomac vide de lendemain de soirée qu'elle en oublia presque d'être surprise que Luke soit là.

— Et bonjour à vous deux, dit Courtney en les regardant chacun leur tour.

— Hey, des demandes spéciales pour tes œufs ? Je suis un pro de la cuisine, dit Luke.

Pour appuyer sa déclaration, il retourna un œuf au plat et le rattrapa impeccablement avec sa poêle.

— Bien joué, Bobby Flay. Je dirais pas non à un œuf au plat. Et à du bacon. Et à des toasts aussi, peut-être.

— Ça me fascine tout ce que t'arrives à manger, intervint Vanessa.

— Ouais, je suis plutôt fascinante, alors respecte-moi un peu, rétorqua Courtney d'un air très sérieux.

Vanessa leva les yeux au ciel, amusée, et c'est alors que la sonnette de la porte d'entrée retentit.

— Hmm, mais qui ça pourrait bien être ? J'ai comme l'impression que quelqu'un t'a trouvée fascinante, en effet, la taquina Vanessa en indiquant la porte de la main.

Le cœur de Courtney s'affola alors qu'elle alla ouvrir. *Et si tout ce que j'ai ressenti hier soir avait été passager et qu'il se rend compte que je suis juste… moi ?* Courtney se disputa mentalement avec elle-même et obligea son cerveau à se rappeler qu'Ethan était vraiment venu ce matin. Le souvenir de leur moment dans la cuisine lui revint en tête, et elle sentit sa poitrine se serrer.

Elle assuma son air le plus confiant possible et ouvrit la porte, révélant Ethan, qui était époustouflant dans son T-shirt noir ajusté et son pantalon sombre et bien taillé. Il lui semblait encore plus beau que dans ses souvenirs, si c'était même possible.

— Salut toi. Ton nom, c'est « Homme sexy et mystérieux », c'est ça ? le taquina-t-telle, forçant sa voix à paraître légère et détendue.

Juste, ne dis rien de gênant. En plein jour, elle ne pouvait plus se cacher derrière les shots de Jell-O.

— Ah, tu t'es souvenue de regarder ton téléphone, donc. Je t'ai amené des donuts. Je suis plus ou moins sûr que tu as dit avoir un appétit d'ours, alors j'en ai amené plusieurs sortes pour te laisser le choix, lui dit-il avec un clin d'œil.

— Tu sais quoi, c'est pas faux. J'adore surtout ceux avec des paillettes sucrées, mais je dois avouer ne jamais avoir rencontré un donut que j'ai pas aimé, donc envoie.

Elle lui prit le sachet et ouvrit le chemin vers la cuisine. Soudain, elle sentit Ethan attraper sa main et la ramener vers lui.

— Oui ? demanda-t-elle, confuse.

— Je sais qu'hier soir, j'ai tenu à jouer le mec mature et à respecter ta vertu, mais il y a quelque chose que je dois vraiment faire. Genre, maintenant.

Ses yeux sombres semblaient encore plus intenses, ou peut-être que Courtney était seulement assez sobre pour les apprécier comme ils le méritaient. Ethan réduit l'espace entre eux, et elle se retrouva coincée entre lui et le mur. Elle lâcha le sachet de donuts sur le sol de l'entrée et passa ses bras autour du cou d'Ethan, l'attirant contre elle.

Tout se déroula si rapidement qu'elle oublia d'être nerveuse, et très vite, les lèvres d'Ethan trouvèrent les siennes. Elles avaient un goût subtil de café et de dentifrice, et cela devint sa nouvelle saveur préférée.

Ethan l'embrassait comme s'il avait tout le temps au monde. Il glissa ses mains dans les poches arrière de Courtney pour lui faire ressentir encore plus l'intensité du moment, ce qui la fit immédiatement rougir. On l'avait déjà embrassée, mais ce baiser était une toute nouvelle expérience. Elle pouvait sentir l'énergie vibrer entre leurs corps alors qu'il l'embrassait doucement et même lorsqu'il finit par s'écarter légèrement.

Courtney s'appuya contre le mur et dut se rappeler de respirer. Elle leva les yeux vers Ethan et le vit la regarder de ses yeux brillants, son sourire espiègle signature sur le visage.

— J'ai eu envie de faire ça toute la soirée, dit-il.

Il déposa un dernier baiser rapide sur ses lèvres, ramassa le sachet de donuts et la guida dans la cuisine.

— Maintenant, on peut petit-déjeuner, rajouta-t-il.

Courtney n'arrivait pas à réaliser ce qu'il venait tout juste de se produire. Elle s'efforça de retrouver son calme et d'agir comme un être humain normal, mais dès qu'Ethan la regardait, son esprit retournait dans le hall d'entrée pour revivre leur baiser.

Vanessa haussa un sourcil en sa direction comme pour lui demander si tout allait bien, et Courtney sourit et ignora sa question silencieuse. Elle savait qu'elles en parleraient pendant des heures plus tard.

— Tu sais, j'avais vraiment envie de t'offrir un de ces biscuits en forme d'ours qu'ils ont ici en l'honneur de mon nouveau surnom pour toi, mais j'ai aussi eu comme un pressentiment que tu serais du genre à aimer les paillettes sucrées, donc tiens, les deux, expliqua Ethan en déposant les pâtisseries sur le comptoir.

— L'ours est pour moi ! s'écria Luke avant de fourrer la moitié du gâteau dans sa bouche.

— Hm. Luke a choisi pour toi, on dirait, remarqua Ethan sèchement.

— Donc Fisher, qu'est-ce qui a motivé cette petite visite si matinale ? Généralement, quand Luke et moi on t'invite à un petit déj' post-soirée, tu prétends devoir travailler. Qu'est-ce qui a bien pu te faire changer d'avis cette fois ? demanda Vanessa d'une voix faussement innocente.

— Je ne vois absolument pas de quoi tu parles. Tu dois penser à quelqu'un d'autre, répondit Ethan. Et pour ton information, je dois vraiment être au travail dans vingt minutes, donc tel est pris qui s'y croyait prendre.

— Bonne utilisation de l'expression, le complimenta Courtney, ne riant qu'à moitié. J'aime les *homme*s qui savent parler.

— Tu sais, on pourrait presque penser que tu te moques de moi, là. Mais vu la snob du vocabulaire que t'es, ça me paraît impossible, rétorqua Ethan, dénonçant publiquement l'amour des mots savants de Courtney.

Il glissa ses bras autour de la taille de Courtney par-derrière et croqua dans le donut qu'elle tenait.

— C'est le prix que tu dois payer pour que j'arrive à oublier ton commentaire blessant sur mon utilisation géniale de cette expression.

— Mes excuses les plus sincères, dit Courtney.

Elle laissa échapper un petit soupir déçu lorsqu'il la relâcha pour aller s'asseoir sur le comptoir.

— Mais je rigolais pas pour le travail et il faut que j'y aille dans genre, une minute. Sinon, comment les gamins du coin vont apprendre à jouer de la guitare et à devenir aussi génial que moi en grandissant ? Je passais surtout pour demander si quelqu'un avait envie d'aller voir un film ou autre ce soir ?

— Mec ! Les films, ça craint. On devrait aller faire du canoë nocturne ! s'exclama Luke avec son enthousiasme habituel.

— Oooh, oui ! On n'a pas fait ça depuis super longtemps ! Courtney va détester, mais vu la situation, c'est pour son bien. On fait ça, décida Vanessa.

— Hm, pardon ? Du canoë nocturne ? C'est-à-dire être sur une rivière dans un tout petit bateau, mais la nuit, quand tu peux pas voir les moustiques et les monstres aquatiques essayer de te dévorer ? interrogea Courtney.

La nature n'était pas sa grande passion. Ethan rit doucement.

— Tu verras, faire du canoë la nuit, c'est plutôt cool. Je suis partant. Je te protégerai de tous les moustiques, mais si on croise des « monstres aquatiques », compte pas sur moi. La façon dont t'en parles fait flipper, dit-il avec un frisson exagéré. Luke, t'as toujours les clés du local à canoë ?

— Tu crois quoi ? Je vais jamais les rendre, dit Luke en sortant un trousseau de clés de sa poche.

— Yeees ! s'exclama Vanessa avant de se mettre à danser autour de Luke dans la cuisine.

— Une minute, là. Vous essayez de me dire qu'en plus des moustiques et des bestioles dans l'eau, on va entrer par effraction et voler des canoës ? Et donc que personne ne viendra nous chercher si on se noie dans la rivière ?

— Allez, l'Ours, tu rêves d'une aventure, avoue, l'amadoua Ethan en posant ses mains sur ses hanches, les faisant bouger lentement de gauche à droite.

Courtney ne voulait pas qu'il s'écarte. Finalement, elle soupira. Elle ne se pensait pas capable de lui dire non, même si elle en avait eu envie, et surtout pas quand il se tenait si près d'elle.

— Ok, je viens. Mais juste pour que ça soit clair, quand on se fera ramasser par les flics, je vous pousse sous le bus direct'. Et toi, tu dois promettre d'arrêter de m'appeler l'Ours. Trouve un truc qui me donne l'air mignon, dit-elle à l'intention d'Ethan.

— Ok, d'accord, répondit-il en riant, si tu insistes. Et d'ailleurs, « bonne utilisation de l'expression », la féli-cita-t-il à son tour. Luke, je t'envoie un message plus tard pour qu'on décide où se retrouver. Vanessa, c'était un plaisir, comme toujours. Et jeune fille anciennement connue comme l'Ours, on se voit ce soir.

Il déposa un baiser rapide sur ses lèvres, lui faisant comprendre que leur échange de plus tôt était entièrement sincère. Courtney le suivit du regard alors qu'il se dirigeait vers la porte, puis se tourna vers Vanessa et Luke.

— Euuuh, c'était quoi, ça ? Depuis quand vous en êtes à l'étape de vous embrasser comme ça, tous les deux ? Je croyais qu'il s'était rien passé hier soir ? demanda Vanessa.

— Ok, cool, alors les discussions entre filles, c'est pas ma passion, donc je vais aller prendre une douche avant de rentrer. Je vous laisse tranquille.

Luke les laissa seules et descendit au sous-sol. Le moment de lui extirper plus d'informations sur Ethan devra être remis à plus tard.

Courtney attendit qu'il soit hors de portée d'oreille, puis raconta tout à Vanessa : le moment gênant de la nuit passée, l'alerte sur son téléphone, la signification du surnom « L'Ours », et enfin, le baiser dans le hall d'entrée.

Une fois son récit terminé, elle se sentit plus légère, enfin libérée de ses réflexions incessantes qui lui donnaient l'impression qu'elle allait exploser.

— Non, mais sérieux ! J'arrive pas à croire que vous vous embrassiez devant ma porte d'entrée et que j'ai rien vu ! Il a du style en tout cas, je suis impressionnée, se ravit Vanessa.

— Donc qu'est-ce que t'en penses ? T'as toujours un avis, et cette fois, je te le demande vraiment. Qu'est-ce que je fais ?! la supplia Courtney.

— Meuf, tu sais déjà ce que je ferais. La question, c'est : qu'est-ce que tu recherches cet été ? C'est évident que tu lui plais parce qu'il fait un effort. Il agit pas comme ça avec les filles d'ici, et crois-moi, c'est pas parce qu'il en a pas eu l'opportunité. Tu vois qui c'est, Kim ? Elle essaye de le chopper depuis qu'il est arrivé, mais il l'a jamais regardée. Je pense... Je pense que tu devrais t'amuser et t'autoriser à être qui tu veux. Je peux te garantir que c'est un mec décent, donc, tu sais, si t'as envie de te débarrasser de ta virginité, je te soutiendrais complètement. Mais il faut que tu sois sûre de ce que tu veux.

Il était évident au sourire amusé à peine contenu de Vanessa qu'elle faisait de son mieux pour faire paniquer Courtney. Et elle réussissait plutôt bien.

— Erg, dis pas ça comme ça ! grimaça Courtney. Mais ok… Ça me donne une autre perspective. Je crois que je vais juste, je sais pas, être heureuse pour le moment. C'est un truc nouveau pour moi, mais peu importe. Être juste heureuse. Je peux y arriver, non ?

Toutefois, elle en doutait. Elle visualisa Kim dans son esprit et se sentit possessive. Kim était jolie : les cheveux noirs et courts, de grands yeux bruns et des taches de rousseur sur le nez. *Il faut que j'arrête de toujours penser au pire.*

— On verra ce soir, je suppose. Je sais que tu l'aimes bien parce que t'as à peine protesté pour le canoë. Je suis pressée de voir comment tout ça va se finir. Tu te souviens de notre week-end camping avec les scouts en CE1 ? lui demanda Vanessa, hilare. J'ai cru que t'allais te faire pipi dessus quand on a trouvé le moustique dans ton sac de couchage. Ta tête était juste magique !

— Ha ! Qui a dit que je me suis pas un peu fait pipi dessus ? C'était terrifiant, tu peux pas me le reprocher. Je te jure que ce moustique avait un truc contre moi. J'ai forcé Mme Hoffman à me donner un nouveau sac de couchage et j'ai empesté la tente de Raid. Que j'avais emporté dans mon sac. Comme toute gamine de huit ans normale, quoi, dit Courtney, s'amusant enfin du ridicule évident de ce souvenir. Je sais pas qui a eu la brillante idée de m'inscrire chez les scouts de toute manière.

Une chose était sûre : cette aventure en canoë allait tester ses limites.

— Meh, j'ai dû insister pour que tu viennes avec moi et je t'ai saoulée jusqu'à ce que tu demandes à ta mère.

C'est un peu comme ça que notre amitié fonctionne, remarqua Vanessa avec un sourire radieux. Mais bref, quand Luke sera parti, on va aller faire du shopping. T'as évidemment besoin de fringues plus sexy. Et non, t'as pas le droit de protester.

Courtney n'y songea même pas. Elle suivit Vanessa à l'étage pour se préparer, jetant un coup d'œil rêveur au mur de l'entrée au passage.

Vanessa l'épuisa avec son marathon consumériste, et Courtney ne comprenait simplement pas d'où son amie tirait sa détermination. Elle réussit à lui faire acheter trois nouvelles tenues mais aussi un bikini qui était, selon elle, *parfait* pour Ethan. Courtney apprenait à ses dépens que Vanessa était un maître dans l'art de la manipulation.

— T'es au courant que j'ai emporté des maillots de bain, hein ? J'ai une piscine chez moi. Je nage régulièrement, dit Courtney en regardant ses achats.

— Oui, ok, t'as des maillots de bain qui sont bien pour nager chez soi. Pas pour faire baver Ethan. Y a une différence essentielle entre les deux, et tu le sais. En plus, on va aller à la piscine au moins deux jours par semaine cet été, donc c'est un essentiel de garde-robe.

Courtney examina les petits morceaux de tissu jaune vif pour lesquels elle avait payé et fut obligée de se ranger du côté de Vanessa, bien qu'à contrecœur. C'était à l'opposé du une-pièce qu'elle avait dans sa valise.

Courtney s'assit sur un banc et soupira.

— On devrait pas rentrer chez toi pour faire le ménage avant que tes parents reviennent ?

— Nan, Luke a déjà tout nettoyé ! C'est même encore plus propre que ça l'était avant, je te jure. J'ai jamais rencontré quelqu'un d'aussi énergique, dit Vanessa d'un air suggestif. Et aussi, ma mère a appelé ce matin et elle m'a dit qu'ils restaient là-bas une nuit de plus pour une dédicace de livre ou un truc du genre. Je sais pas trop. Ils seront de retour demain, t'inquiète pas. Mais ça veut dire qu'on va pas avoir besoin de faire le mur.

CHAPITRE CINQ

Lorsqu'Ethan arriva ce soir-là, Courtney se sentait étonnamment confiante. Ou pas. En tout cas, elle réussissait très bien à prétendre l'être.

Après un refus initial, elle avait laissé Vanessa lui attacher les cheveux en une tresse lâche, puis avait enfilé un jean skinny noir, des sandales en cuir marron et une chemise en flanelle plutôt ajustée qui, selon son amie, lui « faisait un décolleté de rêve ».

Lorsque la sonnette retentit, Courtney dut combattre son envie de courir jusqu'à la porte.

— Court, t'es prête à y aller ? appela Vanessa.

Courtney descendit les marches en essayant de paraître calme et absolument pas effrayée par les énormes moustiques qui l'attendaient à la rivière. Ou par la probabilité de se retrouver seule avec un garçon qui, elle en était convaincue, avait beaucoup plus d'expérience qu'elle.

— Aussi prête que possible, j'imagine.

Lorsqu'elle leva les yeux, elle remarqua qu'Ethan la

fixait. *La chemise était peut-être un achat utile finalement.* Avec sa veste zippée noire et son collier argenté, Courtney le trouvait incroyablement attirant. Elle le dévisagea en se mordant la lèvre.

— Non, mais au secours. Est-ce que la tension pourrait être encore plus forte ? On est là pour faire du CANOË, hein ! LA NUIT ! DANS LE NOIR ! Donc reprenez-vous, ok ? se moqua Luke.

Courtney réprima son envie de le frapper, supposant qu'il ne sentirait rien même si elle le faisait.

— On arrive, on arrive. Respire, répondit Ethan.

Ils s'installèrent tous dans le pick-up de Luke pour se rendre jusqu'à la rivière.

— Ok, les enfants, vous êtes prêts ? demanda Luke alors qu'il se garait près de l'entrepôt de l'association de canoë locale.

Apparemment, Luke y avait travaillé plusieurs étés et avait eu l'idée astucieuse de faire un double des clés.

— C'est parti, répondit Ethan avant d'aider Luke à sortir les canoës.

— T'as besoin de brassards ou autre, Courtney ? J'ai pas envie d'être tenu responsable si tu te noies dans la rivière, dit Luke d'un air moqueur.

— Oh, tais-toi, je nage très bien. C'est les bestioles qui sont dans l'eau qui m'inquiètent. Donc si on pouvait éviter de renverser le canoë tout court, ça m'arrangerait pas mal.

— C'est mort, je vais essayer de vous faire renverser à la première occasion. Prépare-toi.

Courtney n'arrivait pas à dire s'il s'agissait d'une blague ou non, mais elle faisait confiance à Vanessa pour contrôler le grand enfant qui lui servait de petit ami.

— Ok, écoutez-moi, les scouts. Dans l'aprèm', Ethan et moi, on est descendus jusqu'à la clairière où on va finir le parcours, et on a installé des grands drapeaux orange.

On a aussi attaché des tissus orange aux arbres qu'on va voir avant d'atteindre la fin. Il est possible que j'ai laissé une glacière avec des bières et des trucs pour faire du feu à l'arrivée. Je sais, je sais, je suis votre héros, mais je vais pas prendre la grosse tête. La voiture d'Ethan est garée en bas pour qu'il nous ramène jusqu'à mon pick-up après. Ok, maintenant, mettons ces machins à l'eau !

Courtney était plutôt impressionnée par les talents d'organisation de Luke. Bien qu'elle ait passé des heures à s'inquiéter, elle ne s'était pas demandé ce qu'ils allaient faire une fois à la fin du parcours. Elle commença à se détendre légèrement et se concentra uniquement sur comment rester sur le bateau. *Si on peut appeler ça un bateau. C'est plutôt un danger flottant qui se veut un moyen de transport.*

Elle aida Ethan à pousser le canoë jusqu'à la rive et sauta dedans, laissant Ethan le manœuvrer dans l'eau glaciale. Ils s'assirent l'un en face de l'autre, les rames en main, et essayèrent difficilement de trouver leur rythme.

Bien évidemment, Luke et Vanessa étant quasiment des professionnels de cette activité, ils prirent rapidement la tête. *Au moins de là-bas, Luke pourra pas nous faire renverser,* se dit Courtney, reconnaissante.

Une fois qu'Ethan et elle réussirent à harmoniser leurs mouvements, ils se laissèrent porter vers le bas de la rivière.

Courtney inspira profondément, en partie car elle était certaine qu'une armée de moustiques allait l'attaquer à tout moment, mais aussi parce que l'air dégageait une odeur presque sucrée. De nombreuses plantes étaient en période d'éclosion à cette saison ; Courtney avait oublié que l'été pouvait être agréable quand il ne faisait pas 45°C.

Elle tenta de repousser sa légère inquiétude de ne pas être capable de tenir une conversation avec Ethan jusqu'à la fin du parcours sans dire de bêtise. *Filtre-toi, filtre-toi, filtre-toi*, se répéta-t-elle.

— Tu vois, c'est sympa ici. Ça donne l'impression d'être Tom Sawyer un peu, non ? dit Ethan.

Les derniers rayons du soleil soulignaient l'expression presque hésitante d'Ethan. *Il parle littérature ? Ok. Il a plus d'un atout caché alors. Mec sexy qui joue de la guitare et qui aime les livres.*

— Pas faux, oui. Tout ce dont on a besoin maintenant, c'est de se perdre dans une cave, répondit-elle avec un sourire. Mais ça me dérangerait pas qu'on se fasse pas pourchasser par un taré aux tendances meurtrières qui s'appelle Joe. Tom Sawyer était assez badass quand on y pense.

— T'es plutôt étrange comme fille, tu sais ? remarqua Ethan.

Son ton ne permettait pas à Courtney de décider si elle devrait être vexée, donc elle décida de réagir avec calme.

— Pour plus d'une raison même, je suis sûre. Mais qu'est-ce que tu veux dire par-là ?

— T'es juste… Je sais pas. T'es incroyablement sexy, hein, bien sûr, mais beaucoup de filles le sont. Tu es drôle. Genre là, je viens de faire une référence à Mark Twain, clairement parce que j'essayais de me donner l'air intelligent, et t'as juste rebondi dessus. Et hier soir, t'avais l'air d'en savoir beaucoup sur les Hobbits, et en plus de ça, on a parlé musique pendant une demi-heure. C'est pas le genre de conversation que j'ai avec les filles en général, ou avec personne d'ailleurs. Tu vois ce que je veux dire ?

— J'imagine que oui. Il y a très peu de gens avec qui je peux être moi-même. Ça m'est même déjà arrivé de devoir faire genre de m'intéresser à ce qui arrive aux Kardashian pour pouvoir participer aux discussions des autres pom-pom girls. J'ai l'impression de pouvoir être moi, ici. Et je préfère nos conversations. C'est facile de te parler. Et encore plus facile de te regarder, ajouta-t-elle d'un ton hésitant, espérant réussir à flirter correctement.

Je suis « incroyablement sexy » ? Il est sérieux ?

— Je peux comprendre, répondit-il en riant. Je suis content que ça soit ça, le vrai toi.

— Alors, qu'est-ce que t'aimes lire d'autre ?

— Oh, euh… C'est une info classée top secrète.

— Pourquoi ? insista-t-elle, confuse.

— Parce que ça me fait passer pour un loser, donc j'ai vraiment pas envie de te le dire.

— Allez ! Je suis complètement accro aux bouquins. Je te promets que je vais pas me moquer. À moins que tu lises des trucs sur des vampires qui brillent. Dans ce cas-là, je me moquerai de toi et je m'excuserai pas, dit-elle très sérieusement. Mais franchement, j'ai du mal à imaginer que tu puisses faire quoi que ce soit qui te ferait passer pour un loser. T'es le genre de mec qui… enfin, tu vois ce que je veux dire.

— Je pourrais prétendre que non, mais je mentirais. Je suis plutôt génial. Bon. Ok. T'es assez persuasive pour quelqu'un de si petit, remarqua-t-il. Alors… Ma petite sœur est au collège et elle est un peu, genre… Eh bien, elle a pas beaucoup d'amis mais elle adore lire. Ma mère travaille tout le temps, donc c'est moi qui lui lis depuis qu'elle est toute petite. C'est notre truc. Donc en plus des bouquins pour l'école, je lis pas mal de trucs comme *Percy Jackson* ou *Harry Potter* pour qu'on puisse en parler, avoua-t-il à contrecœur.

— Sérieusement ? C'est ça que tu voulais pas m'avouer ? C'est juste trop mignon ! Et *Harry Potter* ? Si tu crois que j'ai des opinions bien arrêtées sur la musique, me lance pas sur les sorciers. J'ai une baguette magique à la maison… ou trois, admit-elle.

J'en ai trop dit ? Sur les baguettes magiques, en plus ? J'espère que c'est pas ça qui va le faire fuir. Autant dire que j'ai une collection de bougies littéraires aussi.

— J'adore que tu trouves ça mignon, mais si on pouvait le garder entre nous, ça serait cool. Et ça veut dire que oui, je te traiterais de menteuse en public si tu racontes que j'ai envie d'être un petit sorcier, lui dit-il d'un air faussement menaçant.

— Est-ce que ça te rassure si je te dis que c'est un peu sexy que tu aimes *Harry Potter* et que tu sois un grand frère génial ?

C'est ça qu'on doit ressentir quand on flirte vraiment, c'est obligé. Le cœur de Courtney battait à tout rompre, et elle se félicita que cette petite aventure se déroule de nuit car elle sentait ses joues s'enflammer.

— Oui, répondit-il avec un sourire franchement amusé. Mais ça reste un secret quand même.

Il posa un doigt contre ses lèvres pour appuyer ses paroles.

— Mais maintenant qu'on parle de sorcellerie, pose ta rame et viens là…, continua-t-il.

Tout en se demandant s'il pouvait voir l'expression déconcertée sur son visage à la lueur de leur lampe, Courtney s'exécuta prudemment, suppliant l'univers de ne pas la faire tomber à l'eau.

Ethan lui fit signe de s'asseoir devant lui. Cette nouvelle proximité angoissait légèrement Courtney, mais elle était également curieuse de voir ce qui allait se passer.

— Montre-moi ta main, lui demanda-t-il alors qu'il ajustait leur lampe pour pouvoir mieux la voir.

Elle tendit sa main, paume en l'air, et il la prit dans les deux siennes.

— Je vais lire les lignes de ta main, déclara-t-il avec le plus grand sérieux.

— Vraiment ? Tu sais faire ça ?

— Oui. Ma tante est branchée trucs mystiques : lecture des lignes de la main, cristaux, et tout le reste. Je lui ai demandé de m'apprendre pour que je puisse impressionner les filles. Tu me diras si ça marche, dit-il en riant.

Elle aimait entendre son rire. Il dégageait une décontraction certaine qui aidait Courtney à se relaxer, à vraiment se relaxer, ce qui était une sensation si différente de lorsqu'elle se forçait à méditer frénétiquement. L'oxymore de « méditer frénétiquement » ne lui échappait pas.

— Ok, vas-y.

Courtney se fichait de s'il savait réellement lire les lignes de la main ou non ; la sensation du bout des doigts d'Ethan sur sa peau suffisait à couvrir son dos de chair de poule.

— Alors, cette ligne ici ? C'est ta ligne de cœur et elle se courbe vers le haut, ce qui veut dire que tu partages tes émotions et tes pensées librement avec ceux en qui tu as confiance. Et cette ligne, dit-il en la soulignant de son pouce, signifie que tu es pleine de vie et d'énergie. Et cette partie ? Elle montre que tu es très intéressée par les mecs qui peuvent jouer de la guitare et te chanter des chansons des années 90 auprès d'un feu de camp.

Courtney pouvait presque entendre le sourire dans sa voix, mais elle se laissa distraire lorsqu'il embrassa doucement son poignet. Elle retint sa respiration, peinant à comprendre ce qui était en train de se produire.

Ethan déposa plusieurs autres petits baisers sur son avant-bras jusqu'à ce qu'elle ne puisse plus retenir son impatience.

Oubliant toute prudence, elle s'agenouilla et fit tanguer dangereusement le bateau, menaçant de les renverser à tout moment dans l'eau froide et de briser ce moment. Mais rien de tout ça ne l'inquiétait réellement car ses lèvres étaient enfin sur celles d'Ethan.

Dans cette position, ils faisaient presque la même taille, et Courtney aimait sentir sa poitrine appuyée contre le torse du jeune homme. Ethan caressait doucement son dos tandis qu'elle jouait avec ses cheveux.

Leur baiser s'approfondit, et elle se sentit fondre dans cette étreinte, d'autant plus lorsqu'il fit glisser ses lèvres sur son cou. Courtney fut un instant étourdie, le souffle coupé, une sensation causée cette fois seulement par la présence d'Ethan. Il reporta ses baisers sur sa bouche, la recouvrant de ses lèvres à la courbe parfaite, avant de s'écarter légèrement.

Courtney peinait trouver quoi dire maintenant qu'elle comprenait enfin pourquoi certains sonnets de Shakespeare relataient de l'art d'embrasser.

— Je pense pouvoir dire que oui, ta façon de lire les lignes de la main m'impressionne, dit-elle finalement avec un rire léger.

— Je recommence quand tu veux, dit Ethan en caressant les cheveux de Courtney d'une main. Mais je crois qu'on devrait finir le parcours avant que Luke commence à regretter de pas t'avoir fait porter de brassards.

Courtney soupira, mais elle était presque reconnaissante qu'ils soient forcés d'en arrêter là. Même si elle n'était pas certaine de la direction qu'elle voulait que cette relation prenne, elle n'avait pas de mal à reconnaître qu'elle n'avait jamais ressenti une telle étincelle avec un autre garçon. Jamais.

Ils réussirent à reprendre une conversation cohérente alors qu'ils ramaient, et très vite, ils aperçurent les tissus orange noués aux arbres.

Lorsqu'ils s'approchèrent de la rive, ils virent que Luke et Vanessa avaient déjà lancé un feu.

— Aaah, enfin ! J'ai failli appeler les garde-côtes ! s'écria Luke lorsqu'il les vit.

— Oh, arrête, laisse-les tranquille, le réprimanda Vanessa.

Elle sourit à Courtney d'un air qui laissait entendre qu'elle lui extirperait tous les détails plus tard.

— Venez manger.

Ils grillèrent des hot-dogs et des s'mores, la fumée du feu se mêlant à l'air de cette soirée d'été.

— Hé, viens avec moi jusqu'à ma voiture, je vais

prendre une autre couverture, demanda Ethan à Courtney.

Il saisit sa main et l'aida à se relever de la chaise pliante sur laquelle elle était assise. Main dans la main, ils s'engagèrent à l'écart du chemin boueux qui longeait la rivière, jusqu'à arriver là où Ethan s'était garé.

Courtney fut intriguée par la voiture d'Ethan, un modèle à l'aspect sportif d'une couleur bleu roi. Elle remarqua immédiatement qu'elle était vintage et avait été retapée.

— C'est quoi comme voiture ? demanda-t-elle, admirative.

— Aah, c'est mon obsession de ces trois dernières années. C'est une Nissan Z de 1980. Mon grand-père m'a aidé à l'acheter quand j'avais 15 ans et on l'a réparée ensemble. Tu imagines même pas combien de cours de guitare j'ai dû donner pour pouvoir la mettre dans cet état, dit-il en riant alors qu'il sortait une couverture du coffre. Je t'emmènerai faire un tour sur les petites routes à l'occas' pour te montrer de quoi elle est capable.

— Ça me dit bien. J'ai une certaine affection pour les voitures rapides.

— Une « certaine affection » ? Tes tournures de phrases sont géniales. C'est vraiment mignon, ajouta-t-il lorsqu'il vit l'expression déconcertée de Courtney. Amusant, même.

Il l'attira contre lui et l'embrassa avant de refermer le coffre, puis ils partirent retrouver leurs amis. *Je pourrais m'habituer à ce qu'on s'embrasse comme ça tout le temps.*

Alors qu'ils arrivaient sur la rive, Luke et Vanessa semblaient être en pleine dispute.

— Il y a juste aucune chance que tu me reconduises chez moi. C'est moi qui vais conduire ton pick-up. T'as bu, genre, quatre bières, dit Vanessa d'une voix forte.

— Deux. Et je te l'ai dit quinze mille fois, JE VAIS

BIEN. Tu veux bien te calmer, sérieux ? répondit Luke sèchement.

— Non, je vais pas me « calmer ». Je tiens réellement à ce que tout le monde rentre sain et sauf. Ethan va nous ramener, dit-elle d'un ton défiant.

— Non, mais t'es sérieuse là ?

Réalisant qu'Ethan et Courtney étaient de retour, ils tombèrent dans un silence tendu.

— Hé, Luke, aide-moi à tirer les canoës jusqu'à la route, dit Ethan, espérant alléger la tension.

— Ouais, ok, peu importe.

Luke se dirigea vers la rive d'un pas furieux et commença à traîner un canoë. Ethan tendit la couverture à Courtney avant d'aller le rejoindre.

— Tout va bien ? demanda Courtney à Vanessa, inquiète.

— Laisse tomber. Il me saoule avec ses conneries ! J'ai même pas envie d'en parler pour le moment. Tout ce que je sais, c'est qu'il va pas nous ramener.

Elle semblait presque au bord des larmes, et Courtney passa un bras autour des épaules de son amie. Il était rare de voir Vanessa sincèrement triste ; son attitude habituelle mêlait plutôt sarcasme et remarques tranchantes.

Les garçons revinrent quelques minutes plus tard, et Luke semblait calmé.

— V, je suis désolé… Parle-moi, s'il te plaît, supplia-t-il.

Vanessa soupira, les bras croisés contre la poitrine, et se dirigea vers la rive sans attendre de voir s'il la suivait. Luke se lança après elle avec l'air d'un chiot abandonné.

Ethan s'approcha de Courtney par derrière et passa ses bras autour d'elle avant de déposer un petit baiser dans son cou.

— Ils vont bien. Luke finit toujours par obéir à Vanessa au final, lui dit Ethan à l'oreille.

— J'espère. Je le trouve bien pour elle ; il la rend heureuse.

— T'inquiète pas pour eux, ma chouquette.

— Ma chouquette ? Toujours pas, non. Essaye encore, le taquina Courtney.

— Non ? Je pensais que ça te plairait. Je vais continuer à chercher alors. Mais pour le moment…, dit-il en la faisant pivoter. Danse avec moi.

— Danser avec toi ? Tu te donnes à fond ce soir, hein.

Elle fut obligée de se mettre sur la pointe des pieds pour pouvoir passer ses bras autour du cou d'Ethan.

— Oui, mais aussi, je voulais une excuse pour te toucher le cul, avoua Ethan en riant avant de l'attirer plus près.

Il chantonna un morceau des Wallflowers juste pour Courtney tandis qu'ils dansaient, les étoiles virevoltant au-dessus de leurs têtes.

Le cœur battant à tout rompre, elle comprit ce que les gens voulaient dire par « *tomber* amoureux ». Elle ne pensait pas être *amoureuse* d'Ethan car elle ne le connaissait que depuis deux jours, mais le sentiment était identique. Terrifiant, incontrôlable et libérateur. Elle ne réfléchit pas à ce qu'il se passerait quand la chute serait terminée, et se concentra plutôt sur la voix d'Ethan et la sensation de son corps contre le sien.

— Hum hum.

Courtney sursauta légèrement quand elle entendit Vanessa s'éclaircir la gorge derrière eux. Luke et elle se tenaient par la main et semblaient plus détendus.

— Tout va bien ?

— Hyper méga bien, répondit Luke.

Courtney ne put ignorer que Vanessa leva les yeux au ciel à cette réponse.

— Mais je pense qu'on devrait y aller, continua Luke. Ça va me prendre un moment d'aller récupérer mon pick-up et de remettre les bateaux à leur place.

Ils acquiescèrent et commencèrent à ranger leur campement improvisé. Ethan les conduit jusqu'au pick-up de Luke, et Vanessa annonça qu'elle allait l'aider à ranger les canoës avant de le ramener chez elle pour la nuit. Donc Ethan se retrouvait en charge de raccompagner Courtney. Elle se focalisa sur sa respiration. Elle n'était pas certaine d'être prête à être seule avec lui. Dans sa voiture. Avec ses lèvres ridiculement douces et son sourire charmeur.

Réfléchis. Quand vous allez arriver à la maison, peut-être qu'il se passera rien. Il va peut-être juste rentrer chez lui. Tu as vraiment envie qu'il rentre chez lui ? Elle savait que non.

Ethan posa une main sur son genou et y tapota le rythme d'une chanson, ne semblant pas du tout partager les inquiétudes de Courtney. *Détends-toi, sérieux*, se dit-elle. *Tu l'aimes bien. Il t'aime bien. Tu peux toujours dire non si tu ne veux pas faire quelque chose. Tu es capable de prononcer un mot d'une syllabe.* Elle inspira à nouveau profondément. Ethan avait été parfaitement respectueux envers elle depuis le départ, et c'est ce qu'elle se répéta jusqu'à enfin réussir à faire ralentir son rythme cardiaque.

— Qu'est-ce qui se passe dans ta jolie petite tête ? l'interrogea-t-il.

— Rien. Enfin, toujours quelque chose, si. Mais rien d'important en ce moment, mentit-elle.

Ethan rangea brusquement la voiture sur un côté de la route.

— Ok, il faut que je m'excuse ou que je m'explique ou autre. C'est évident que quelque chose t'embête parce que t'as juste pas arrêté de parler depuis que je t'ai rencontrée, et maintenant, tu dis plus rien donc j'espère que je vais pouvoir t'aider à régler le problème.

— Ok... Tu me rends un peu nerveuse, mais vas-y.

Elle s'imagina la fin brutale de sa romance de vacances avant même qu'elle n'ait vraiment commencé. *Pourquoi est-ce que tu as besoin de toujours tout exagérer ?*

— Non, sois pas nerveuse, j'ai juste... C'est pas facile

à dire, mais j'ai vraiment envie d'être honnête avec toi. Pour commencer, je suis super désolé pour le « Je voulais une excuse pour te toucher le cul » de plus tôt. C'était complètement nul, et j'ai peur de t'avoir donné la mauvaise impression de moi. Je regrette l'avoir dit depuis que je l'ai dit, et si je pouvais le reprendre, je le ferais.

Courtney s'apprêta à l'interrompre pour alléger sa culpabilité, mais il reprit la parole.

— Pour être franc avec toi, je suis vraiment doué pour flirter avec les filles. Je l'ai toujours été. Ce que je t'ai dit... C'est un truc que je dirais normalement à une fille avec qui j'essaye de coucher. Et ça marcherait.

Courtney le fixa, un sourcil haussé.

— Je sais que je dois avoir l'air vraiment prétentieux en disant ça, mais je sais juste pas comment m'expliquer autrement. C'est comme si... J'ai l'impression de te connaître depuis toujours. Quand je pense que la semaine dernière, on n'avait aucune idée de l'existence de l'autre, j'arrive pas à comprendre comment c'est possible. Je pense à toi constamment. Donc j'ai pas envie de coucher avec toi. Enfin, si, se corrigea-t-il lorsqu'il remarqua la grimace de Courtney. Mon Dieu, j'arrive vraiment pas à m'exprimer. Je te trouve, genre, belle ? Je sais que je dois avoir l'air ridicule. Et bien sûr que je veux... Bref. Ce que j'essaye de dire, c'est que je crois que je t'aime bien. Je sais que ça peut paraître basique, mais ça l'est pas pour moi. Donc si ce soir, ou n'importe quel autre soir qu'on passe ensemble, tu veux juste glander et discuter ou jouer de la guitare ou, franchement, même jouer aux échecs, ça me va. Je m'attends pas à... Enfin... Ouais. Bref. Je crois que c'est tout. Désolé, je trouve pas les mots quand tu me regardes comme ça, conclut-il nerveusement.

Courtney se pencha vers le siège conducteur et embrassa doucement Ethan sur les lèvres, prise d'une audace inhabituelle.

— On dirait que tu deviens aussi doué que moi pour rendre l'ambiance gênante, le taquina-t-elle affectueusement. Mais au contraire, tu trouves les mots *parfaits*. Je me suis un peu perdue dans mes pensées pendant un moment, je l'avoue, mais je vais bien, ok ? Tu le sauras si je vais pas bien. Comme tu l'as fait remarquer, je suis plutôt bavarde.

Elle sourit en l'embrassant à nouveau, émerveillée par le fait qu'elle était autorisée à faire *ça*.

— Donc tout va bien entre nous alors ? Genre, on peut continuer à traîner ensemble et voir où ça nous mène ? demanda Ethan.

— Je pense que c'est exactement ce qu'on devrait faire, répondit Courtney. Mais je hais les échecs. Donc non pour ça. En revanche, rentrer chez Vanessa et écouter les chansons sur lesquelles tu travailles me dirait bien. On peut faire ça ? Et manger des cookies pour rendre la soirée encore plus belle ?

— Ça me va. Tu me rends un peu nerveux, tu sais, avoua-t-il à voix basse avant de l'embrasser une dernière fois. J'aime bien ça.

Il engagea à nouveau la voiture sur la route, et ils finirent le trajet jusqu'à chez Vanessa à plusieurs vitesses afin qu'Ethan puisse mettre en avant les capacités de sa voiture.

Courtney ne pensait pas s'être jamais sentie plus vivante que dans cette voiture roulant rapidement sur des petites routes de campagne, les vitres ouvertes et la musique à fond.

CHAPITRE SIX

♫ *All The Small Things* – Blink 182
Fly – Sugar Ray
Sugar We're Goin' Down – Fall Out Boy

Au cours des deux semaines suivantes, les quatre furent inséparables. Ils profitèrent de presque toutes les possibilités de rendez-vous disponibles dans la petite ville : le cinéma, le mini-golf et tous les restaurants situés dans un rayon de dix kilomètres. Une fois ces options écoulées, ils passèrent leurs soirées chez Vanessa, se faisant livrer des pizzas ou de la nourriture chinoise et mexicaine.

Ethan, fidèle à sa promesse, s'était comporté en parfait gentleman à chaque sortie, ce qui ne l'empêchait pas de voler des baisers passionnés à Courtney à la première occasion, mais sans jamais la pousser à faire plus que ça. Bien que Courtney lui soit reconnaissante de lui donner le temps dont elle avait besoin pour s'habituer à lui, la tension qu'il y avait entre eux les premiers jours lui manquait un peu.

Un jour, en fin de matinée, ils s'aventurèrent à la piscine municipale. Alors que les garçons jouaient au basket, Courtney en profita pour demander l'avis de son amie tandis qu'elles prenaient le soleil au bord de la piscine.

— V ? J'ai besoin de tes conseils.

— À ton service.

Vanessa repoussa ses lunettes de soleil sur le haut de sa tête et se pencha vers son amie comme si elles s'apprêtaient à avoir une discussion secrète.

— Je me sens débile de même te demander ça. Je sais pas… T'as tellement, genre, le contrôle sur comment tu agis avec Luke, et j'ai l'impression que je devrais être plus… Hm… Confiante ?

Elle ne savait pas pourquoi parler de ça avec sa meilleure amie la rendait si nerveuse. Peut-être car l'évolution de sa relation avec Ethan sortait entièrement de sa zone de confort. *C'est hors de ma zone de confort, mais de la meilleure des manières*, se corrigea-t-elle mentalement.

— Je sais que je suis douée pour dire « non », mais j'ai jamais essayé de dire « oui » à quelque chose avant parce que, eh bien, j'en ai pas eu l'occasion. Pas comme ça, du moins.

— T'as pas besoin de mes conseils, répondit rapidement Vanessa. Tu as juste besoin de te décider. Est-ce qu'il va trop vite ou trop lentement ? Il a passé quasiment chaque soir des deux dernières semaines avec toi et il fait exactement ce que tu veux qu'il fasse, donc tu as déjà le contrôle. Il faut juste que tu l'acceptes. Si tu veux aller plus loin, tu vas devoir lancer les choses toi-même. Il a clairement peur de faire quelque chose que tu veux pas qu'il fasse, ce qui est un peu bizarre. Pour lui, en tout cas. Accepte juste que ses sentiments pour toi sont sincères, et fais ce qui te semble être bien pour *toi*.

Les lunettes de soleil de Vanessa retombèrent sur son nez, marquant la fin de son conseil.

— T'as la sagesse d'une vieille chouette. Qu'est-ce que je ferais sans toi ? demanda Courtney pour alléger l'ambiance. Mais t'as raison. Il faut que je prenne le contrôle de ce que je veux.

Elle jeta un coup d'œil vers le terrain de basket et apprécia les frissons qui parcoururent son corps lorsque son regard tomba sur Ethan.

— Et en parlant de ça, je veux que cette maître-nageuse rouquine arrête de le déshabiller du regard.

— Ah, bienvenue dans le monde de celles qui ont un copain terriblement sexy, se plaignit Vanessa. Des fois, j'ai envie d'accrocher un panneau sur Luke qui dit qu'il est pris. Du genre « attention : chien méchant », mais plutôt : « attention : meuf blonde tarée qui va t'éclater si tu touches à son homme ». Je travaille encore sur la tournure de phrase.

Courtney rigola lorsqu'elle s'imagina Luke porter un tel panneau.

— Oui, eh bien, même si Ethan est pas mon copain, j'ai bien envie de faire un truc pour régler ça.

Quelque chose dans le fait d'être avec Vanessa faisait ressortir chez Courtney un côté guerrière courageuse qu'elle ne se savait même pas posséder. Elle toisa la maître-nageuse à travers les verres foncés de ses lunettes de soleil et se mordilla la lèvre inférieure.

— Fais-le, meuf, l'encouragea Vanessa.

Courtney enfila ses tongs, ajusta son minuscule bikini jaune pour accentuer ses atouts, et gambada jusqu'au terrain de basket.

— Salut, sexy, l'interpella Ethan, le regard brillant.

Elle se remémora s'être sentie envieuse des filles dont les petits amis les regardaient ainsi. Comme si personne d'autre n'existait. Elle réussit presque à se convaincre de ne pas être jalouse lorsqu'elle croisa son regard, car tout ce qu'elle y lut lui était destiné.

— Viens là, lui dit-elle depuis la ligne de touche.

Ethan s'approcha en trottinant.

— Qu'est-ce qui se passe ? Tout va bien ?

— Tout ira bien dans une minute, oui.

Elle ne se souciait absolument pas que plusieurs personnes attendaient qu'il se rejoigne au match. Le cœur de Courtney battait à tout rompre pour plus d'une raison. Elle espérait seulement que ce qu'elle s'apprêtait à dire clarifierait complètement les choses pour Ethan. Qu'il comprendrait ce dont elle avait envie pour leur relation.

— J'ai un petit problème qui est que la maître-nageuse là-bas te bave dessus et j'aime pas trop ça. Je pense qu'elle espère que tu te noies dans la piscine pour qu'elle puisse te faire du bouche à bouche.

Flirter si ouvertement avec un garçon était une expérience nouvelle pour elle, mais qui lui donnait une sensation de pouvoir.

Ethan regarda par-dessus l'épaule de Courtney, apparemment peu étonné.

— Et tu veux que j'aille lui dire que je suis pris ? demanda-t-il, confus.

Ravie qu'il se définisse si facilement comme « pris », Courtney poursuivit.

— Nan. Je veux que tu lui montres, dit Courtney en souriant d'un air espiègle avant de prendre les mains d'Ethan et de les poser très bas sur son dos.

Le sourire d'Ethan s'élargit, et il répondit à cette requête avec plaisir en l'embrassant.

Soudain, il la souleva par-dessus son épaule et se précipita vers la piscine. Courtney poussa un cri de protestation aigu, mais secrètement, elle était folle de joie. *Ça devrait rendre les choses limpides*, se dit-elle, satisfaite.

Ethan la laissa tomber dans la piscine lorsqu'il arriva au bord et sauta après elle. À le voir ainsi, enveloppé des rayons du soleil, leur lumière se reflétant dans les gouttes d'eau qui déferlaient sur sa peau, elle se crut à deux doigts de perdre l'esprit. Ethan nagea vers elle.

— Bon, vu que j'ai répondu à ta requête, il faut que tu fasses un truc pour moi.

— À quoi tu penses ?

Maintenant habituée à la température de l'eau, elle laissa ses pensées se déchaîner.

— Je doute pas franchement de ma masculinité, mais comme t'as abordé le sujet la première... Tu vois le groupe de mecs par-dessus ton épaule gauche ?

Elle leur jeta un regard, puis acquiesça.

— C'est la moitié de l'équipe de foot du lycée. Et ils n'ont pas arrêté de te mater comme s'ils pensaient avoir une chance. Enfin toi et ce maillot de bain incroyablement tentant. Donc juste pour être certain que tout le monde sache que tu es ici avec moi...

Il plongea ses mains dans l'eau et attrapa les cuisses de Courtney, entourant ses jambes autour de sa propre taille. Courtney rit et se laissa faire, s'agrippant fermement à lui et l'autorisant à l'embrasser devant tout le monde. Elle souhaitait que ce baiser ne finisse jamais.

Une fois Ethan satisfait, ils se lancèrent dans une compétition de plongeons jusqu'à ce que Vanessa et Luke les rejoignent.

Ils se séparèrent pour aller se laver, sur la promesse que les filles allaient organiser quelque chose pour la soirée.

— Ok, je crois que j'ai une idée géniale ! annonça Courtney à Vanessa sur le chemin du retour.

— Dis-moi tout.

— On devrait faire une soirée genre « Retour dans le passé ». On pourrait trouver tout ce qu'on adorait manger quand on était gamins, genre mac and cheese, sandwichs confiture et beurre de cacahuètes, Kool-Aid, Ho-Hos, Sour Patch Kids... Et aussi, on pourrait jouer à des jeux qu'on faisait pendant les soirées de collège. Le jeu de la bouteille, ça me paraît pas super approprié, mais on pourrait jouer à Action ou Vérité, Vingt Questions… On pourrait regarder *Empire Records*, aussi. T'en penses quoi ?

— J'en pense que t'es rien de moins qu'un génie. Ton idée est encore meilleure que le canoë nocturne. Choppe ton portable et dis-le à Ethan, et je m'occupe de Luke. Mais on leur dit pas le thème, comme ça, ça restera une surprise.

Vanessa semblait absolument surexcitée. C'était exactement ce dont elles avaient besoin. Elles avaient pour habitude d'organiser ce genre de soirées autrefois, et Courtney avait l'impression qu'elles reprenaient là où elles s'étaient arrêtées.

— Mission réussie, dit Courtney après avoir envoyé un message à Ethan. Ça va être trop fun. On devrait se faire belles. Attends, laisse-moi reformuler. *Tu* devrais nous faire belles, dit-elle en souriant et en battant des cils pour convaincre son amie.

— Absolument ! approuva Vanessa.

Les deux filles éliminèrent le chlore de leurs cheveux et se préparèrent à organiser la meilleure soirée « Retour dans le passé » de tous les temps.

Elles firent leurs courses à une vitesse vertigineuse, attrapant tout ce qui leur rappelait leur enfance, et donc une quantité inévitablement impressionnante de bonbons.

Lorsqu'elles arrivèrent dans la dernière allée, Courtney vit Vanessa mettre un nombre inhabituel de paquets de papier toilette dans leur chariot.

— Euh… T'as prévu de squatter les toilettes dans les heures qui viennent ? demanda-t-elle.

— Nan, répondit Vanessa. Réfléchis une minute et dis-moi ce qui te vient en tête.

— OH MON DIEU, on va jeter du PQ sur des maisons ! Oui, oui, oui, oui ! J'ai pas fait depuis nos 13 ans et que ta mère nous a emmenées le faire quand je suis venue te voir. C'est génial ! Je t'ai dit dernièrement à quel point tu m'avais manqué ? demanda-t-elle à Vanessa avant de la serrer fort dans ses bras en plein milieu du magasin.

— Ah, meuf, tu m'as manqué aussi. Qu'on soit ensemble m'a manqué. Ce soir va être parfait.

Elles payèrent pour leur nourriture incitant parfaitement à la nostalgie, et retournèrent chez Vanessa.

Cette dernière remplit son iPod de chansons de leur passé, et notamment de Justin Bieber, de Britney Spears et d'une petite sélection de pop-punk des années 90 à la requête de Courtney.

— Oh, Ethan va HAÏR cette playlist, se réjouit Vanessa. Tu veux qu'on parie sur combien de temps il va tenir avant de venir débrancher mon iPod ?

— Je te parie qu'il va tenir la durée de *Baby* et c'est tout, s'amusa Courtney.

La mère de Vanessa leur avait proposé d'aller fouiller dans les vêtements rangés dans le grenier et de s'habiller comme à l'époque, mais elles décidèrent de ne pas le faire. Ni l'une ni l'autre n'était particulièrement attachée à ses choix vestimentaires d'autrefois.

— On n'a pas besoin d'être au top de la mode, l'ambiance suffira, dit Courtney alors qu'elle sortait sa nouvelle robe d'été rouge du placard.

Ce n'était pas son style habituel, mais ce soir, elle avait besoin d'un coup de pouce. Vanessa, qui était quant à elle habillée d'une robe dos nu et ajustée bleue, lui jura qu'elle lui allait parfaitement.

La mère de V était presque aussi excitée à propos du thème de la soirée qu'elles deux, et avait accepté de préparer la nourriture tandis que les filles s'habillaient.

— Elle aime juste vivre par procuration à travers moi, se plaignit Vanessa. Si un jour j'arrête de vivre ma propre vie, tu me mets une balle, ok ?

— Oh, arrête, elle essaye juste d'être sympa.

Mme Roberts avait toujours été adorable avec elle, et Courtney pensait que c'était en partie car elle espérait que le bon comportement de Courtney à l'école finirait par influencer sa fille.

— J'imagine, soupira Vanessa. Je crois qu'elle commence enfin à accepter que c'est qui je suis, en tout cas. J'ai l'impression qu'elle me laisse plus prendre mes propres décisions. Après tout, à cette époque, l'année prochaine, on se préparera à commencer la fac. C'est dingue, non ? Je nous revois encore être tout excitées quand on est entrées en sixième et qu'on a eu des casiers.

— Ah, oui. J'étais persuadée que j'allais oublier mon code et devoir subir l'épreuve humiliante de demander au concierge de venir couper mon cadenas, se souvint Courtney.

— Tu t'es toujours inquiétée pour des trucs bizarres, ma petite. Perso, je m'inquiétais que mon appareil dentaire s'accroche à celui d'un mec si on s'embrassait, dit Vanessa, hilare. Chacun ses priorités, hein ?

— Ça, c'est sûr, répondit Courtney, prise du regret familier qu'elle aurait aimé pouvoir finir le collège avec Vanessa plutôt que de déménager.

Courtney jeta un œil à son téléphone avant de quitter la pièce et rit lorsqu'elle lut le message de sa mère. Elle avait rempli sa promesse de lui envoyer une photo d'Ethan, et sa mère semblait approuver.

M : Oh, waouh, Courtney. Il ressemble à un de ces mannequins d'Holli-Town. Ou peu importe le nom du magasin où tu aimes aller. Assure-toi qu'il se comporte bien avec toi ou je viendrais moi-même et je le retrouverais. Je t'aime <3

— Il faut absolument que je dise à Ethan que ma mère pense qu'il est un mannequin d'« Holli-Town ».

— « Holli-Town » ? Genre Hollister ? demanda Vanessa. Il est nouveau, celui-là. Ta mère adore toujours inventer des mots, hein ? Tu te souviens des heures qu'on a passées à essayer de lui faire dire « bagels » et pas « bay-gals » ?

— Oh oui, je m'en souviens. Mais elle dit toujours « bay-gals ». Je vais devoir lui dire que ça la fait passer pour une vieille, elle arrêtera immédiatement, dit Courtney avec un sourire amusé.

Toutefois, même si elle passait un été génial, sa mère lui manquait.

— Hé, tu trouves que je brille trop ? reprit-elle. J'ai utilisé la brosse à paillettes que j'ai achetée au centre commercial. J'ai envie d'avoir l'air d'une fée, pas d'une boule à facettes.

— Si tu brilles trop ? Depuis quand ça t'inquiète ? la taquina Vanessa. Tu es trop mignonne, t'inquiète pas.

Courtney eut alors l'impression que quelque chose était absent, mais elle mit un instant à comprendre de quoi il s'agissait. Vanessa lui avait dit de ne pas s'inquiéter, et elle ne s'était pas inquiétée. Elle ne s'était pas disputée avec elle-même ou avait dû prendre de grandes inspirations ou avait ressenti le nœud dans son estomac depuis plusieurs jours. Elle ne se souvenait pas de la dernière fois qu'elle s'était sentie aussi... normale.

La sonnette de l'entrée retentit, interrompant cette réalisation soudaine, et les deux filles s'empressèrent d'aller ouvrir, impatientes de montrer aux garçons ce qu'elles avaient prévu.

Courtney était si euphorique à cette absence d'anxiété qu'elle manqua de renverser Ethan lorsqu'elle passa ses bras autour de son cou en riant joyeusement.

— Ok, ok, dit Ethan avec un sourire avant de reculer pour pouvoir la regarder. T'es particulièrement mignonne ce soir, Paillettes, continua-t-il, essayant un énième nouveau surnom alors qu'elle faisait un tour sur elle-même pour lui présenter sa robe.

— Oui ! Oh mon Dieu, oui, tu peux m'appeler comme ça !

Elle savait que c'était immature, mais ce surnom reflétait à la fois son amour de tout ce qui brille et de ce qui recouvrait ses donuts préférés. Et elle adorait les donuts.

— Mais est-ce que ça veut dire que tu me penses plus capable de te battre pendant une bagarre ? Parce que je suis plutôt certaine de l'être.

— Pas du tout, la rassura-t-il. J'ai juste décidé que tu pouvais être à la fois badass et briller. En plus, j'ai aucune intention de t'énerver suffisamment pour te faire me taper dessus, répondit Ethan avec un sourire amusé.

Luke arriva peu après, et les filles leur firent deviner ce qu'était le thème de la soirée.

— Hmm… Bouffe et musique dégueu ? demanda Luke.

— J'ai entendu ça, Luke Miller ! cria la mère de Vanessa depuis la cuisine. Tu n'as pas intérêt à insulter ma nourriture.

— Je n'oserai *jamais*, Mme Roberts. Je n'avais pas réalisé que vous aviez préparé ce festin. Ça va évidemment être délicieux alors, la flatta Luke.

— Oui, oui, n'en rajoute pas, le réprimanda gentiment la mère de Vanessa. Amusez-vous ce soir, mais je vous promets que si vous vous faites arrêter quand vous irez jeter le papier toilette, je ne viens pas vous récupérer, ok ? Il faudra que vous vous débrouilliez avec le shérif.

— Compris, répondirent-ils d'une même voix alors qu'elle quittait la pièce.

— Ok, maintenant, devinez vraiment, reprit Vanessa.

— C'est du Kool-Aid ? Genre, du Purple-Saurus ? J'adorais ça quand j'étais gamin, dit Ethan en indiquant le pichet sur la table.

À cette remarque, ils commencèrent à observer ce

qui les entourait sous le regard attentif des deux filles, et en arrivèrent à la même conclusion.

— Le thème, ça serait pas les trucs qu'on aimait quand on était enfants, par hasard ?

— Si ! s'écrièrent les deux filles à l'unisson.

— Attendez de voir ce qu'on a prévu pour les jeux plus tard, dit Vanessa avec un clin d'œil.

— Ok, c'est plutôt cool, admit Luke en souriant. Vous avez géré.

Ils s'assirent pour déguster leur repas et échanger des anecdotes sur leurs enfances. Courtney n'avait aucun mal à visualiser Luke plus jeune ; après tout, il se comportait toujours comme un enfant. Mais Ethan ? Elle peinait à l'imaginer comme un ado timide ou maladroit.

Vanessa se sentit forcée de partager l'histoire du moustique dans le sac de couchage de Courtney avec les garçons, et tout le monde se moqua joyeusement d'elle. Pour se venger, Courtney raconta une histoire à son tour.

— Eh bien, notre chère Vanessa ici-même a voulu prouver qu'elle était plus flexible que moi quand on était en sixième...

— Ça, c'est intéressant, interrompit Luke avec un sourire ravi.

Vanessa lui répondit d'un coup de poing sur le bras.

— Inapproprié ! s'écria Courtney. Bref. Donc elle a essayé de me convaincre qu'elle pouvait entrer tout entière dans sa taie d'oreiller. Moi étant la personne responsable que vous connaissez, j'ai essayé de lui faire changer d'avis, mais elle était particulièrement déterminée à accomplir ce miracle.

Vanessa essayait d'avoir l'air fâché que Courtney raconte cette histoire, mais Courtney pouvait voir qu'elle était à deux doigts d'éclater de rire alors qu'elle revivait cet épisode.

— Elle a réussi à y entrer sa tête, ses bras et ses jambes, mais ses fesses dépassaient, et elle a commencé à faire une crise d'angoisse parce qu'elle arrivait pas à en ressortir, dit Courtney, qui n'arrivait plus à se retenir de rire. Elle se balançait d'avant en arrière comme une tortue dans sa carapace, à essayer de sortir de cette taie d'oreiller débile, et je pouvais même pas l'aider parce que j'étais pliée en deux.

— C'était terrifiant ! Comment est-ce que tu oses t'amuser du moment où j'ai frôlé la mort ?! s'écria Vanessa d'un ton théâtral avant de sourire.

— Tu sais, si je me trompe pas, j'ai une photo de cet événement unique qu'il est possible que j'ai mise sur mon téléphone avant de venir ici, avoua Courtney, le sourire jusqu'aux oreilles.

— Non ! Je vais te TUER ! s'exclama Vanessa.

Courtney n'était plus effrayée par les menaces de Vanessa depuis des années, donc elle afficha la photo sur son téléphone pendant que Luke retenait Vanessa. Luke et Ethan éclatèrent de rire lorsqu'ils purent enfin constater du ridicule de la situation.

— J'aime bien cette fille, dit Luke à sa petite amie, qui faisait la tête.

Après quelques minutes, Vanessa finit par se remettre et admettre que c'était l'une des choses les plus stupides qu'elle ait faites de son enfance.

Ils dévièrent sur des sujets plus sérieux, comme le fait d'entrer bientôt en terminale et les universités où ils voulaient aller après le lycée.

Courtney avait été acceptée en avance dans plusieurs universités, mais comme souvent, elle n'arrivait pas à prendre une décision finale. Cet été la faisait encore plus hésiter. Ici, elle était une personne différente. Elle pourrait avoir la chance d'aller à la fac avec Vanessa, de revenir habiter dans l'Ohio et de s'échapper du désert. Mais ça signifierait laisser sa mère et son père ainsi que ses quelques amis de Scottsdale. L'idée de ne pas voir sa mère pendant plusieurs mois consécutifs suffisait à la faire paniquer.

— Peut-être que je vais aller à la fac en Arizona, tu sais. J'ai envoyé mon dossier il y a quelques semaines, avoua Vanessa.

— Sérieux ?! Pourquoi tu me l'as pas dit ? demanda Courtney, choquée.

Elle n'aurait jamais pensé que Vanessa puisse considérer quitter l'Ohio.

— Mes notes étant ce qu'elles sont, comme tu le sais bien, il y a peu de chances que je sois prise. Mais ça pourrait être une aventure. J'ai poussé Luke à postuler aussi, tu sais, juste au cas où j'ai besoin d'un mec à mon bras quand je serai là-bas, dit-elle en mettant un petit coup de coude à Luke.

— Sérieux, les gars ? Vous allez juste me laisser là ? s'indigna Ethan, à moitié sérieux.

— Oh, arrête, espèce de gros bébé. Envoie ton dossier si t'as envie. On peut déplacer le gang de Gem City en Arizona, intervint Luke.

Ethan sembla y réfléchir.

— Vous savez que j'ai postulé ici aussi, hein ? dit Courtney. Même si j'adore l'idée que vous entriez dans mon monde là-bas, j'avoue. Ça serait dingue. J'ai été prise à la fac de Dayton, à Ohio State et à Bowling Green.

— Oui, oui, bien joué, madame l'intello, la taquina Luke. Donc c'est cool qu'on parle de tout ça et tout, mais ce que je veux vraiment savoir, c'est ce que nos deux petits amoureux prévoient de faire à la fin du mois ? Genre, tu sais que tu vas devoir rentrer chez toi, hein ? Suuuper lo…

Luke s'interrompit brusquement quand Vanessa lui envoya un coup de coude dans l'estomac.

— Mais tais-toi ! Tu vois pas qu'ils font de leur mieux pour ignorer ça ? Laisse-les tranquille. Vous inquiétez pas pour ça, sérieux, dit Vanessa afin d'essayer d'effacer la question trop réelle de Luke.

Un silence gênant s'installa, durant lequel Ethan et

Courtney s'assurèrent de ne pas se regarder. Ils essayèrent de retrouver l'énergie de plus tôt, mais faire semblant ne fonctionnerait pas.

— Ok, les gars, je prends les devants. Ce soir était censé nous faire penser au passé pour qu'on s'amuse, qu'on soit jeunes et peut-être un peu idiots, donc je vous donne vingt minutes à tous les deux pour parler et après, on va jouer à des jeux de gamins et aller balancer du PQ habillés comme des ninjas. Compris ? déclara Vanessa d'une voix ferme avant de se tourner vers Luke, le poignardant du regard. Luke ? Toi et moi, on va aller discuter au sous-sol.

Merde, merde, merde, paniqua Courtney alors que les deux autres quittaient la pièce. Elle n'était pas prête à avoir cette conversation. Elle ne connaissait Ethan que depuis deux semaines, et il lui restait encore deux autres semaines de vacances qu'elle ne voulait pas gâcher en imaginant ce que laisser Ethan lui fera.

— Ok, donc, euh… salut.

Son ton joyeux n'était que peu convaincant.

— Salut, Paillettes, répondit Ethan avec un sourire. On peut aller s'asseoir sur le canapé ? Ces fauteuils sont trop éloignés à mon goût.

Ils se laissèrent tomber sur le grand canapé, et Ethan prit les mains de Courtney dans les siennes. Courtney s'avança pour l'embrasser, espérant que ça leur permettrait peut-être de ne pas aborder un sujet si sensible, mais Ethan recula.

— Je veux savoir ce que tu penses. J'espérais qu'on pourrait ne pas en parler pendant encore un moment, mais comme d'habitude, Luke a pas pu s'en empêcher.

Courtney soupira.

— Le seul truc que je peux dire avec honnêteté, c'est que je suis plus heureuse que je l'ai été depuis… hm, toujours, peut-être. On pourrait pas juste faire ce que tu as dit et repousser l'échéance ? Je sais que ça me donne l'air d'essayer d'éviter la situation, mais… je sais pas.

— T'es sûre ? J'ai pas envie que ça nous pèse pendant les deux semaines à venir. Enfin, je veux dire, on sait tous les deux que tu vas devoir rentrer, mais je sais juste pas la conséquence que ça va avoir pour le moment. Je te trouve géniale. J'ai pas envie que tu partes. C'est plus ou moins tout ce à quoi je peux penser pour l'instant.

— C'est nul si je dis juste que c'est pareil pour moi ? dit Courtney avec un rire bref. J'ai pas envie de tourner ça en quelque chose que ça n'est pas, ce qui, franchement, est complètement contraire à ma nature. J'adore définir chaque chose. J'ai même demandé une machine pour faire des étiquettes pour mes 14 ans. Mais avec toi, et nous… On ne pourrait pas juste être heureux pour le moment et affronter la réalité plus tard ? finit Courtney, le regard suppliant.

— On reste des ados, non ? Donc c'est ce qu'on fait : on vit dans un monde parallèle où les conséquences n'existent pas. En tout cas, c'est ce que ma mère me dit, répondit Ethan avec un sourire amusé. Donc on est d'accord pour attendre avant d'avoir cette conversation ?

Courtney acquiesça, se sentant déjà soulagée.

—Tu vas me laisser te distraire maintenant ? demanda-t-elle d'un ton câlin, désireuse de retrouver le pouvoir qu'elle avait ressenti à la piscine.

— Absolument, oui. Tes jambes dans cette robe me rendent fou, répondit Ethan, plus que ravi de flirter.

— Est-ce votre façon de me dire que vous voulez me voir sans cette robe, monsieur ? Ce ne serait pas très gentleman de votre part, le réprimanda-t-elle, amusée.

Ethan semblait ne pas savoir s'il s'agissait d'une blague ou non, donc elle clarifia ses intentions en le chevauchant, de sorte à ce qu'ils soient face à face.

— C'est mieux comme ça ? demanda-t-elle à voix basse, repoussant les « *mais qu'est-ce que tu fais ?* » qui menaçaient de déferler dans son esprit à tout moment.

— Bien mieux, murmura-t-il en retour avant d'effleurer ses lèvres des siennes et de l'attirer contre lui.

Courtney devint consciente que sa robe était très courte lorsqu'Ethan balada ses doigts sur ses cuisses, faisant frissonner son corps entier. Tout en embrassant son cou, il laissa courir lentement ses mains sur des zones auparavant inexplorées, et elle sentit son sang se figer dans ses veines. Depuis leur moment dans la piscine plus tôt dans la journée, Courtney ne voulait qu'une chose : être avec Ethan. Ce dernier glissa sa main dans les cheveux de Courtney, et elle ne se sentit alors plus capable de respirer.

— Je vais remonter ces escaliers TRÈS LENTEMENT pour éviter que ma malédiction du timing pourri fasse des siennes, cria Luke depuis le sous-sol.

— Oh, mon DIEU, gémit Ethan en rejetant sa tête en arrière contre le canapé.

Courtney s'efforça d'égaliser sa respiration et commença à se relever d'Ethan, mais il l'attira contre lui et dit lentement :

— J'ai besoin que tu restes assise là encore quelques minutes si ça te dérange pas.

Elle se retint d'éclater d'un rire peu élégant à la raison cachée derrière cette demande.

— Compris.

Le fait qu'il la désire en retour lui faisait perdre la tête.

Ils se concentrèrent tous deux sur leur effort de paraître présentables lorsque Luke atteindrait le haut des marches. Toute inquiétude restante concernant son départ prochain fut enfouie profondément, et elle était déterminée à ne pas laisser le futur ruiner son présent.

CHAPITRE SEPT

— Ok ! J'arrive en haut des marches dans une seconde ! annonça Luke d'une voix intentionnellement très forte.

Une fois sur le palier, il adopta un ton nonchalant.

— Oh salut, vous deux. Vanessa veut qu'on continue avec notre retour dans le passé et qu'on joue à Action ou Vérité. Donc allez hop, on se dépêche. Ses mots, pas les miens. Je dirais jamais un truc craignos comme « allez hop ».

— Ouais, mec, on arrive. Donne-nous juste une seconde, répondit Ethan avec une grimace.

L'expression de Luke passa très rapidement de la confusion à la compréhension, puis il éclata de rire.

— Ok, mec, venez quand t'es prêt.

Il redescendit les marches sans cesser de rire.

Ethan demanda à Courtney de le distraire en parlant d'autre chose, donc elle lui fit un résumé de sa haine pour les fruits. Il lui lança un regard surpris, mais elle y était habituée.

— Les gens ont un préjudice contre ceux qui mangent pas de fruits, se plaignit-elle. T'as même pas idée. Les matchs de foot quand on était gamins ? Pas de snacks pour Courtney parce qu'elle ne mange pas d'oranges. Les fêtes d'anniversaire où les parents bizarres mettaient de la confiture de fraises dans le gâteau ? Pas de gâteau pour Courtney.

Elle n'était pas sûre de pourquoi elle se référait à elle-même à la troisième personne, mais ça correspondait à son humeur. Leur échange l'avait laissée surexcitée.

Ses paroles réussirent apparemment à faire effet car Ethan la souleva et déclara qu'il allait la porter jusqu'en bas.

— T'es bizarre comme fille, Paillettes, mais je commence à me dire que t'es plutôt parfaite pour moi, lui dit-il avec sérieux alors qu'il la reposait.

Courtney rougit et tint sa main jusqu'à ce qu'ils arrivent au sous-sol, où Vanessa les attendait les bras croisés en tapant du pied avec impatience.

— Vous pourriez être encore plus lents ? Je veux jouer à Action ou Vérité ! Allez, allez, asseyez-vous, ordonna-t-elle. Ok, alors les règles…

— Y a pas de règles pour Action ou Vérité, bébé, intervint Luke. On peut juste jouer.

— Non. Ma fête, mon jeu. Donc je disais, tout le monde a le droit à un veto. Vous pouvez l'utiliser contre une Action ou contre une Vérité, mais autrement, vous êtes obligés de jouer le jeu. Personne n'a à faire quelque chose d'illégal. Enfin, à moins que vous en ayez vraiment envie, je suppose. Et tout le monde reste dans cette pièce. Compris ?

Ils acquiescèrent. Vanessa pouvait être un peu effrayante quand elle était déterminée à faire quelque chose.

Luke étant toujours le plus bruyant, il commença la partie.

— Courtney, Action ou Vérité ? demanda-t-il, tout excité.

— Sérieusement ? Tu t'en prends à l'étrangère, hein ? Très bien. Action, répondit-elle courageusement, se disant que ce serait sûrement moins dangereux que de répondre à des questions personnelles.

— Yes ! La fête commence vraiment. Je te défie de boire un shot sur… Vanessa, déclara-t-il avec un grand sourire.

— Oh, Seigneur, ok. Veto, répondit Courtney en riant.

— Quoi ?! Veto à la première Action ? Tu sais pas ce qui t'attend, petite. C'est loin d'être mon meilleur défi, la prévint Luke.

— Ok, je dis pas ça juste parce que je meurs d'envie de te voir lécher le cou de Vanessa, mais il ment pas. Il a l'esprit vraiment, vraiment mal tourné, confirma Ethan.

Courtney savait que Luke pensait pouvoir l'embarrasser, ce qu'il adorait faire. Elle décida de lui prouver qu'il avait tort.

— Allonge-toi, V. Luke, je suppose que tu as tous les outils nécessaires pour cette mission ? le défia Courtney.

— Évidemment. Avoir un parent absent a ses avantages.

Luke se dirigea vers son sac et en tira des verres à shot ainsi qu'une bouteille de vodka. Il déposa ensuite du sucre sur le cou de Vanessa, ignorant ses remuements, et lui mit le citron entre les dents. Finalement, il tendit un verre à shot à Courtney et en garda un pour lui.

— Santé, dit-il d'un ton qui suggérait qu'il ne pensait pas qu'elle allait vraiment le faire.

— Santé, répondit-elle d'une voix neutre.

Courtney lécha le sucre sur le cou de Vanessa, but le shot en une gorgée et saisit le citron avec sa bouche. Elle frissonna lorsque l'alcool coula dans sa gorge. Il y avait une raison évidente pour laquelle elle ne buvait pas de vodka, mais entendre Vanessa ricaner pendant toute l'opération l'aida à se débarrasser de son reste d'anxiété.

— Heureux ? demanda-t-elle à Luke, un sourcil haussé.

— T'imagines même pas, répondit-il. À ton tour.

— Action ou Vérité, dit-elle en se tournant vers Ethan.

— Aaah, merde, rigola ce dernier. Vérité.

Courtney en était ravie. Elle avait déjà réfléchi à quelques questions à lui poser, et le défi du shot la faisait se sentir un peu plus courageuse que d'ordinaire.

— Avec combien de filles tu as été ? demanda-t-elle en le regardant droit dans les yeux.

Ses poumons semblaient ne plus pouvoir brasser d'air.

— Non, non, non, non. Veto. Absolument pas, dit Ethan sans oser croiser son regard. On se lance pas dans cette discussion aujourd'hui. Question suivante.

— Maintenant, j'ai l'impression que tu couches à droite à gauche. Tu ferais mieux de juste me le dire pour me rassurer, non ? dit Courtney d'une voix douce, déterminée à obtenir une réponse avant de s'engager entièrement dans ce qu'elle pensait vouloir avec lui.

— Elle est douée, intervint Luke.

— Oh, mon Dieu. Ok, peu importe. Tu l'auras voulu. Je veux l'immunité peu importe ce que je vais dire, ok ? dit-il à Courtney.

Elle lui fit le signe des scouts pour le rassurer.

— Deux filles.

— Menteur, dit Luke en toussant délibérément.

— Pas le droit au mensonge ! protesta Vanessa.

— Putain, Luke ! Ok. Quatre. C'est le vrai chiffre. T'étonne pas de trouver tes pneus crevés sur le parking l'année prochaine, mec, tu l'auras cherché, dit Ethan d'un ton menaçant.

Courtney n'arrivait pas à décider si la colère d'Ethan était réelle. Elle s'efforça de ne pas penser aux autres filles. *Au moins, il y en a pas eu 14*, se dit-elle. Il était incroyablement beau et avait été honnête à propos de son... comportement habituel. *Est-ce que c'est vraiment si grave que ça ?* Son cœur s'apaisa légèrement à la pensée qu'elle n'avait plus à s'inquiéter de ça. Elle tenta de ne pas laisser le nombre nul de ses partenaires la faire douter d'elle-même. *Mieux vaut un zéro que des regrets.*

— Juste pour info et pour essayer de récupérer l'affection de cette jeune fille, dit-il en indiquant Courtney, il n'y a eu personne depuis un moment, ok ? On est bons ?

Il lui dirigea cette question alors qu'il jouait nerveusement avec la bague à son annulaire.

— On est bons, répondit-elle, presque certaine de le penser vraiment.

Elle repoussa ses inquiétudes restantes et se concentra sur retrouver sa bonne humeur de plus tôt. Décidée, elle se leva et alla s'asseoir sur les genoux d'Ethan pour effacer tout doute qu'il pouvait avoir quant à sa réponse. Il déposa un baiser sur son épaule, la faisant frissonner.

— Vanessa, Action ou Vérité ? demanda Ethan.

— J'adorerais continuer à jouer, vous savez, mais je crois qu'on devrait lancer l'opération papier toilette ! Mince alors, mais quelle chance ! Si seulement vous étiez pas restés en haut pendant onze heures, vous deux ! s'exclama Vanessa d'un air innocent.

Les trois autres protestèrent d'une voix forte, mais elle ne plia pas. Elle envoya Luke mettre leurs munitions dans son pick-up tandis qu'ils se changeaient dans des tenues plus discrètes.

— J'en reviens pas, marmonna Ethan dans sa barbe, suffisamment fort pour que Vanessa l'entende.

— Oh, Ethan, te mets pas dans cet état. J'aimais pas la direction que les questions prenaient. Mon très cher partenaire aurait peut-être pas été aussi compréhensif que la demoiselle ici présente, lui dit-elle. Autant juste éviter les problèmes.

— Dit comme ça, t'as peut-être raison, admit Ethan. Ok, allons commettre un délit mineur !

Il attrapa la main de Courtney pour l'aider à se relever du canapé, et ils montèrent tous trois à l'étage pour se changer avant de retrouver Luke dehors.

— Alors, on s'en prend à la maison de qui ce soir ? demanda Ethan.

— Je vote pour celle de Zack Roads, dit Luke d'un ton ferme.

Zack était l'ancien petit ami de Vanessa, donc ce choix n'était pas étonnant.

— Pourquoi pas. Cette pourriture l'aura mérité, dit Vanessa, le visage sombre. En plus, ça aidera Luke à se débarrasser d'une partie de sa colère.

Ils s'installèrent tous dans le pick-up, prêts à commettre leur crime.

Peu de temps plus tard, Luke s'arrêta devant la maison imposante de Zack, les phares éteints.

— Ok, amis ninjas, voilà le plan : balancer du PQ partout devant l'entrée et pas se faire attraper. C'est la règle de base. Si quelqu'un sort, on se disperse et on se retrouve au pick-up quand la voie est libre. Compris ? demanda Luke.

— Oui, maître ninja. Merci de partager votre savoir, blagua Courtney.

Luke lui fit un doigt d'honneur et sortit du pick-up.

Ils se faufilèrent sur la propriété, et très vite, un véritable feu d'artifice silencieux de papier toilette commença.

Discrets mais efficaces, ils couvrirent le porche entier en moins de sept minutes. Soudain, une lumière faible apparut à l'une des fenêtres de l'étage.

— Merde, merde, merde ! Courez !! murmura Luke aussi fort que possible.

Et ils se mirent à courir. Le son de leurs pas résonnant sur le trottoir semblait s'harmoniser aux battements du cœur de Courtney. Ils arrivèrent au coin de la rue avant que quelqu'un n'ait le temps de sortir de la maison, et ils se dépêchèrent de s'entasser dans le pick-up sans un regard en arrière.

Luke recula dans la rue sans ses phares, et aucun d'entre eux n'osa respirer avant qu'ils ne soient sortis du quartier et lancés sur l'une des routes qui menaient chez Vanessa.

— Oh, mon DIEU, c'était génial. Aussi fun que quand on était gamins, déclara Courtney à Vanessa, le souffle court.

— Mais grave !! La meilleure idée du monde ! renchérit cette dernière.

Vanessa se pencha vers le siège du conducteur pour donner un petit baiser à Luke.

— Ça, c'est pour être badass, dit-elle avec un sourire.

Ils étaient tous les quatre surexcités d'avoir presque été pris sur le fait. Courtney n'en revenait pas qu'ils soient habillés en noir et affublés de bandanas, comme s'ils faisaient partie d'un club de motards.

Malgré cet accoutrement ridicule, elle trouvait Ethan magnifique. Ses muscles définis apparaissaient à travers le tissu fin de son T-shirt, et elle tendit une main vers lui pour prendre la sienne. Il l'approcha de ses lèvres et l'embrassa tendrement. *Comment est-ce que j'ai pu vivre mon adolescence entière sans lui ?*

CHAPITRE HUIT

♪ 19 *You + Me* – Dan + Shay
Gravity – John Mayer

Lorsqu'ils arrivèrent chez elle, Vanessa alla prévenir sa mère qu'ils étaient rentrés sans s'être fait arrêtés. Il restait toujours une heure à Ethan avant son couvre-feu, donc ils décidèrent d'aller célébrer leur victoire au sous-sol.

— J'ai une petite surprise pour toi, annonça Ethan à Courtney.

— Ah ?

— Installez-vous, il faut que j'aille chercher ma guitare.

En attendant le retour d'Ethan, ils se félicitèrent eux-mêmes et discutèrent de la réussite de leur opération papier toilette.

Lorsqu'Ethan s'assit sur le tapis en face de Courtney, il semblait un peu inquiet.

— J'ai travaillé sur un truc pour toi. Je viens juste de l'apprendre, alors sois pas trop critique, ok ? Mais j'y pense depuis qu'on s'est rencontrés. Je l'ai adaptée à mon style parce que bon, l'accent du Texas, c'est pas trop mon truc, mais bref. C'est parti.

Il prit une grande inspiration et gratta les premiers

accords de l'une des chansons de country préférées de Courtney, *19 You + Me* de Dan and Shay.

La façon dont Ethan la jouait lui donnait un air plus rock que country, mais ça n'avait pas d'importance. Courtney sentait son cœur sur le point d'exploser. Elle était complètement folle du garçon assis en face d'elle.

Alors qu'il chantait à propos d'aventures sur des routes de campagne, de premiers amours et de premiers baisers, elle oublia les autres personnes présentes dans la pièce. Les autres personnes présentes dans l'univers, même. Ce n'était certainement pas sain pour quelqu'un de ressentir autant de montées brusques d'adrénaline en une soirée, mais son cœur battait à tout rompre et elle clignait des yeux bien plus que nécessaire alors qu'elle absorbait le fait qu'il ne l'avait pas seulement écoutée, mais qu'il avait appris et perfectionné cette chanson, juste pour elle.

Lorsqu'il finit, il leva les yeux vers elle, sa nervosité toujours apparente.

— Je peux pas faire plus country, conclut-il.

Courtney se leva et passa ses bras autour de lui.

— T'es génial, lui murmura-t-elle à l'oreille.

Il l'attira contre lui pour un baiser rapide.

— Tout pour toi, répondit-il.

— Pourquoi tu ne me joues jamais de chanson ? demanda Vanessa à Luke.

— Eh bien, V, je sais pas jouer de la guitare, mais je serai ravi de chanter pour toi.

Il se lança alors dans une interprétation à percer les tympans de *I Will Always Love You*.

— Aaah ! Ok, arrête, j'ai compris ! supplia Vanessa en riant alors que Luke la chatouillait sur le canapé.

Courtney tourna son attention vers Ethan, laissant les deux autres s'amuser entre eux.

— Hé, je sais que tu dois partir bientôt, mais tu veux…, demanda-t-elle d'un ton sérieux en inclinant la tête vers le couloir.

— Hm, oui.

Alors qu'ils s'approchaient de l'une des chambres du bas, Ethan semblait mal à l'aise.

— Ok, je crois que je devrais te dire que j'ai pas vraiment de couvre-feu ce soir. Enfin, j'en ai un en général, mais j'avais prévu de dormir chez Luke de toute manière, et sa mère ne lui en donne pas, donc... ouais. Je voulais juste te le dire. Pas qu'on doive, genre, passer la nuit ensemble ou autre. J'ai l'air de m'y attendre quand je dis ça comme ça, hein ? C'était pas mon intention. Je vais me taire maintenant.

Le regarder s'enfoncer amusait Courtney au plus haut point. *Au moins, je suis pas la seule dans cet état.*

Courtney ne répondit pas à cette explication et sauta sur le lit où elle s'assit en tailleur, avant de lui faire signe de l'imiter.

— Viens là, lui ordonna-t-elle avec une assurance qu'elle ne se savait pas posséder.

Elle sentait ses mains devenir moites en prévision de ce qu'elle s'apprêtait à dire. *Filtre tes pensées. Filtre-les.*

— Ok, dit-il en s'asseyant, repliant maladroitement ses longues jambes devant lui.

— Je trouve ça mignon et génial que tu te donnes autant de mal pour t'assurer que je suis... à l'aise ? Je suis certaine que t'as compris que je suis pas très expérimentée dans, hm, ce domaine.

Elle résista à son envie de cacher son visage dans ses mains ou de disparaître dans le sol en réponse à la gêne intense qu'être aussi honnête créait chez elle.

— J'ai jamais rencontré quelqu'un avec qui la question s'est même posée, parce que j'ai jamais eu une vraie... connexion avec personne d'autre. Je sais que ça sonne niais et immature, mais je sais pas quel autre mot utiliser.

Ethan sembla vouloir intervenir, mais elle posa un doigt sur ses lèvres.

— Laisse-moi juste finir. J'ai rien dit la dernière fois,

donc j'ai l'impression qu'il faut que je sois complètement honnête. Donc chuut, ajouta-t-elle d'un ton aussi léger que possible.

Il semblait surpris mais ne protesta pas.

— Comme je disais, je comprends que t'aies pas envie de me mettre la pression ou de me vexer, et que tu veux être mon musicien servant ou peu importe. Mais ce que j'ai besoin que tu comprennes, c'est que je suis pas une fleur délicate ou rien du genre. Je sais que j'aime les paillettes et que tu m'appelles comme ça, mais je suis aussi capable de savoir ce que je veux. Je peux te promettre que tu ne me « pousseras » pas à faire quoi que ce soit que j'ai pas envie de faire, peu importe à quel point tu peux être convaincant, finit-elle avec un sourire hésitant.

— Je suis plutôt doué avec les mots, j'avoue, se vanta-t-il.

— Ouais, ouais. Genre l'autre soir, quand tu t'es excusé de m'avoir agrippé les fesses ?

Mais pourquoi je parle de ça ? Est-ce que c'est vraiment nécessaire ? Elle en avait trop dit pour pouvoir faire marche arrière, donc elle poursuivit.

— Si j'étais vraiment pas ok avec ça, je t'aurais arrêté. Ça me déplaît pas que tu aimes mes fesses, lui dit-elle pour alléger l'atmosphère tout en essayant de cacher le rougissement qui se diffusait rapidement sur son visage. T'avais l'air tellement décidé à t'excuser que je t'ai laissé faire. J'ai juste besoin que tu aies pas peur de, je sais pas… d'avoir l'impression de me pousser à faire quelque chose. Je suis une grande fille, et je me laisse pas faire si facilement. Si tu veux… plus entre nous, de cette relation, alors prend les devants. Si je suis pas d'accord, je dirais stop. Je suis l'Ours, tu te souviens ?

Ethan resta silencieux un instant, perdu dans ses pensées.

— Je parle beaucoup, je sais, admit-elle alors qu'elle attendait qu'il réponde.

C'est pas comme ça que je vais apprendre à développer un filtre.

— Tu es possiblement la fille la plus géniale que j'ai jamais rencontrée, Courtney Ross, dit-il finalement. Je sais que tu peux prendre soin de toi, j'ai juste… J'ai pas envie de tout gâcher.

— Je serai la première à te dire si tu gâches quoi que ce soit. Et c'est pas le cas.

— Ok. Je me souviendrai que t'es pas une fleur délicate, promit-il. Mais pendant qu'on est en mode « discussion profonde », tu veux qu'on parle du Action ou Vérité ? J'ai pas envie de te mentir donc si tu veux me demander autre chose, je répondrais.

— Ton chiffre me dérange pas, si c'est ce que tu demandes. Mais je, hm… Tu as aimé une de ces filles ? Ou toutes ?

La question elle-même suffisait à lui donner envie de vomir. Elle n'arrivait pas à décider ce que la meilleure réponse serait. L'imaginer amoureux… L'imaginer avec d'autres filles… Cela réveillait en elle une jalousie qu'elle n'aurait jamais cru pouvoir ressentir.

Ethan laissa échapper un long soupir.

— Je sais pas. Enfin, oui, j'ai déjà dit le mot, mais c'était avant de savoir ce que ça voulait vraiment dire parce que je croyais que c'est ce que les gens en couple faisaient. Mais non, je pense pas les avoir vraiment aimées. Je mentais pas plus tôt quand j'ai dit qu'il n'y a eu personne depuis un moment. J'ai réalisé après être arrivé ici que coucher avec n'importe qui quand j'en avais envie ne marcherait pas super bien dans une si petite ville. Et en plus, j'ai commencé à apprendre à connaître les gens. Et je les ai bien aimés. Donc je voulais pas être le mec qui jouait avec le cœur des filles.

Il serra les lèvres comme s'il espérait pouvoir empêcher les mots suivants de sortir. En vain.

— Mais je peux te dire que j'ai jamais ressenti ce que je ressens pour toi pour quelqu'un d'autre.

— Pareil, répondit-elle en souriant.

Ils continuèrent de se sourire, et Courtney n'était pas sûre de jamais pouvoir arrêter. Former des phrases complètes alors que son cœur battait si fort pour Ethan lui semblait impossible.

— On peut se câliner maintenant ? demanda-t-elle, le faisant rire.

— Tout ce que tu veux, bébé.

Courtney le laissa l'attirer près de lui et mêla ses jambes aux siennes avant de glisser ses pouces dans les passants de la ceinture d'Ethan pour caresser doucement ses hanches. Ethan dégagea quelques mèches bouclées du visage de Courtney et effleura sa pommette de son pouce, laissant ses doigts courir dans ses cheveux et capturant ses lèvres des siennes.

Courtney remarqua que l'énergie entre eux était différente. Leurs moments privés avaient toujours eu quelque chose d'électrique, mais c'était maintenant plus que ça. Ethan dégageait une nouvelle intensité alors qu'il appuyait son corps contre celui de Courtney et lui retirait son T-shirt noir. L'envie qu'elle ressentait de le faire sien était plus forte que la réalisation que personne ne l'avait jamais déshabillée avant.

Le regard d'Ethan soutint le sien un instant, et l'éclat qui l'habitait était nouveau pour Courtney : il semblait *affamé*. Une chaleur brûlante fusa dans ses veines.

Ethan laissa glisser sa bouche jusqu'à la clavicule de Courtney, déposant de petits baisers sur son passage. Elle le laissa descendre plus bas qu'elle ne l'avait jamais fait, surprise de se sentir aussi à l'aise avec lui.

Rejetant son inquiétude quant à son expérience limitée, elle se concentra sur la façon dont elle le faisait réagir avec ses lèvres et le bout de ses doigts, et sur la sensation de ses muscles qui se contractaient contre elle.

Ethan l'embrassait avec une nouvelle intensité, et elle comprit qu'il avait fait preuve de beaucoup de retenue jusqu'à ce moment. Il agrippa ses hanches avec assurance plutôt qu'avec hésitation, et Courtney retint son souffle lorsqu'il commença à dessiner de petits cercles sur ses cuisses.

Ils passèrent l'heure qui suivit à tester leurs nouvelles limites. Lorsqu'elle fut convaincue qu'il était satisfait de jusqu'où elle acceptait de le laisser aller et où elle préférait arrêter, ses inquiétudes disparurent entièrement, remplacées par de l'envie et de l'excitation.

Ils restèrent allongés l'un contre l'autre, laissant la température de leurs corps retomber et les battements de leurs cœurs ralentir.

Ethan se plongea dans son regard.

— Il y a quelque chose que j'ai envie de te dire, mais je suis pas sûr de bien choisir mon moment, dit-il.

— Ok ?

Courtney s'extirpa de la place confortable qu'elle occupait près de lui, et s'évertua de lisser ses cheveux et de remettre de l'ordre dans sa tenue. Sa peau paraissait toujours brûler là où les lèvres d'Ethan l'avait touchée.

— Je crois que toi et moi, on est du genre à dire les choses quand on les ressent, et j'ai juste…

Elle attendit patiemment qu'il trouve ses mots, ayant le sentiment qu'il n'avait pas besoin qu'elle réponde tout de suite.

Ethan inspira profondément.

— Je crois que je suis en train de tomber amoureux de toi. J'ai jamais rien… Enfin, c'est nouveau pour moi. T'as pas à me dire que toi aussi, ou même à répondre… J'avais juste besoin de te le dire.

Il s'appliqua à ne pas croiser son regard pendant un instant.

Le cœur de Courtney se serra. Elle savait qu'il s'agissait d'un moment *important* pour eux. Le fait qu'il n'ait pas utilisé le mot exact ne lui échappait pas, mais le connaissant, elle savait qu'il le pensait.

— Je t'aime aussi, répondit-elle à voix basse.

Il expira d'un coup comme s'il avait retenu son souffle tout ce temps.

— Ouf, ok, content que t'aies compris que je mentais. J'avais entièrement besoin que tu me le dises aussi, dit-il en riant avant de replacer sa main sur la hanche de Courtney.

— Tu en doutais vraiment ? demanda-t-elle.

— Assumer est rarement une bonne idée, non ?

Il l'attira à nouveau contre lui et l'embrassa encore et encore. Allongés l'un contre l'autre, ils laissèrent leur excitation d'être ensemble retomber, et la fatigue s'installa.

— Bon, Paillettes, je devrais sûrement aller chercher Luke pour qu'on rentre chez lui avant que le soleil se lève et que la mère de V se demande ce qui se passe, déclara-t-il à contrecœur.

Ils rejoignirent Luke et Vanessa, qui s'étaient endormis sur le canapé, et les réveillèrent pour que Luke se prépare à partir.

— Je t'appelle demain ? Ou aujourd'hui, en fait, promit Courtney après un regard à l'horloge.

— Absolument, confirma Ethan.

Il l'embrassa une dernière fois avant de se diriger vers le pick-up de Luke.

— Ok, je suis pas super réveillée là, mais j'ai comme l'impression que je vais avoir envie que tu me parles de quelque chose demain. Pour le moment, aide-moi juste à arriver à ma chambre sans que je tombe, lui dit Vanessa, les pieds traînants.

— C'est parti, répondit Courtney.

Elle se sentit flotter jusqu'en haut des marches.

CHAPITRE NEUF

♬ *Anthem* – Good Charlotte
One Step at a Time – Jordin Sparks

Courtney se réveilla à la sensation des rayons du soleil frappant assez violemment son visage.

— Erg, pourquoi si… lumineux…, marmonna-t-elle avant d'ouvrir complètement les yeux.

— C'est l'heure de se lever, les filles, répondit la mère de Vanessa.

— Maman, t'es devenue folle ? Il doit être genre, sept heures du mat', là, dit Vanessa avant de bâiller bruyamment.

— Il est presque 13 heures.

Les deux filles se redressèrent d'un bond.

— Vraiment ? s'étonna Courtney.

— Vraiment. Ce qui me fait me dire que vous avez besoin d'un plan, toutes les deux. Finies les grasses mat' jusqu'à midi et de rester éveillées jusqu'à je ne sais pas quelle heure avec vos copains. Debout ! Allez prendre une douche et je vais vous trouver un truc à manger. Aujourd'hui, on fait des plans.

— Berk. « Faire des plans » est jamais un bon présage quand ça sort de la bouche de ma mère, marmonna

Vanessa. On ferait mieux de se préparer ou elle va revenir dans cinq minutes.

Les filles mirent un moment à se réveiller et à se rendre présentables.

Courtney n'avait pas réalisé combien elle était affamée jusqu'à ce qu'elle voit tout ce que Mme Roberts leur avait préparé. Sandwichs, soupes et salades : tout lui semblait délicieux.

— Ok, les filles, donc j'ai parlé à la mère de Courtney ce matin quand elle a appelé pour prendre des nouvelles...

— Elle a appelé ? interrompit Courtney.

— Elle l'a fait et elle a eu raison. Elle faisait juste son travail de maman et m'a demandé ce que je pensais d'Ethan. Ne t'inquiète pas, je l'aime bien, assura-t-elle lorsqu'elle vit l'inquiétude traverser l'expression de Courtney. Mais on a commencé à parler d'à quel point vous aviez grandi toutes les deux et que ce sont vos dernières vacances d'été avant que vous soyez lâchées en liberté. Je sais que ça sonne mièvre, mais on est vos mères, donc ne lève pas les yeux au ciel, Vanessa. Je sais aussi que vous serez toutes les deux légalement adultes d'ici la fin de cet été et je vous ai laissé votre espace jusqu'à maintenant, mais j'aimerais proposer un petit voyage pour demain.

Les deux filles échangèrent un regard et attendirent qu'elle s'explique.

— Eh bien, je me suis dit qu'on pourrait peut-être choisir quelques facs et aller les visiter avant que vous n'ayez à faire votre choix final l'année prochaine. On pourrait juste prendre une journée, aller voir des facs locales et passer la nuit dans un hôtel, peut-être avec un spa ? On rentrerait directement après le petit déjeuner.

Vanessa semblait surprise. Elle croisa le regard de Courtney et haussa les épaules, mais Courtney comprit qu'elles partageaient le même avis.

— Ça pourrait être plutôt cool, maman, répondit lentement Vanessa. On est partantes. Hein, Court ?

— Absolument, ça serait parfait. Je stresse constamment au sujet de la fac, donc ça serait vraiment utile de voir les campus en vrai et pas à travers une visite virtuelle.

— Excellent, alors c'est décidé. On part demain très tôt, donc dites à vos hommes que vous devez aller dormir à une heure respectable ce soir, ok ? Je ne vais pas vous tirer du lit une deuxième fois. Et pensez à manger un légume de temps en temps. Vous avez besoin de vous nourrir correctement et de faire de l'exercice. Vanessa, pourquoi est-ce que je paye un abonnement à la salle de sport si tu n'y vas jamais ? Emmène tes amis et va soulever un poids ou un truc du genre, conseilla-t-elle en quittant la cuisine.

Vanessa lui tira la langue et remplit à nouveau son assiette.

— Ouais, bon, elle a pas tort quand même. On a été plutôt fainéantes. Ça me gênerait pas de faire un peu de sport, si ça te dit aussi, admit Courtney après s'être moquée un instant de l'obstination de son amie.

— Ok, ok. Et je sais que tu veux inviter Ethan, donc envoie-lui un message. Vous pourrez vous dévorer du regard en transpirant ; ça fera très documentaire animalier. Heureusement que je vous trouve mignons tous les deux ou vous me donneriez envie de vomir.

— Est-ce que je t'ai dit aujourd'hui que tu es une amie gentille, généreuse et d'un grand soutien, et à quel point je t'aime ? la baratina Courtney.

Elle sortit son portable de sa poche pour envoyer un message à Ethan, comme Vanessa lui avait dit de le faire. Elle n'avait jamais prétendu qu'elle ne voulait pas qu'il vienne. Surtout si elle devait être absente toute la journée du lendemain.

• • •

E : Ok, je viens. Tu vas me laisser essayer de te soulever ? :)

C : Ça va blesser ta fierté masculine si je dis non parce que je veux pas être lâchée sur la tête ? Lol

E : Oui.

E : Je rigole. Et… je pourrais peut-être faire plus que ça plus tard ? :) J'arrête pas de penser à hier.

C : Moi aussi. Et oui à la question précédente. Je t'<3.

E : Je t'aime aussi. J'adore écrire ça. À toute.

Courtney manqua de lâcher son portable quand elle se retourna et trouva Vanessa juste derrière elle.

— ARRÊTE TON CHAR, COURTNEY ROSS ! cria Vanessa. Il T'AIME ?! Qu'est-ce qui s'est passé hier quand Luke et moi on s'est endormis ? Vous avez pas…

— Non, on n'a pas. Enfin. On a fait des trucs. Des trucs chouettes. Et agréables, rougit Courtney.

— Tu l'as dit en premier ou c'était lui ? Raconte-moi tout ! dit Vanessa à toute vitesse. Pourquoi est-ce que tu m'as pas parlé de tout ça direct quand on s'est levées ?!

— Il l'a dit en premier. J'en revenais pas. Enfin, tu crois pas que c'est trop, trop vite ? Est-ce que c'est ridicule de dire que je l'aime ? demanda Courtney, sincèrement inquiète.

Elle ne voulait pas être le genre de personnes qui déballait ses sentiments avant d'être convaincue de leur existence. Tout ça était juste… irréel. Ethan la *comprenait*. Personne ne l'avait jamais fait se sentir aussi détendue avant. Les gens en général, eh bien… Elle n'aimait pas qu'ils la regardent à moins qu'elle soit en pleine routine de pom-pom. Mais elle aimait qu'Ethan la regarde.

— Est-ce que c'est choquant ? Oui. Mais parce que je vous connais tous les deux. J'arrive pas à croire qu'il t'ait dit qu'il t'aimait. C'est SUPER important. Putain. Enfin, j'étais sûre que vous vous entendriez bien tous les deux, mais j'aurais jamais imaginé… Et pour répondre à ta question, oui, c'est rapide. Mais qui a le droit de juger ce qui est trop rapide ou non ? Ne laisse personne te faire penser que t'as pas le droit de ressentir ce que tu ressens.

Courtney laissa échapper un soupir de soulagement. Elle avait seulement eu besoin d'entendre quelqu'un lui dire que tout allait bien.

— Mais Court, faut que je demande… Est-ce que vous avez vraiment parlé de ce qui va se passer la semaine prochaine quand tu vas partir ? Est-ce qu'être au lycée et dans une relation à distance, c'est ce que tu veux vraiment ? J'ai pas envie de briser ta petite bulle, je suis juste inquiète de ce qui se passerait si tout tombait en morceaux plus tard. Et je veux pas que ça vous arrive, ni à toi ni à lui.

— Je sais. Je sais que cette conversation va arriver, et j'ai pas envie de l'affronter. Je l'évite.

Les larmes commençaient à se former au coin de ses yeux.

— Enfin genre, comment est-ce que je suis censée juste partir ? J'ai pas l'impression que c'est qu'une amourette de vacances, mais peut-être que ça l'est, qu'est-ce que j'en sais ?

Ne. Pleure. Pas.

— Tu peux peut-être continuer à éviter cette discussion et à te laisser porter par le courant jusqu'à ce que ça soit impossible ? T'as déjà été acceptée à la fac ici, donc peut-être que vous pourriez faire fonctionner tout ça jusqu'à l'été prochain ? Et tu pourrais venir ici pour le bal d'automne ou genre ! Ça serait trop bien ! On pourrait y aller ensemble !

Comme d'ordinaire, Vanessa laissait son imagination prendre le dessus.

— Je suppose que tu seras pas fixée jusqu'à ce que vous décidiez d'en parler ouvertement.

Courtney se força à se reprendre, consciente que Vanessa disait la vérité. Elle ne pouvait pas repousser l'échéance beaucoup plus longtemps. Son amie avait allumé en elle une petite lueur d'espoir en lui rappelant que l'université l'attendait dans un an seulement, mais son instinct lui intimait qu'elle risquait de finir avec le cœur brisé en mille morceaux avant ça.

— Ok bon, prépare-toi, ma petite oie, dit Vanessa. C'était ton idée d'aller suer à la salle de sport, donc on y va.

— Ça l'était, hein ? Bon... Ça nous fera pas de mal. Ça veut juste dire qu'on pourra manger des pizzas et des gâteaux ce soir, non ?

— Évidemment. Et en parlant de gâteau, tu veux faire un truc, genre, une soirée pour ton anniversaire tant que t'es encore là ? Elle serait pas aussi dingue que la dernière vu que mes parents sont de retour, mais je peux organiser un truc si tu veux.

— Hm, j'y avais pas vraiment pensé. J'aurais le droit de vote à la fin de la semaine prochaine, c'est fou. Il y a d'autres trucs cools qui viennent avec le fait d'avoir 18 ans ?

— Euuuh, tu peux légalement signer des trucs et, genre, posséder des trucs. Je crois.

— Ok, la soirée me paraît plus tentante, donc laisse-moi y réfléchir. J'ai envie de célébrer mais j'ai pas envie de faire une grosse fête, si ça te dérange pas.

— Pas de souci, Billy. Tu me diras.

Elles finirent de se préparer rapidement et se mirent en route pour la salle de sport.

***

— Salut, ma belle, dit Ethan alors qu'il la rejoignait.

Il déposa un baiser sur le haut de sa tête.

Courtney s'attendait à ce que ce soit étrange de le voir en tenue de sport plutôt que dans ses vêtements rock habituels, mais ça lui donnait une nouvelle raison d'apprécier sa silhouette élancée.

— Comment est-ce qu'un mec qui joue de la guitare peut avoir un corps comme le tien ? lui demanda-t-elle d'un ton espiègle.

— Ok, vous êtes adorables et c'est agaçant, donc je vais aller sur le tapis roulant pendant que vous continuez de vous émerveiller de la perfection de l'autre, ok ? dit Vanessa avec un sourire narquois.

— On te rejoint dans une seconde, V, lui promit Courtney alors que son amie s'éloignait.

— Pour répondre à ta question, je faisais de la natation avant d'emménager ici. J'avais pas envie de rejoindre une nouvelle équipe et d'être le remplaçant quand j'étais en première, donc je me suis concentré sur trouver un groupe.

— Un nageur, hein ? Genre, en speedo ?

Elle sourit à la vision qui se forma dans son esprit.

— Oui, en speedo. Garde l'image mentale pour plus tard, se moqua-t-il.

— Et en parlant de ton groupe, t'as pas besoin d'aller... répéter ? Ou de jouer quelque chose ? T'appellerais ça un « concert » ou les gens trouvent ça plus cool de dire « show » maintenant ?

Cette question le fit sourire.

— Oui, j'appellerais ça un concert. Un des mecs du groupe était en vacances pendant deux semaines, donc ça a pas trop été un problème, mais ils arrêtent pas de me demander de venir répéter depuis deux jours. Mais t'inquiète pas, tu passes en priorité, la rassura-t-il.

— Eh bien, tu devrais pouvoir les satisfaire, dit-elle en commençant à s'étirer. V et moi, on va visiter quelques facs avec sa mère demain, et on revient après-demain dans la matinée.

— C'est vrai ? Cool. Tu, euh, penses vraiment venir à la fac ici ?

La raison derrière son intérêt était évidente, et Courtney se sentit frissonner tout entière.

— Je sais pas. C'est le genre de trucs qui a l'air génial

dans ma tête, et je me vois déjà envoyer mon dossier d'inscription, mais ensuite, je frise la crise cardiaque et je commence à paniquer parce que ça implique que je partirais de chez moi et que je serais seule. J'espère que voir le campus en vrai m'aidera à me décider.

— Je peux comprendre. Eh bien, pour ce que ça vaut, j'espère que t'aimeras le campus.

— Ça vaut beaucoup, dit-elle avec un sourire. Maintenant, viens faire du sport avec moi.

Main dans la main, ils allèrent rejoindre Vanessa.

Courtney mit ses écouteurs et commença à courir. Cela faisait un moment qu'elle n'avait pas réussi à couper tout le reste et à juste transpirer. Ethan, la terminale, la fac, rentrer chez elle… Elle laissa tout disparaître alors qu'elle continuait de courir, se focalisant sur sa respiration régulière. C'est pour ça qu'elle aimait se perdre dans le sport. Même si courir n'était pas son entraînement de choix, elle aimait la façon dont ça simplifiait sa vision des choses.

Du coin de l'œil, elle pouvait voir Ethan soulever des poids et inconsciemment remuer la tête au rythme de la musique qui jouait dans ses oreilles. Sans laisser le temps à son cerveau de trop analyser la situation, elle sut à ce moment qu'elle aimait vraiment Ethan. Tout ce qu'elle déciderait de faire par la suite sera influencé par ce fait, et ça n'avait pas d'importance si c'était idiot ou précipité ou dur à croire pour quelqu'un d'autre, parce qu'elle savait que ce qui existait entre eux était réel. Même si elle était consciente que la probabilité qu'elle vive heureuse pour toujours avec un garçon qu'elle avait rencontré à 17 ans était faible, son cœur s'en moquait. Elle allait faire exactement ce que Vanessa avait conseillé : se laisser porter par le courant tant que cette relation continuerait, même si ça signifiait perdre pied.

Huit kilomètres plus tard, elle alla se rafraîchir et s'étirer, et trouva Ethan et Vanessa en pleine conversation.

— Ok, donc, désolé, mais ma bonne amie Vanessa ici-même vient de me dire que ton anniversaire est la semaine prochaine ? Et t'avais l'intention de me le dire quand ? interrogea Ethan.

— Ah ouais, hm. Désolée, je voulais juste pas en faire tout un truc. C'est un jour comme un autre. T'as pas à, genre, m'acheter un cadeau ou rien. J'ai pas huit ans.

— Arrête, t'adores les cadeaux. Ceux avec du papier cadeau à paillettes et des gros nœuds, la dénonça Vanessa.

Courtney s'appliqua à la toiser d'un air aussi menaçant que possible.

— J'ai une idée en tête, mais ça va être une surprise. Vanessa ? Pas un mot, lui fit-il promettre. Mais pour le moment, il faut que j'aille prendre une douche et travailler. Je peux passer vite fait ce soir ? Je sais que vous devez aller vous coucher tôt, donc je resterai qu'une minute.

— Bien sûr, envoie-moi un message avant, répondit Courtney.

Elle l'embrassa plus longtemps qu'il n'était approprié de le faire dans une salle de sport bondée, mais Ethan ne semblait pas contre.

— À ce soir, dit Courtney.

— Ça marche. Et merci de m'avoir prévenu, V.

Il s'éloigna en souriant.

Les filles rentrèrent et se lavèrent, puis décidèrent de poursuivre leur journée saine en préparant une salade pour le dîner. Mais finalement, elle firent également une fournée de brownies.

Comme promis, Ethan passa mais ne resta que bien trop peu longtemps.

— Je crois pas ne pas t'avoir vue pendant un jour entier depuis que t'es arrivée ici. D'un côté, c'est cool parce que je vais peut-être pouvoir traîner avec mon groupe, et en plus, un groupe a annulé pour le festival de ce week-end et on a plus ou moins accepté de les remplacer. Ça fait un moment qu'on n'a pas joué notre set. Mais j'espère surtout qu'on n'a pas oublié comment jouer tout court.

— Sérieusement ? Genre, je vais pouvoir venir t'admirer sur scène ? demanda-t-elle, s'imaginant déjà le voir chanter juste pour elle. Alors oui, va répéter. J'ai pas envie que tes potes me détestent parce que tu les as évités tout le mois. Et je viens de réaliser que je me suis plus ou moins invitée au festival, mais j'ai besoin de rencontrer tes autres amis. À moins que t'aies honte de moi et que tu veuilles me garder cachée, bien sûr, le taquina-t-elle d'une voix faussement plaintive.

— Tu peux les rencontrer, et bien sûr que tu viens au festival. Et juste pour info, je veux que tout le monde sache que t'es avec moi. Donc si tu veux que je porte un signe ou une étiquette ou autre qui dit « J'aime cette fille », dis-le-moi. Ça ajoutera un peu de fantaisie à mes fringues.

— Je vais préparer quelque chose de brillant spécialement pour toi alors.

— De brillant ? Ok, ça va clairement me démarquer.

Il se pencha vers elle pour l'embrasser.

Malgré leurs blagues, Ethan semblait particulièrement sérieux ce soir. Il la tint plus longtemps que d'ordinaire et ne semblait pas réussir à se forcer à partir.

— Si c'est à ça que ça va ressembler de te dire au revoir la semaine prochaine, je suis vraiment pas pressé d'y être... Je sais qu'on a dit qu'on en parlerait pas encore, dit-il, anticipant la protestation de Courtney, mais j'ai juste besoin que tu saches que je veux qu'on le fasse. Ok ? Peu importe ce que ça implique.

Il l'embrassa encore une fois et lui fit promettre de l'appeler lorsqu'elle sera sur le campus.

— Bien sûr.

— Bonne nuit, Paillettes.

Lorsque son sourire espiègle disparut derrière la porte, Courtney laissa échapper un soupir. Ce garçon allait l'achever.

Les deux filles tentèrent d'aller dormir à une heure raisonnable. Mais trente minutes après avoir éteint la lumière, Courtney entendit Vanessa chuchoter :

— Meuf, tu dors ?

— Absolument pas, admit-elle en allumant la lampe.

— Viens, on va faire un tour en voiture.

— Grave. Un endroit en particulier où tu veux aller ?

— N'importe où. Sur les petites routes. Je veux juste conduire vite. On a qu'à dire qu'on va acheter des snacks pour le voyage de demain.

— En pyjama ?

— Ouais, pourquoi pas ?

— Ok, c'est parti alors.

Les filles mirent leur plan en œuvre et grimpèrent dans la voiture de Vanessa. Cette dernière choisit une playlist et brancha son téléphone au système audio de la voiture. Courtney éclata de rire dès la première chanson. Apparemment, leur choix de musique pour la soirée consistait en de vieux classiques de diva. Elles attendirent de quitter la rue principale pour commencer à chanter du Céline Dion à tue-tête.

L'air frais et humide de la nuit semblait purifiant, et Courtney laissa ses cheveux flotter autour de son visage. *J'aime tellement cet endroit.*

CHAPITRE DIX

♬ *Breakaway* – Kelly Clarkson

— **A**llez debout, les filles ! déclara joyeusement la mère de Vanessa.

— Mais c'est quoi cette heure inhumaine, maman ?

— Il est cinq heures du mat', alors hop, on se lève ! Le petit déj' vous attend sur la table, je veux qu'on se mette en route. J'ai été au café et j'ai pris ces boissons que vous aimez, donc bougez-vous !

— Un mocha glacé avec deux doses de café et des paillettes sur le dessus ? demanda Vanessa.

— Oui, oui, donc debout !

— Ok, ok, on arrive. Ross, si je dois me lever alors toi aussi, ordonna Vanessa avant de suivre sa mère au rez-de-chaussée.

Courtney commençait à regretter leur aventure nocturne. Son cerveau réclamait plus de sommeil.

— Je me lève…, dit-elle avant de bâiller.

Elle enfila une chemise à manches longues jaune pâle et son jean le plus confortable, comme la météo ne s'annonçait pas rayonnante.

Alors qu'elle jetait un œil par la fenêtre pour vérifier le temps qu'il faisait, elle vit la voiture d'Ethan garée devant la maison. Son cœur s'affola. Il semblait s'être tiré du lit car il était toujours vêtu de son pyjama, un short de basket et un T-shirt du lycée de Gem City. *Ouaip, toujours sexy.*

Courtney ouvrit la fenêtre de la chambre et se demanda si le frisson qu'elle ressentait était causé par la fraîcheur de l'air matinal ou par la présence d'Ethan.

— Tu vas essayer de me convaincre que tu te lèves toujours aussi tôt et que t'es passé dans le quartier par hasard ?

— Ça me paraîtrait dur à croire. Je savais même pas qu'il pouvait se passer des choses dans le monde à une heure pareille. Mais par une chance inespérée, Jim's était ouvert et je voulais une excuse pour te voir avant que tu partes. Je viens muni de donuts couverts de paillettes, donc amène tes fesses ici et laisse-moi te souhaiter un bon voyage et plus...

Elle dévala les escaliers et ouvrit d'un coup la porte d'entrée, sous les regards franchement surpris de Vanessa et de sa mère.

— Petit déj' pour tout le monde, déclara Ethan en tenant le sachet de la pâtisserie en évidence.

— Trop bien ! s'extasia Courtney. Ils ont l'air succulents ! T'es juste génial.

Courtney le regardait avec une admiration qui ne pouvait que résulter de se faire offrir par surprise des pâtisseries recouvertes de sucre. *Il me comprend parfaitement.*

— J'essaye en tout cas. Et sérieusement, du vocabulaire soutenu ? À cinq heures de mat' ? dit-il avec un sourire amusé. Bon... Tombe pas amoureuse d'un étudiant pendant ton voyage, ok ? Je vous retiens pas plus longtemps, je sais que vous devez vous mettre en route. Je voulais juste te dire au revoir et m'assurer que t'avais ta dose de sucre. Et maintenant, je retourne me coucher direct.

Elle rit à cette déclaration qu'elle ne comprenait que trop bien.

— Ouais, je peux pas t'en vouloir pour ça. On se voit demain quand je reviens. Amuse-toi bien à ta répét', dit-elle en l'embrassant tendrement. Je t'aime.

— Je t'aime aussi. Profite bien de la visite.

Leurs au revoir ne paraissaient plus aussi difficiles, et il semblait que l'univers s'était mis de leur côté en laissant les choses devenir naturelles.

L'air rêveur, Courtney retourna dans la cuisine pour partager les donuts.

— Il est *à fond* sur toi, meuf. Je m'évanouirais de choc si Luke se bougeait à cinq heures du mat' pour venir me voir, même si je partais avec Médecins sans Frontières.

Vanessa semblait maintenant presque entièrement réveillée et avait déjà retrouvé son ton sarcastique.

— File-moi les donuts. Maintenant, réclama-t-elle.

— Oh, arrête ! Luke t'adore. Ethan et moi, on a juste ce nuage noir qui flotte au-dessus de notre… peu importe ce qu'il y a entre nous.

Courtney se força à ne pas paraître contrariée face au regard suspicieux de Vanessa.

— Passe pas du côté obscur de la Force ! dit Vanessa. Reste avec nous et heureuse et excitée et émerveillée que ton mec t'ait apporté des donuts. Le nuage noir, il attendra la semaine prochaine.

Courtney inspira profondément et laissa ses pensées négatives s'évaporer. Avec un peu de chance, aujourd'hui l'aidera à décider de son futur.

— Ok, je vais juste penser mocha et donuts alors. Je peux faire ça, dit-elle avec un sourire en prenant sa boisson.

— Merci, dit Vanessa, visiblement soulagée.

Elles s'appliquèrent à se repaître d'une tonne de calories, utilisant l'excuse qu'elles allaient s'épuiser physiquement et mentalement au cours de la journée à venir.

Mme Roberts leur dit de rassembler leurs affaires et de les mettre dans son SUV bleu.

— J'ai préparé toutes mes chansons de voyage préférées ! annonça Mme Roberts, une pochette à CDs presque antique dans les mains.

— C'est mort ! s'écria Vanessa, arrachant la pochette des mains de sa mère. J'ai créé six playlists, et c'est juste pour l'aller. T'es pas dans ton élément là, maman !

— Mais quelle horrible fille ! Je suis sûre que Courtney ne parlerait jamais comme ça à sa mère, dit Mme Roberts en lui faisant un clin d'œil dans le rétroviseur.

— Non, jamais. Je suis une bonne fille, admit Courtney, s'attirant un regard assassin de Vanessa.

La musique approuvée fut lancée, et elles dansèrent sur leurs sièges de la sortie de Gem City jusqu'à l'autoroute.

L'université de Dayton était la première sur la liste car elle était la plus proche. Elle était également en haut de la liste des écoles d'Ohio qui intéressaient Courtney.

Alors qu'elles se rapprochaient du campus, les rues bordées d'arbres, les maisons de style victorien et les bâtiments en brique rouge se multiplièrent. Courtney observait tout très attentivement.

— C'est vraiment mignon, commenta Mme Roberts alors qu'elle s'engageait sur l'un des parkings.

Les allées du campus étaient faites de pavés plutôt que de béton, et les portes de chaque bâtiment étaient en bois foncé et joliment vieilli.

— Le tour virtuel fait pas honneur au campus, admit Courtney, impressionnée.

Même avant de visiter le campus, elle avait été séduite par cette université en raison de sa petite taille et de son excellent programme de prépa en droit. Maintenant qu'elle se trouvait sur place, elle pouvait déjà s'imaginer vivre dans la résidence U, parcourir les allées pour aller en cours, être proche de Vanessa... Peut-être pensait-elle également à Ethan, même si elle refusait de le laisser affecter sa décision.

— Courtney, prends plein de photos pour ta mère, ok ? Je sais qu'elle aimerait être là, lui rappela la mère de Vanessa.

Elles explorèrent la bibliothèque, l'union étudiante, et purent même entrer dans l'une des chambres car elles étaient en majorité vides pour l'été.

— Je sais pas si j'arriverais à vivre dans une chambre avec un autre humain, mais elles sont plutôt cool, déclara Vanessa alors qu'elle observait l'espace de vie spacieux. Je pourrais personnaliser l'endroit.

Mme Roberts semblait ravie que Vanessa montre un intérêt pour l'université, donc elle offrit de leur payer un vrai repas plutôt que de manger les sandwichs qu'elles avaient apportés.

— Il faut que vous découvriez la ville aussi, et c'est le meilleur moyen de le faire.

Elles déjeunèrent dans une petite pizzeria à laquelle elles donnèrent la note de sept sur dix, lui retirant des points seulement pour la personnalité terne de ses employés.

Elles remontèrent ensuite en voiture pour se rendre à Bowling Green. Courtney savait que c'était l'université que Vanessa préférait. Elle était bien plus grande que celle de Dayton, et Mme Roberts y avait elle même étudié.

— On va passer la nuit là-bas. J'ai trouvé un hôtel qui fait spa et je nous ai réservé un massage à toutes les trois pour ce soir, après le dîner.

— Ta mère est franchement géniale, V.

— Ne l'oubliez jamais, dit Mme Roberts avec un sourire.

— Bravo. Maintenant, elle va prendre la grosse tête. Fais attention avec ce genre de compliments, meuf, blagua Vanessa.

Courtney passa une partie du trajet à dormir et elle en était contente. Elle se réveilla rafraîchie et prête à affronter le reste de la journée.

— On arrive bientôt ? demanda-t-elle, amusée par cette question irritante.

La mère de Vanessa tenta de lui mettre un petit coup avec l'un des catalogues d'université.

— Tais-toi donc, miss Joyeuse ! C'est moi qui conduis pendant que tu te reposes confortablement.

— Ha ha, désolée ! Je rigole !

— Mais oui, on arrive bientôt, petite comique.

Courtney apprécia la visite du campus de Bowling Green, mais elle savait déjà que si elle choisissait l'Ohio plutôt que l'Arizona, elle irait à Dayton. En revanche, il était clair que Vanessa était intéressée par Bowling Green, ce qui ravit sa mère.

Une fois à l'hôtel, elles profitèrent d'un dîner tardif et d'un massage incroyable. Courtney se sentait relaxée alors qu'elle sirotait son eau au concombre et à la menthe, les pieds dans la source chaude.

— Cette eau est juste géniale, s'extasia-t-elle. Genre, comment ça se fait qu'on ait pas bu ça toute notre vie ? C'est juste du concombre. Je suis capable de couper un concombre. Mais on dirait de la magie !

— Je me disais exactement pareil, répondit Vanessa. C'est genre… un élixir magique qui donne de l'énergie. Je comprends pas.

La mère de Vanessa les rejoignit bientôt et s'assit près d'elles.

— C'était chouette, non ? On pourrait peut-être louer un film dans la chambre avant d'aller dormir ? Vous voulez toujours aller voir Ohio State demain avant de rentrer ?

Les deux filles échangèrent un regard.

— Je crois que ça ira, maman. J'aime bien ici, et je sais que Courtney est amoureuse de Dayton, donc on pourrait juste passer une matinée tranquille avant de rentrer ? proposa Vanessa.

— Je suis plutôt d'accord avec ça, répondit Mme Roberts. J'ai passé un super moment avec vous, les filles. Je sais que c'est égoïste, Courtney, parce que tu manquerais énormément à ta mère, mais j'espère vraiment que tu vas décider de venir à la fac ici. Tu pourrais venir chez nous pour les longs week-ends ou les vacances, quand tu ne pourrais pas rentrer chez tes parents. Tu sais que je t'aime comme si tu étais ma fille. Vanessa est toujours si heureuse quand tu es là.

Mme Roberts semblait au bord des larmes.

— Haan, Mme Roberts ! C'est adorable ! J'adore aussi être ici.

Courtney était elle-même un peu submergée par les émotions. Elle sentit Vanessa croiser son bras au sien, et elle appuya sa tête contre l'épaule de son amie. C'était inutile de le nier ; elle n'était pas prête à rentrer chez elle. Elle se sentait déjà chez elle.

CHAPITRE ONZE

Après leur petit voyage, Courtney était encore plus résolue à retrouver son chemin jusqu'en Ohio éventuellement. La balance penchait fortement du côté de l'université de Dayton. Bien que toujours effrayée à l'idée de se retrouver seule, une sensation nouvelle de réconfort occupait également son esprit. Et elle n'était pas la seule à l'avoir remarqué.

— Je crois que je t'aime bien quand t'es amoureuse. T'as l'air beaucoup moins stressée, déclara Vanessa l'après-midi suivante.

Elles se préparaient à aller voir le concert du groupe d'Ethan. Courtney était impatiente de rencontrer ses amis, et elle espérait que ses nerfs ne se joindraient pas à la fête.

— Ouais enfin, je suis toujours pas sûre de ce que je devrais porter, mais je suis excitée, pas nerveuse, admit Courtney en sautillant sur place.

— Tu réalises que t'es plus la même fille que celle qui est descendue de l'avion plus tôt dans le mois, hein ? Qui a dû boire des shots de Jell-O juste pour se motiver à aller à une soirée ? La façon dont tu te comportes maintenant… ça te va mieux.

Courtney continua de réfléchir à cette remarque alors qu'elle examinait son choix de tenues. Elle supposait que Vanessa avait raison et espérait que ce sentiment durerait.

Finalement, elle choisit un jean foncé et un débardeur turquoise souligné de finitions en dentelle noire. Elle savait qu'Ethan l'aimait. Selon ses mots, il la rendait « sexy au possible », et c'était pour elle une raison suffisante de le porter.

— T'es prête ? Luke nous retrouve là-bas.

— Ouais !

Elles grimpèrent dans la Camaro et conduisirent jusqu'à la ville voisine où se tenait le Festival de la Fraise. C'était un petit événement paisible, le genre qui manquait à Courtney maintenant qu'elle vivait près d'une grande ville. Tous les événements auxquels elle avait assisté à Phoenix étaient toujours bondés. Et la chaleur était insupportable. Elle préférait de loin cette ambiance.

Une fois arrivées, elles traversèrent le parking poussiéreux pour se rendre au parc de la ville où la scène était installée.

Vanessa avait eu l'excellente idée d'apporter un drap pour qu'elles puissent s'asseoir confortablement sur l'herbe, des limonades à la fraise glacées en main.

— C'est super bon ! s'extasia Courtney. Toutes les boissons devraient toujours être glacées.

— Ab-solument d'accord, copine.

Vanessa leva son gobelet en plastique pour trinquer à cette découverte importante. Elles furent rejointes par Luke quelques minutes plus tard.

— Salut bébé, est-ce que c'est… T'as acheté une limonade glacée sans moi ? demanda-t-il, une expression faussement horrifiée sur le visage.

— Je t'en ai pris une aussi, mais si tu la joues comme ça, je vais la boire.

— Haan, t'es la meilleure des copines, dit-il en embrassant Vanessa avec un tel enthousiasme qu'elle manqua de tomber en arrière.

Vanessa essuya sa bouche d'un geste théâtral.

— Ton talent pour embrasser est en chute libre, remarqua-t-elle avec un petit sourire.

Le début de réponse de Luke fut noyé par le groupe d'Ethan, qui s'installa sur scène et commença ses balances.

L'hôte du festival, très certainement le président du corps étudiant du lycée local, s'avança jusqu'au micro et présenta le groupe.

— Des applaudissements pour Tin Roof !

Courtney sourit aux cris enthousiastes de la foule. Elle était impatiente de voir Ethan à l'œuvre. Il croisa son regard et lui sourit, et elle lui envoya un baiser.

— Mais qu'est-ce que t'as fait à Fisher ? Avant, c'était un vrai aimant à meufs et tu l'as, genre, domestiqué, remarqua Luke.

— Oh, tais-toi, il est heureux, rétorqua Vanessa.

Courtney ignora Luke et choisit de faire de même pour son « aimant à meufs », bien que cette description lui nouait légèrement l'estomac.

Le groupe se révéla plutôt bon, et Courtney chanta en cœur la majorité de leurs reprises. Elle adorait entendre Ethan chanter ; cela lui rappelait la nuit où ils s'étaient rencontrés. Elle les acclama fort après leur dernière chanson et croisa le regard d'Ethan pour lui sourire. Mais à sa grande surprise, et horreur, Ethan reprit le micro après que les applaudissements se soient éteints, et s'adressa à la foule.

— Je sais que ça devait être notre dernière chanson, mais si vous voulez bien me supporter un peu plus longtemps, je voudrais que vous m'aidiez à faire monter ma copine sur scène pour chanter une petite chanson d'Everclear. Elle s'appelle Courtney et j'apprécierais si vous pouviez l'encourager autant que possible parce qu'elle a probablement envie de m'assassiner, là.

Le sourire d'Ethan illuminait son visage entier, et Courtney sentait son cœur battre à tout rompre. *Oh. Je vais passer pour une naze si je refuse d'y aller. Respire, respire, respire. Il m'a appelée sa copine ? Wow, ok. Wow. Heureusement que ma confiance en moi m'a pas lâchée...* Ses pensées se bousculaient dans son esprit. Elle sentit Vanessa la pousser doucement vers l'avant.

— Allez, meuf, va chanter. Je filme. C'est un truc qu'Ethan et toi pourrez montrer à vos petits-enfants quand vous serez vieux.

Vanessa était horriblement persuasive. Courtney ne savait pas comment, mais ses pieds avaient déjà commencé à l'emmener vers la scène. Elle fit de son mieux pour paraître confiante tout en transperçant Ethan du regard de lui faire subir ça. La foule l'acclama lorsqu'elle monta sur scène aux côtés d'Ethan.

Il la prit longuement dans ses bras, et elle lui murmura à l'oreille : « Tu vas avoir de très, très gros problèmes. »

— Je sais, répondit-il, mais ça en vaut le coup.

Il ajusta le pied du micro pour elle et reprit sa guitare. *C'est comme au feu de camp. C'est tout pareil. Fais comme s'il n'y avait pas de micro.*

Ethan joua la chanson qu'elle lui avait chanté la nuit de leur rencontre à la perfection, et Courtney réussit à survivre au premier couplet sans vomir. Sa voix devenait de plus en plus assurée à chaque nouvelle phrase, mais ses mains refusèrent d'arrêter de trembler jusqu'à la fin de la chanson.

Une fois cette épreuve terminée, elle découvrit que chanter en public pouvait donner un sentiment d'exaltation incomparable. Ethan l'embrassa, ce qui leur attira encore plus d'acclamations, et remercia la foule de la part de Tin Roof.

— Comment t'as pu me faire ça, Ethan Fisher ?! le réprimanda-t-elle une fois qu'ils furent seuls.

Ses mains tremblaient toujours légèrement, et elle pouvait entendre les battements de son cœur résonner dans ses tympans.

— Oh mon Dieu, t'étais incroyable. T'avoir sur scène avec moi, c'était juste tellement énorme. Te mets pas en colère, ok ? Laisse-moi juste m'émerveiller d'à quel point tu es géniale.

Son visage affichait une joie intense, et elle lui sourit avant même de comprendre qu'elle n'était plus en colère contre lui.

— Merci. Je t'aime. Genre, je t'aime vraiment, répéta-t-il en la prenant dans ses bras.

— Donc c'est la fille, hein ? C'était pas mal plus tôt.

L'un des membres du groupe d'Ethan, un garçon mignon aux cheveux sombres, s'approcha d'eux, une main tendue. Courtney la serra immédiatement.

— Moi, c'est Tyler, dit-il.

Il était plus petit qu'Ethan mais de peu, et les quelques piercings qu'il avait à l'arcade durcissaient ses yeux sombres.

— Ravie de te rencontrer, Tyler. Vous étiez super. Je suis tellement contente d'avoir pu vous voir jouer.

Le reste du groupe les rejoignit et lui fut présenté : Silas, Jared et Chris. Ils avaient tous plus au moins la même allure, excepté Jared, qui semblait plus détendu que les autres. Courtney peinait à associer le Ethan qu'elle connaissait au reste du groupe.

— On va tirer dans mon van, vous voulez venir ? demanda Tyler d'un air nonchalant.

Tirer ? Tirer sur quoi ? se demanda Courtney. Elle supposa qu'il parlait d'herbe, mais elle n'en était pas certaine.

— Nan, mec, ça ira. Courtney et moi, on va y aller. Vous avez besoin d'aide avec le matos ?

— On gère, répondit Jared. On se voit à la répét'.

Courtney n'arrivait tout simplement pas à imaginer sa version d'Ethan traîner avec ces garçons. Le nœud dans son estomac se réveilla à nouveau. Elle laissa Ethan la prendre par la main et la ramener jusqu'à Luke et Vanessa.

— Donc… Ce sont tes amis.

Elle s'efforça à ne pas adopter un ton critique.

— Je sais. Ils sont un peu bruts sur les bords, mais je te promets qu'ils sont cools, dit Ethan.

Elle n'était pas sûre de le croire entièrement, mais elle ne les avait vus qu'un court instant. Les premières impressions peuvent être trompeuses.

— Ok, conclut-elle simplement. Mais hm, juste pour info… Toute cette histoire de « tirer »…

— T'as compris ça, hein ? Oui, ils suivent leur propre traitement. Pas moi, en revanche, si c'est ce que tu veux savoir. Enfin, ça m'est arrivé dans le passé, mais plus maintenant. J'aimerais bien pouvoir continuer à chanter dans un groupe, donc j'essaye de pas tuer ma voix. Ça, et je me trouve déjà assez détendu comme ça, dit-il avec un sourire en poussant doucement Courtney pour l'aider à se relaxer.

Courtney laissa échapper un soupir de soulagement. Elle ne savait pas si elle aurait été capable de supporter cette information, et était contente de ne pas avoir à le découvrir. Elle serra la main d'Ethan et laissa s'envoler certaines de ses inquiétudes.

Ils rejoignirent Vanessa et Luke, et après qu'ils l'aient suffisamment taquinée pour son concert improvisé, ils décidèrent de rester pour regarder les feux d'artifice.

Être allongés sous les étoiles à admirer des lumières colorées fuser au-dessus de leurs têtes rajoutait au charme presque féérique de ce petit festival. Sa tête sur le bras d'Ethan, elle se lova contre lui, se sentant parfaitement à sa place, et se félicita d'être à cet endroit exact à ce moment exact alors qu'elle laissait courir ses doigts sur le torse d'Ethan et les muscles de son estomac.

— T'essayes de me chatouiller ? dit-il, amusé. Parce que je crains pas les chatouilles.

Lorsqu'elle éloigna sa main, il reprit la parole.

— Mais c'est plutôt agréable, tu sais, t'as pas à arrêter.

Ils restèrent allongés ainsi un moment, et Courtney voulait ne jamais avoir à bouger.

— Ok, les amoureux, Courtney et moi, on doit y aller, dit Vanessa. Ethan, t'as pas besoin qu'on te ramène, si ? T'as ta voiture ?

— Oui, je l'ai. Tu me laisserais pas ramener Courtney par le plus grand des hasards ? répondit-il en adressant son sourire le plus charmant à Vanessa.

— Erg, peu importe. Juste parce que je sais que vous êtes tristes qu'elle parte bientôt, etc etc, je t'autorise à la raccompagner chez moi, dit-elle d'un ton presque parental.

Courtney éclata de rire et accepta le bras d'Ethan. Les papillons dans son ventre se mirent à virevolter joyeusement, eux aussi heureux que cette soirée ne se termine pas déjà.

CHAPITRE DOUZE

Le jour suivant, Vanessa se montra inhabituellement intéressée par l'apparence de Courtney. Elle insista pour qu'elles se rendent au salon de coiffure et se fassent faire un brushing.

— Viens, ça va être fun. J'adore tes cheveux bouclés, mais c'est toujours bien de changer un peu. Je crois que tu les as lissés qu'une seule fois depuis que tu es arrivée ici. Et Ethan va adorer, ajouta-t-elle en guise d'argument final.

— Bon, ok, peu importe. Je trouve juste que c'est bizarre que tu t'intéresses soudainement à mes cheveux.

Courtney ne partagea pas la petite voix interne qui la faisait critiquer ses cheveux rendus encore plus frisés par l'humidité.

— Tu me remercieras plus tard, chantonna Vanessa.

— Qu'est-ce qui va se passer plus tard ?

Elle ne se souvenait pas qu'elles aient prévu quelque chose de spécifique pour la journée.

— Rien. Oublie juste pas de te raser les jambes, ok ? lui conseilla Vanessa.

— Quoi ?! Qu'est-ce que tu me caches ?

— Rien. Rien du tout.

Courtney essaya de soudoyer Vanessa, de la faire culpabiliser et de lui faire avouer par la force ce qu'il se tramait alors qu'elles se dirigeaient vers le salon de coiffure, mais en vain. Courtney finit par conclure que son amie devrait travailler pour le FBI.

— J'arrive pas à croire que je te considère comme ma meilleure amie ! s'exclama Courtney. C'est presque de la torture ! Tu me demandes de rester calme toute la journée alors que je sais très bien que quelque chose va m'exploser au visage plus tard !

— Rien va t'exploser au visage. Profite de ton brushing et calme-toi. Sois heureuse.

Vanessa n'ajouta rien de plus sur le sujet.

La coiffeuse mit un moment à réussir à dompter sa crinière imposante, mais Courtney fut impressionnée par le résultat. Ses boucles d'un brun sombre étaient transformées. Elles étaient maintenant lisses et brillantes et lui arrivaient presque à la taille.

— Ok, c'était pas une mauvaise idée, admit-elle.

— C'est un euphémisme. T'es super sexy ! hurla presque Vanessa.

Courtney ne détestait pas complétement cette description.

Elles visitèrent ensuite quelques-uns des magasins qui bordaient la place centrale de la ville. Courtney n'arrêtait pas d'être distraite par son reflet ; elle avait l'impression étrange de voir quelqu'un d'autre.

— Oui, Court, tu es très belle, alors bouge, la taquina Vanessa. Il y a cette espèce de petite boutique de créateur que je veux aller voir.

La boutique se révéla être un véritable coffre aux trésors avec sa large variété de vêtements et d'accessoires bohème et faits main.

Vanessa trouva une longue robe fluide blanche et ivoire et la présenta à Courtney, tout excitée. Le corsage de la robe était à peine plus couvrant qu'un haut de bikini, ce qui n'était pas le style habituel de Courtney, mais elle ne pouvait qu'admettre que le tissu et les perles argentées donnaient un effet magique à l'ensemble.

— Achète ça, s'il te plaît. Enfin, essaye-la d'abord, mais je pense qu'il te faut cette robe. Aujourd'hui. Ça serait genre, ton cadeau d'anniversaire à toi-même, dit Vanessa en applaudissant d'un air enthousiaste.

Courtney commença à se lasser de toutes ces allusions lorsque son amie refusa à nouveau de lui expliquer quoi que ce soit. Mais Vanessa semblait si excitée que Courtney accepta d'essayer la robe.

À sa grande surprise, elle lui allait parfaitement. Il lui faudrait toutefois mettre des chaussures à talons pour tempérer sa longueur. *C'est pas la première fois.*

Alors qu'elle se regardait dans le miroir, elle remarqua à quel point elle avait bronzé depuis son arrivée. Le tissu blanc ressortait joliment contre ses cheveux sombres et sa peau hâlée. Elle continua d'étudier son reflet quelques instants, peu pressée de retirer la robe.

— Oh mon Dieu, oui, c'est parfait. On la ramène à la maison, conclut Vanessa.

Courtney céda. Le prix n'était pas excessif, et elle avait réussi à économiser une bonne somme d'argent après avoir travaillé toute l'année. L'employé enregistra la vente, et les deux filles rentrèrent chez Vanessa.

Elles décidèrent de faire des activités de filles tout le reste de l'après-midi, et Courtney apprécia d'être seule avec Vanessa. Elle réalisa qu'elles n'en avaient pas eu si souvent l'occasion depuis son arrivée et se sentit légèrement coupable.

— Hé, V, tu sais que je t'aime, hein ? demanda Courtney avec sérieux.

— Bien sûr, sois pas idiote. Je t'aime aussi. J'ai passé un super été avec toi. Si seulement tu pouvais réemménager ici maintenant.

— T'imagines même pas à quel point j'adorerais ça, répondit Courtney d'une voix douce.

Elles regardèrent *Clueless* pour terminer leur après-midi de détente en beauté, mais autour de 16 heures, Vanessa repassa en mode folle furieuse.

— Ok, donc, je pensais pouvoir réussir à me tenir jusqu'au bout, mais je peux juste pas. Je vais rien te spoiler ou Ethan risque de me tuer, mais crois-moi, t'as envie de te préparer. Genre, Cendrillon qui se prépare pour aller au bal, mais version Gem City. J'ai déjà accroché ta robe dans la salle de bain et j'ai une paire de talons argentés et un pull gris que tu peux emprunter. Si tu veux que je te maquille, je le ferais. Ou pas, peu importe. Je suis juste folle d'impatience pour toi. Désolée de pas pouvoir t'en dire plus, déballa-t-elle d'un coup avant de se mordre la lèvre.

— Tu me rends nerveuse ! s'exclama Courtney, qui sentait ses paumes devenir moites.

— Je sais, désolée. Sois pas nerveuse, sois excitée ! Mais fais-le pendant que tu te prépares.

— Attends, attends, l'interrompit Courtney.

Son estomac se tordait sous le stress.

— J'ai compris que je fais un truc avec Ethan ce soir. Je vais pas essayer de te faire avouer quoi exactement, parce que genre, tu respectes le code des amis ou peu importe, mais V, je commence à paniquer.

— Quoi ? Pourquoi ? Panique pas ! dit Vanessa, inquiète.

L'expression sur son visage trahissait qu'elle se sentait coupable envers Courtney.

— Je suis super désolée, j'avais pas l'intention de te faire paniquer comme ça. Ça va être une bonne surprise, promis.

— Non, je sais, je suis excitée, c'est juste…

— C'est juste que quoi ?

— Je crois que ce soir pourrait être un peu… *important* ?

La compréhension apparut lentement sur le visage de Vanessa.

— Eh bien... Ça pourrait, oui. Si tu le veux. Tu le veux ?

— Oui. Genre, vraiment beaucoup, mais ça me donne aussi envie d'hyperventiler.

Le plus elle se laissait réfléchir aux possibilités, le plus sa gorge se serrait. Courtney s'assit pour pouvoir se concentrer sur sa respiration, et Vanessa s'agenouilla en face d'elle sur le tapis.

— Court. Il t'aime. Il te respecte. Si tu es nerveuse, dis-lui juste. Tout ira bien.

Courtney se força à se détendre, se répétant mentalement les mots de son amie comme un mantra.

— Juste bien, hein ? dit-elle pour essayer d'alléger l'ambiance.

Elle déglutit, la gorge sèche. Vanessa rit, un soupçon de soulagement dans le regard alors que l'anxiété de son amie s'évanouissait progressivement.

— Mieux que bien. De ce que j'ai entendu, il est vraiment bien mon...

— La la la ! Tu m'aides pas, là ! l'interrompit Courtney, amusée.

Vanessa lui répondit d'un sourire espiègle.

— Eh bien, si tu veux que je t'aide, je pourrais aller chercher une banane pour t'aider à visualiser...

— Arrête !

Courtney poussa doucement son amie alors qu'elle essayait de ne pas rire, mais Vanessa finit par s'écrouler par terre, hilare. L'expression figée de Courtney s'adoucit progressivement, illuminée par un sourire sincère.

Vanessa finit par se reprendre et fit s'asseoir Courtney sur une chaise pour pouvoir s'occuper de son maquillage. Cette dernière s'évertua d'atteindre un calme parfait et laissa son impatience prendre le dessus sur ses inquiétudes.

CHAPITRE TREIZE

♬ *She Looks So Perfect* – 5 Seconds of Summer
First Time – Lifehouse

Courtney essaya de ne pas se laisser trop divaguer alors qu'elle se préparait. Vanessa avait raison. Elle était contente d'avoir au moins été prévenue que quelque chose allait se produire et d'avoir pu enfiler autre chose qu'un legging et un T-shirt de pom-pom.

Une fois son maquillage parfait d'une quantité acceptable de paillettes, elle étudia le résultat final dans le miroir sur pied de Vanessa. Elle se reconnaissait à peine. La fille devant elle semblait apaisée... confiante même. Elle prit plusieurs longues inspirations pour se sentir aussi calme qu'elle voulait l'être. Puis, lorsqu'elle vit la voiture d'Ethan arriver, elle se dirigea vers l'escalier pour l'accueillir.

— Descends pas déjà ! la réprimanda Vanessa. Il faut qu'il attende que tu fasses ton entrée. T'as rien retenu de *Clueless* ?

— C'est franchement pas nécessaire, se plaignit Courtney.

Elle ne voulait pas faire toute une histoire de peu importe ce qui allait se passer. Mais lorsque la sonnette de la porte d'entrée retentit, Courtney resta à l'écart, suivant à contrecœur l'ordre de Vanessa.

Elle entendit Ethan entrer.

— Hey V. T'as gardé mon secret ?

— Ce qu'il était essentiel de garder secret, oui. Sur d'autres détails, la ligne est un peu plus floue.

Courtney finit de descendre les marches, se sentant un peu idiote de rester à écouter une conversation la concernant. Elle admira Ethan, qui se tenait près de la porte, un bouquet de gerberas roses dans les mains. Il était habillé d'une chemise gris foncé ouverte par-dessus un T-shirt noir, et ses cheveux étaient parfaitement décoiffés, comme elle les aimait. Son expression, en revanche, était nouvelle. Rougissante, Courtney supposa que le relooking de Vanessa était une réussite.

— Ça te plaît ? demanda-t-elle en tournant sur elle-même, faisant ses cheveux caresser son dos nu et sa jupe longue virevolter autour de ses chevilles.

— C'est un euphémisme, répondit-il sans la quitter du regard. V, je te pardonne officiellement, peu importe quelle partie du secret t'as révélée.

Il tapota Vanessa sur la tête, s'attirant un regard foudroyant de cette dernière, puis se pencha vers Courtney pour l'embrasser sur la joue et lui tendre le bouquet de fleurs.

— Je m'y connais pas du tout en fleurs, mais celles-là m'ont fait penser à toi.

Oh, mon Dieu, vraiment ? Des gerberas roses ! Courtney se sentit fondre, juste un petit peu.

— Elles sont parfaites, le remercia Courtney.

Vanessa prit le bouquet pour aller le mettre dans un vase dans la cuisine.

— T'es prête pour ton anniversaire pré-anniversaire ? demanda Ethan.

C'était donc la raison derrière tout ça. Elle comprenait enfin l'élément de surprise, même si son anniversaire n'était que dans trois jours.

— Pour être complètement honnête, il voulait organiser ça le soir de ton vrai anniversaire, mais je lui ai dit que je te laisserai pas m'échapper ce jour-là. Il sait très bien qu'il faut pas me chercher, expliqua Vanessa lorsqu'elle revint.

Elle glissa discrètement quelque chose dans le sac de Courtney, mais l'ignora quand cette dernière lui jeta un regard curieux.

— Je peux pas nier ça, admit Ethan. Tu peux être plutôt flippante quand tu veux.

— Ne l'oublie jamais, ajouta Vanessa d'un ton faussement menaçant.

— Alors, où est-ce qu'on va pour cette occasion incroyablement spéciale ? intervint Courtney.

— Ça fait partie de la surprise, Paillettes. Laisse-toi faire.

Courtney soupira mais dit au revoir à Vanessa et laissa Ethan lui tenir la portière. Elle se tourna vers lui et l'embrassa longuement avant de monter en voiture. La soirée entière se transformait en un conte de fées, et ils n'étaient même pas encore montés dans leur carrosse.

— C'était pour quoi ça ? demanda Ethan, ses mains toujours sur les hanches de Courtney.

Elle se contenta de hausser timidement les épaules.

Alors qu'elle s'installait en voiture, elle ressentit l'énergie de cette soirée se diffuser en elle. Elle se fichait d'où ils allaient, tant qu'elle était avec Ethan. Elle réalisa également, amusée, qu'il s'agissait de leur premier rendez-vous en tête à tête.

— C'est ce que tu fais pour tous tes premiers rendez-vous ? le taquina-t-elle.

Il la regarda curieusement un instant avant de répondre.

— Nan, c'est juste pour toi, bébé. Tu me donnes envie de te rendre heureuse.

Le cœur de Courtney s'affola légèrement, comme à

chaque fois qu'il la regardait ainsi. L'ambiance sembla alors plus ancrée dans la réalité, malgré ce début digne d'un conte romantique.

Elle tint la main d'Ethan fermement alors qu'il conduisait vers le Sud de Gem City. Finalement, Ethan gara sa voiture devant une petite maison victorienne bleue, près d'où Courtney habitait autrefois.

— C'est chez toi ? J'ai grandi, genre, à deux rues d'ici, sur Sweetwater Drive, fit-elle remarquer avec émerveillement lorsqu'elle sortit de la voiture.

— Sérieux ? J'arrive pas à croire qu'on le réalise que maintenant ! Dans un univers parallèle, on aurait pu être voisins. Je t'aurais tiré les tresses en CE1 parce que je t'aimais bien et tout ça, blagua-t-il en repoussant une mèche de Courtney derrière son oreille.

Courtney sourit à cette idée.

— Donc, euh…, reprit Ethan. Avant qu'on entre, je devrais sûrement te prévenir que tu vas rencontrer ma mère et ma sœur.

Courtney écarquilla légèrement les yeux de surprise.

— Panique pas, c'est juste pour une minute. Ma mère surveille la nuit des scouts de Taylor ce soir, mais elle a insisté pour te rencontrer d'abord. Je suppose que c'est pour s'assurer que t'es pas une dévergondée qui essaye d'attirer son seul fils au lit.

Ethan sourit, visiblement très amusé.

— J'ai demandé à Vanessa si je devais te le dire plus tôt, mais elle a dit que ça te ferait juste stresser. Donc voilà. Ça va aller ? Ma mère est cool, et elle t'aime déjà bien, promis.

—Euuuh, ouais. Ça va.

Ça va absolument pas. Genre, vraiment, vraiment pas. J'ai l'impression d'être un volcan d'anxiété sur le point d'exploser. Elle prit une inspiration profonde aussi discrètement que possible, pour essayer de surpasser sa surprise initiale.

— Les parents m'aiment bien en général, il faut juste

que j'arrive à me préparer mentalement. Je vais y arriver. Allons rencontrer ta famille.

Ces paroles étaient davantage destinées à la rassurer elle que lui. Elle réalisa subitement qu'il avait révélé que sa mère ne serait pas là de toute la nuit. Certains des commentaires que Vanessa avait fait plus tôt commençaient à prendre tout leur sens.

Ethan la guida jusqu'en haut des marches, son petit doigt croisé à celui de Courtney. Ils entrèrent et elle se remémora immédiatement sa propre maison, quelques rues plus loin. Le parquet en bois sombre et tacheté, les pièces vivement colorées, les moulures anciennes au plafond... C'était son type de maison. Elle sentait la cannelle et la vanille, et Courtney regretta de ne pas avoir mangé davantage plus tôt.

— Ethan, c'est toi ? appela sa mère depuis la cuisine.

— Non, maman, c'est ton autre fils qui amène sa petite amie pour que tu la rencontres pour la première fois.

Il a encore utilisé le mot magique, se dit Courtney. *Peut-être que c'est plus facile que de dire « la fille de Phoenix dont je pense être amoureux ».*

— Courtney ! s'extasia la mère d'Ethan alors qu'ils entrèrent dans la cuisine. J'ai tellement entendu parler de toi ! J'ai l'impression de déjà te connaître.

Elle serra la main de Courtney.

— Tu es absolument magnifique. La description d'Ethan ne te rendait pas justice.

— Merci, Mme Fisher, répondit Courtney en rougissant.

— Non, non, pas de Mme Fisher entre nous. Appelle-moi Mary, insista la mère d'Ethan. Bon, Taylor et moi, on s'en va dans une minute, mais pas de soirée folle ici, ok ?

Mary lança un regard parlant à Ethan avant de se tourner vers le couloir.

— Taylor ! Viens dire bonjour à Courtney avant qu'on parte ! cria-t-elle.

Des bruits de course se firent entendre dans l'escalier.

— Courtney ? Salut ! Moi, c'est Taylor. Ethan dit que t'aimes *Harry Potter*, c'est vrai ? l'interrogea la petite sœur d'Ethan à peine entrée dans la cuisine.

— À jamais, répondit Courtney avec un grand sérieux et une étincelle dans ses yeux bleus.

— C'est une vraie fan ! s'émerveilla Taylor avant d'aider sa mère à transporter leurs affaires dans la voiture.

— Tu m'appelles si tu as besoin de quoi que ce soit, Ethan, je garde mon portable avec moi. Essaye de ne pas mettre le feu à la maison. Courtney, ravie de t'avoir rencontrée, j'espère te revoir bientôt.

Le cœur de Courtney se serra lorsqu'elle réalisa qu'elle ne pourra certainement pas passer plus de temps avec la famille d'Ethan.

La voiture quitta l'allée pour s'engager sur la route, laissant Courtney et Ethan seuls, vraiment seuls pour la première fois. Ils se regardèrent.

Ethan la souleva pour l'asseoir sur le comptoir de la cuisine, et leurs lèvres se rencontrèrent avant même qu'ils n'aient le temps de cligner des yeux. Ils s'embrassèrent lentement, n'ayant pour une fois pas à s'inquiéter d'être interrompus.

La chaleur entre eux monta progressivement, et elle repoussa la chemise d'Ethan pour pouvoir sentir la peau de ses bras contre la sienne. Ethan se recula doucement, sans toutefois relâcher son étreinte.

— Évidemment, je dirais pas non à ce qu'on passe la soirée à faire *ça*, mais j'ai prévu un repas et un gâteau et tout ça, juste pour que tu penses pas que je t'ai attirée ici avec la fausse excuse d'une fête d'anniversaire.

Elle voulait oublier le dîner et demander à visiter sa chambre, mais son estomac protesta à l'idée, principalement de faim mais aussi à la réalisation que « *oh mon Dieu, on est seuls chez lui* ».

— Ok, qu'est-ce qu'on mange pour le dîner alors, chef ? demanda-t-elle pour jouer le jeu. J'étais un peu inquiète que t'aies prévu du caviar ou dès escargots ou un truc du genre. Je suis plus du genre pizza. Je peux t'aider à préparer quelque chose ?

— Nan, ça sera prêt dans dix minutes. Va sur la terrasse si tu veux, pendant que je finis.

Elle attrapa son pull et trouva, lorsqu'elle sortit sur la terrasse, une table préparée pour deux et illuminée par quelques bougies. Son cœur fondit un peu plus. Elle apprécia l'air frais et revigorant de la soirée et de se sentir parfaitement à l'aise ici avec lui. La tension dans ses épaules s'évanouit, et elle laissa les dernières lueurs du coucher du soleil l'envelopper.

Ethan la rejoignit bientôt, avec de la pizza, de la salade et de l'eau de concombre.

— Donc t'as vraiment demandé conseil à Vanessa, hein, remarqua-t-elle à la vue de l'eau. C'est génial. Je pourrais pas imaginer un meilleur repas d'anniversaire.

Tout en dînant, ils discutèrent de la réaction de Taylor à la réponse de Courtney sur *Harry Potter*, de la relation d'Ethan avec sa sœur, de la raison pour laquelle ils avaient emménagé à Gem City, et de ce qui avait poussé la famille de Courtney à déménager. Ethan n'entra pas dans les détails, mais Courtney comprit que son père était absent.

Lorsqu'Ethan alla chercher le dessert, il prévint Courtney à l'avance.

— Si tu penses que je suis fou quand tu vas voir la taille du gâteau, je comprendrais, mais attends de voir ce qui est écrit dessus.

Cela suffit à éveiller la curiosité de Courtney. De plus, c'était un dessert : tout ce qu'elle aimait.

Ethan apporta alors le plus grand gâteau qu'elle ait

jamais vu, sa largeur égalant celle des épaules du jeune homme. Courtney éclata de rire.

— Ok, je comprends mieux l'avertissement.

Ethan le posa prudemment devant Courtney, une bougie « 18 » allumée mise en évidence. Courtney regarda le dessus du gâteau, où étaient écrits en glaçage rose les mots :

Courtney Ross,
tu veux aller au bal d'automne avec moi ?

Ethan commença à s'expliquer alors qu'elle lisait le message.

— Je sais que c'est qu'en septembre, mais je me suis juste dit que tu pourrais demander à ta mère et...

Courtney posa un doigt sur ses lèvres pour le faire taire. Elle souffla sa bougie et dit :

— Oui. Peu importe comment je vais me débrouiller pour venir, juste oui.

Puis elle oublia le gâteau pour agripper Ethan par sa chemise et l'attirer plus près d'elle. L'intensité qu'ils avaient partagée plus tôt refit surface, multipliée par dix.

Courtney avait besoin d'être au plus près de lui et de l'embrasser jusqu'à n'en plus pouvoir. Elle se perdait déjà dans la sensation des doigts d'Ethan sur son dos. Mais lorsqu'elle attrapa sa boucle de ceinture, il fit un pas en arrière.

— Qu'est-ce qui va pas ? demanda-t-elle, confuse et légèrement embarrassée.

Elle espérait ne pas avoir mal lu la situation. Ethan s'empressa de répondre.

— Eh bien, euh, j'avais prévu beaucoup de trucs pour ce soir, mais ça, ça en faisait pas partie. J'ai pas de... protection ? Si c'est ce que t'as en tête. J'essaye de pas te traiter comme une fleur délicate comme tu m'as demandé, et je te veux, t'imagines même pas à quel point, donc je pourrais aller en acheter ou autre. Mais je pensais que tu voudrais attendre jusqu'au bal d'automne. Je voulais pas, hm… te mettre la pression. Je me suis dit qu'on pourrait réserver une chambre d'hôtel pour après le bal, ou on pourrait…

— Ethan, pour le moment, le bal est juste une possibilité future qui serait géniale, l'interrompit-elle. Mais ce soir ? C'est la réalité, et je suis sûre de te vouloir. Plus que j'ai jamais été sûre de quoi que ce soit dans ma vie. J'ai pas besoin d'aller à un bal comme Cendrillon pour avoir envie d'être avec toi. Je te veux juste toi.

La référence au conte de fées lui fit repenser au geste mystérieux de Vanessa plus tôt dans la soirée, et elle réalisa quelque chose. Elle saisit son sac sous le regard confus d'Ethan, et y trouva exactement ce dont ils avaient besoin, accompagné d'un post-it sur lequel était écrit : « Juste au cas où – V ». Elle laissa le message sur la table et entraîna Ethan dans la maison.

Ils reprirent là où ils s'étaient arrêtés. Ethan la traitait avec une nouvelle révérence, ses mains caressant doucement son dos. Ses baisers étaient assurés mais tendres, et il la fit lentement reculer jusqu'aux escaliers menant à sa chambre, sans jamais éloigner ses mains de Courtney.

La chambre était petite et simple, mais elle représentait parfaitement Ethan. Ses guitares étaient accrochées au mur, un ordinateur reposait sur un bureau étroit, et une couette aux imprimés graphiques gris recouvrait son lit.

Ethan la guida vers le bord du lit et s'agenouilla devant elle, égalisant leurs tailles.

— Je t'aime, dit-il d'une voix douce en embrassant le cou de Courtney.

Courtney lui retira sa chemise et glissa ses mains sur son torse. Elle le laissa prendre les devants, et il baissa une bretelle de sa robe du bout des doigts pour pouvoir embrasser son épaule.

— T'es sûre de vouloir faire ça ? demanda-t-il, son regard cherchant celui de Courtney.

— Oui, répondit-elle avec fermeté avant de se plaquer contre lui.

Ni l'un ni l'autre n'hésita plus longtemps.

L'acte en lui-même n'était pas du tout ce qu'elle s'était imaginé d'après ses cours de SVT et ce que ses amis et les films lui avaient appris. Il y avait toujours cette même tension qui variait en intensité et définissait leur relation, mais elle comprit également ce que les gens voulaient dire par « faire l'amour ». Il n'y avait pas de feux d'artifices et la Terre ne trembla pas, mais son cœur, si.

Après, alors qu'Ethan la tenait dans ses bras et jouait avec ses cheveux, elle eut l'impression d'enfin comprendre pourquoi ça n'avait jamais fonctionné avec personne d'autre. Ethan lui était destiné.

— Tu vas bien ? lui demanda-t-il en l'embrassant doucement.

— Super bien, même.

Courtney mêla ses doigts à ceux d'Ethan.

— Tu veux quelque chose ? De l'eau, du gâteau ? reprit Ethan.

— Juste toi, répondit-elle.

Ethan se détendit et la serra plus fort contre lui.

CHAPITRE QUATORZE

Ethan ramena Courtney chez Vanessa juste avant son couvre-feu.

— J'ai un genre de cadeau pour toi, lui dit-il alors qu'ils arrivaient devant la maison.

— T'avais vraiment pas à faire ça…

L'idée qu'il lui avait acheté quelque chose la faisait se sentir à la fois surexcitée et coupable.

— Si ça peut te rassurer, je l'ai pas acheté, se justifiat-il en tendant une main vers le siège arrière.

Il attrapa deux petits paquets enveloppés dans du papier cadeau rose pailleté. Celui sur le dessus était orné d'un grand nœud blanc. Courtney écarquilla les yeux face à tant de paillettes.

— Je peux les ouvrir maintenant ?

— Bien sûr. C'est la visée même de faire un cadeau.

— « Visée » ? T'as téléchargé l'app de vocabulaire pour les SAT[1] dont je t'ai parlé ?

— Ça restera un secret, dit-il en lui lançant le sourire espiègle qui la faisait fondre. Ouvre tes cadeaux ou le suspense va me tuer.

Courtney déballa le paquet plat du dessous en premier, qui contenait un boîtier de CD. Mais lorsqu'elle ouvrit ce dernier, elle le trouva vide. Elle le retourna, et sur le dessus était écrit son nom au marqueur noir, accompagné d'un cœur. Elle lança un regard interrogateur à Ethan, les sourcils haussés, ce qui le fit rire.

— J'ai donné le CD à Vanessa pour qu'elle puisse mettre les chansons sur son ordi. Comme ça, tu devrais pouvoir tout transférer facilement sur ton portable ou ton iPod. Je voulais quand même que t'aies un paquet à ouvrir. Je sais que c'est très années 90 de ma part, mais je me suis dit que ça pourrait te plaire. Et aussi que ça serait moins bizarre que de te donner une clé USB. J'ai mis des chansons que je sais que tu aimes, d'autres que tu vas aimer mais tu le sais juste pas encore, et deux que j'ai écrites et enregistrées dans le studio où je donne des cours.

— T'as enregistré tes chansons ? C'est génial, Ethan ! J'en veux trop à Vanessa d'avoir su tout ça avant moi. J'ai envie de les écouter maintenant.

— Eh bien, je peux arranger ça, dit-il en branchant son téléphone au système audio de la voiture.

Courtney reconnut la chanson qu'elle l'avait entendu chanter auprès du feu de bois le tout premier soir. Elle se plongea dans le regard d'Ethan.

— Merci.

Elle continua d'écouter attentivement.

— Tu aimes vraiment ? C'est pas trop cliché que je t'ai fait un genre de mixtape ?

— Absolument pas. J'adore. En revanche, je suis déçue qu'il y ait pas une photo de toi en speedo sur le boîtier parce que j'ai toujours du mal à l'imaginer. Ta mère a eu l'air de bien m'aimer ; elle me trouverait sûrement une photo si je demandais.

— Ouais, y'a pas moyen, répondit-il, mais tu peux continuer de rêver. T'as toujours un cadeau à ouvrir par contre.

— Oh ! Plus ! J'avais oublié.

Courtney ouvrit délicatement l'emballage pour révéler une boîte carrée plus petite. Elle était si légère qu'elle semblait vide, mais lorsqu'elle l'ouvrit, tout prit son sens.

— C'est la bague que tu portes tout le temps, dit-elle dans un murmure.

— J'espérais que ça pourrait devenir la bague que *tu* portes tout le temps, au moins pendant qu'on va être séparés. Je sais pas si tu peux la mettre à ton pouce, mais je pourrais te trouver une chaîne ou autre, sinon.

Courtney passa l'anneau argenté épais à son pouce. Il lui allait parfaitement. Elle le fit tourner sur son doigt pour mémoriser les gravures noires dont il était paré.

— C'est… parfait.

— Je voulais t'acheter un truc qui brille, mais j'arrivais pas à me décider et je savais pas ce qui était, genre, « tendance » ou autre. Je me suis vraiment pas senti à ma place dans la section bijoux du magasin.

Courtney s'amusa à imaginer Ethan examiner le comptoir à bijoux du centre commercial.

— Je préfère cette bague de toute manière, le rassura-t-elle. Je l'ai remarquée la première fois que je t'ai vu. C'est un cadeau génial.

Ethan glissa ses doigts entre ceux de Courtney et admira l'anneau à son pouce.

— Je sais que tu vas pas aimer, mais il faut que je dise un truc. J'ai remarqué que t'as ignoré quand je t'ai appelée ma « petite amie », et j'espère que c'est juste parce que tu veux parler de tout ça qu'au tout dernier moment. Mais je vais en parler maintenant.

Bien que son instinct premier était de s'effacer de cette conversation, elle apprécia l'insistance d'Ethan. Elle avait senti que ce moment approchait après la nuit qu'ils avaient partagée, donc elle acquiesça et écouta patiemment. Un brasier s'était déclenché dans sa poitrine, et ne pas savoir ce qu'Ethan allait dire ne faisait qu'en attiser les flammes.

— Je t'aime. Genre, je suis complètement fou amoureux de toi et je veux pas être avec quelqu'un d'autre, ok ? Peu importe la distance entre nous. À quoi ça sert d'avoir des portables qui font vidéo et textos si c'est pas pour aider les relations longue distance à marcher ? Je peux juste pas te dire au revoir dans trois jours et retourner à ma vie d'avant. Le bal d'automne est dans genre six ou sept semaines. On *peut* le faire, dit-il avec emphase.

Courtney l'embrassa longuement, espérant trouver dans ce baiser la force de lui dire ce qu'elle voulait dire, tout en s'inquiétant qu'il puisse être d'accord avec elle. Le plan d'Ethan était vraiment tentant, mais elle savait qu'elle ne pouvait pas s'y plonger sans d'abord se protéger.

Elle se lança d'une voix hésitante.

— Je veux que tu saches que je suis complètement d'accord pour qu'on fasse marcher notre relation. J'ai jamais ressenti ça pour personne, et je veux pas que ça s'arrête dans trois jours. J'ai pas trop su quoi penser du fait que tu me décrives comme ta petite amie, et je voulais pas en faire toute une histoire si c'était pas si important que ça pour toi…

— Courtney, t'es tellement… toi. Tu acceptes que je t'aime, mais les mots « petite amie » te font paniquer ? Je dis pas ces mots facilement, juste pour info. Pour être honnête, j'ai essayé d'y échapper la majorité de ma vie.

Elle rigola doucement à cette confession.

— Je sais, c'est juste que, hm… C'est pas ce à quoi je m'attendais quand je suis arrivée ici. Tu comprends ? Et toi non plus, tu devais pas t'y attendre, surtout pas avec quelqu'un qui vit à 2 900 km d'ici. Oui, j'ai fait les calculs. Donc, soyons juste complètement honnêtes un instant. Si on décide de faire ça, d'être ensemble et d'ignorer la distance, alors je suis complètement partante, ok ? Mais tu en as vraiment envie ? Tu entres en terminale et t'es encore plus ou moins nouveau en ville.

Il y a sûrement plein de filles que t'as pas encore rencontrées et...

— Je veux pas une autre fille, je te veux toi.

— Je te veux aussi. Je suis juste pas sûre que tu vas continuer à me vouloir quand on pourra pas être ensemble et que des filles vont se jeter sur toi dès que tu vas jouer un concert. Oui, j'ai jeté un œil au public au festival et tu manquerais pas d'opportunités. Je peux te dire direct' que je vais avoir du mal à ne pas y penser vu que je pourrais pas être ici avec toi. Je crois que ce que j'essaye de te dire, c'est que je te donne une chance de dire stop à tout ça sans reproches ni drames. On passe les trois jours qui viennent ensemble, et après, on reste amis.

Ethan resta silencieux un long moment, ce qui ne lui ressemblait pas.

— Je peux pas être ton ami, Courtney. Tu m'as sérieusement dit : « On reste amis » ? Après ce soir ?

Ses yeux brillaient d'une émotion que Courtney n'arrivait pas à définir.

— Non ! Enfin, si. Arg. Je dis pas que c'est ce que je veux. Mais est-ce que je préférerais te garder dans ma vie comme ami plutôt que comme ex ? Oui. Si je pouvais, je resterais ici avec toi, Ethan, mais je crois que tu devrais prendre un moment pour y réfléchir. Je veux pas que tu m'en veuilles parce que tu te retrouves coincé dans cette position étrange où, en théorie, tu as une copine mais en vrai, t'as aucun des avantages. S'il te plaît, réfléchis-y juste. Je t'aime...

Par pitié, me dis pas que j'ai raison. Dis-moi que j'ai tort. Courtney sentait son estomac s'alourdir sous l'angoisse.

— J'ai pas besoin d'y réfléchir, j'y réfléchis depuis que je t'ai embrassée dans l'entrée. J'ai besoin que tu me croies quand je te dis qu'on peut le faire, insista-t-il.

La respiration de Courtney se calma. Elle *voulait* le croire ; elle savait qu'elle devait juste prendre la décision de le faire. De ne pas se laisser effrayer par la possibilité d'avoir le cœur brisé, de lui faire confiance alors qu'ils étaient séparés, de se laisser imaginer un futur avec lui.

— Ok, répondit-elle simplement en se plongeant dans le marron chaleureux des yeux d'Ethan.

— Ok, genre tu vas m'appeler ton « petit ami » et pas embrasser d'autres mecs ? chercha-t-il à clarifier d'un ton amusé.

— Oui pour les deux, répondit-elle.

Elle lui adressa un sourire sincère, un qui ne cachait rien, parce qu'elle ne pouvait simplement pas *ne pas* sourire.

— Je t'ai dit à quel point ce soir était génial, *petit ami* ? murmura-t-elle d'une voix douce en l'attirant vers elle.

— Je t'ai dit à quel point tu es juste incroyablement sexy dans cette robe, *petite amie* ? rétorqua-t-il en l'embrassant.

Le corps entier de Courtney répondit au toucher d'Ethan, et elle ne désirait rien d'autre que de rester ici avec lui, enveloppée par la brise fraîche qui passait par les fenêtres, les implications de leur décision tourbillonnant dans son esprit.

— Il faut vraiment que je rentre…, dit-elle finalement, sa déception écrite clairement sur son visage.

— Je sais…, répondit-il en l'embrassant à nouveau.

Ethan n'avait visiblement pas l'intention de déjà conclure leur soirée. Elle sourit contre ses lèvres et lui mit un petit coup de coude amusé.

— Je savais que tu allais me causer des problèmes à la minute où je t'ai vu. Comporte-toi en bon gentleman et raccompagne-moi à la porte avant que Vanessa sorte pour te hurler dessus.

— Tout ce que tu veux, Paillettes, soupira Ethan, résigné.

Ils marchèrent main dans la main jusqu'à la porte, et Ethan continua de lui prouver son admiration jusqu'à ce que ses jambes refusent de la soutenir plus longtemps.

— Tu triches, se plaignit-elle à moitié. Tu sais l'effet que tu me fais quand tu m'embrasses comme ça.

— Je vois pas de quoi tu parles. Comme ça, tu veux dire ? dit-il en faisant glisser ses lèvres sur le cou de Courtney.

— Un peu comme ça, oui, répondit-elle, le souffle lourd.

Ethan lui sourit et déposa un dernier baiser bref sur ses lèvres avant d'ouvrir la porte de la maison.

— Je sais que tu veux pas que je te demande, mais tu vas bien ? Avec tout ce qui s'est passé ce soir ? l'interrogea Ethan d'un ton anxieux.

— Oui, je vais parfaitement bien. Vraiment, insista-t-elle lorsqu'il ne perdit pas son air inquiet. Appelle-moi quand tu te réveilles.

— Promis. Je t'aime.

Il s'éloigna finalement pour retourner vers sa voiture, la laissant admirer la vue qu'il lui offrait de derrière.

Lorsqu'elle referma la porte entre eux, Courtney fut prise d'un petit vertige. La signification entière de ce qu'il s'était passé ce soir n'avait pas encore pénétré son esprit. Tout ce qui y flottait étaient des images d'eux deux ensemble, et elle voulait savourer chacune d'entre elles.

Son besoin de parler à son amie, en revanche, était irrépressible. Elle se faufila jusqu'à la chambre de Vanessa pour voir si cette dernière était toujours éveillée.

———

— Vanessa, murmura Courtney le plus fort possible. Tu dors ?

— Bien sûr que non, je dors pas, idiote !

Vanessa alluma sa lampe de chevet.

— J'ai pas réussi à dormir du tout. Raconte-moi tout.

Courtney essaya de se souvenir d'autant de détails

possibles sur sa soirée, autant pour elle que pour Vanessa ; elle ne voulait rien oublier.

— Oh. Mon. Dieu. C'est genre, la première fois la plus romantique du monde. Et de rien pour mon ajout de dernière minute dans ton sac, dit Vanessa. J'aurais tout donné pour que ma première fois soit comme ça.

— Pourquoi, qu'est-ce qui s'est passé ? demanda Courtney, inquiète de voir une ombre traverser l'expression de son amie.

Vanessa avait toujours été plutôt discrète quant à sa relation avec Zach Roads.

— Meh, rien qui mérite d'être discuté. Je dis juste que je suis jalouse.

Courtney l'interrogea du regard, mais comme souvent, Vanessa l'ignora.

— Mais comment tu vas ? C'était une nuit assez importante. Tu te sens bien à propos de tout ?

— Oui. Je suis juste… comblée ? Béate ? *Heureuse* ? Il y a beaucoup de synonymes. Mais être avec Ethan était… Je sais pas, j'ai pas le mot exact pour décrire ça. C'était comme si j'étais là où je suis censée être. Je sais que ça sonne comme une vieille chanson d'amour des années 80, donc hésite pas à m'arrêter quand tu veux, mais je suis juste sur mon petit nuage, là.

— Non, pas moyen, meuf, j'adore Mais parle-moi plus de la « grande vilaine conversation ». Qu'est-ce que vous avez décidé de faire ? Ça m'a tuée tout l'été.

— Je crois qu'on va tenter le coup. Il dit qu'il peut le faire, et si je prévois de revenir ici pour la fac… J'ai essayé de le faire réfléchir parce que je sais que c'est un plan de dingue, mais il a vraiment insisté. Donc je vais me laisser porter par le courant plus longtemps.

— Et si vous finissez par vous marier, et que tout ça, c'est grâce à moi et à mes talents pour mettre les gens en couple ? s'extasia Vanessa. Genre, je veux une mention spéciale dans le programme de mariage, avec une grande photo de moi !

Son expression changea alors qu'elle prit une pose digne d'un mannequin.

— Calme-toi un peu. Il faut déjà que je tienne jusqu'au bal d'automne.

— Ouais, le bal d'automne ! Évidemment, tu vas dormir ici. C'est quoi, le problème ? Ça va être trop fun ! On pourra se coiffer ensemble et je ferai ton maquillage, comme on a toujours dit qu'on ferait.

— J'espère juste que ma mère va accepter de me laisser revenir si tôt. Il va falloir que je travaille sur mes talents de persuasion avant de lui demander, dit Courtney.

Elle commençait à réaliser combien la situation avait changé au cours des huit dernières heures, et Vanessa et elle décidèrent que dormir pourrait leur être bénéfique. Courtney espérait seulement ne pas se réveiller le lendemain et réaliser que tout ça n'était qu'un rêve.

Sa soirée toujours en tête, elle laissa le sommeil l'emporter.

CHAPITRE QUINZE

♫ *Wonderful Tonight* – Eric Clapton

Les deux jours suivants passèrent en un éclair.

Courtney avait obtenu un « oui » conditionnel de sa mère à propos du bal d'automne après qu'elle ait utilisé tous les arguments persuasifs auxquels elle avait pu penser. Le « oui » avait été accompagné d'un « On en parlera davantage plus tard », mais elle en était satisfaite.

Ethan et elle passaient chaque moment libre ensemble. Chaque baiser, chaque blague privée, chaque conversation s'inscrivait dans l'esprit de Courtney. Elle mémorisa la courbe des lèvres d'Ethan et la nuance de marron de son regard. Vanessa levait souvent les yeux au ciel, et Luke en arriva à prétendre de vomir et à afficher un air de fausse horreur ou de dégoût franc, mais ni Ethan ni elle ne leur prêtaient attention.

— Sérieux, Fisher, il t'est arrivé quoi, mec ? s'étonna Luke. T'es comme un bol de crème fouetté, là. Franchement, j'ai même du mal à te regarder quand t'es comme ça.

Courtney était toutefois convaincue que Luke était secrètement romantique. Du moins, quand il observait Vanessa et qu'il pensait que personne ne le voyait.

— J'ai une solution simple : arrête de regarder. C'est bizarre que tu le fasses de toute manière, rétorqua Ethan avant d'embrasser Courtney longuement et exagérément.

— Oui, occupe-toi plutôt de ta propre relation. Ici. Avec moi. Je suis super belle aujourd'hui si t'as pas remarqué, le réprimanda Vanessa, comme à leur habitude.

Luke acquiesça timidement, cherchant déjà à se faire pardonner.

Pour son anniversaire, Courtney avait demandé à ce qu'ils fassent un petit feu de camp juste tous les quatre. Il leur restait beaucoup de gâteau qu'Ethan avait amené de chez lui, et Courtney voulait finir son été comme elle l'avait commencé.

Elle peinait à accepter que son voyage arrivait à sa fin, surtout car elle avait l'impression de connaître Ethan depuis toujours. Il semblait impossible qu'ils ne se soient rencontrés qu'un mois plus tôt. L'idée de devoir expliquer qu'ils prévoyaient de poursuivre leur relation pendant un an bien qu'ils n'avaient passé que quatre semaines ensemble l'irritait à l'avance. Elle se fichait de ce que les autres pourraient penser, mais elle ne pouvait s'empêcher d'imaginer ce qu'elle dirait à une amie qui lui raconterait la même histoire. Cela ne lui apportait aucun réconfort. *Tout ira bien. Il veut faire ça, avec toi*, se rassura-t-elle alors qu'ils installaient des chaises et des couvertures auprès du feu.

Courtney s'était acheté une nouvelle tenue pour l'occasion : une mini-jupe blanche à œillets et un débardeur corail ample. Elle se sentait à l'aise et elle-même alors qu'Ethan la tenait dans ses bras. Elle savait qu'il lui fallait tromper son esprit pour lui faire croire que ce n'était qu'une nuit comme les précédentes et non la dernière, ou elle ne pourrait pas retenir ses larmes jusqu'à temps qu'ils aient épuisé leur stock de s'mores.

— Tu sais que tu es juste magnifique ? lui murmura Ethan à l'oreille.

— Maintenant, oui, répondit-elle avec un sourire avant de resserrer les bras d'Ethan autour d'elle.

— C'est mal que j'ai envie de voler votre dernière nuit ensemble à ta meilleure pote parce que je veux être seul avec toi ? J'arrive à penser à rien d'autre. Je veux pas que tu partes.

Son ton était sincère, mais ses yeux trahissaient son refus d'accepter la réalité.

— Eh bien, si c'est mal, alors je suis mauvaise aussi. Mais je crois que Vanessa a une autre idée en tête vu le marathon de films qu'elle a prévu pour plus tard.

Ethan soupira mais accepta sa défaite.

— Ouais, j'ai vu. Je voulais juste te dire ce que j'avais en tête. Mais tant que je peux être avec toi, ça me va.

Ethan l'embrassa, et elle doutait jamais pouvoir se passer de ces frissons qui s'éveillaient dans son ventre la seconde qui précédait le baiser.

— Ok, les amoureux, venez là, les appela Vanessa. J'ai des requêtes de chansons pour Ethan.

Bien qu'à contrecœur, ils rejoignirent les deux autres et passèrent un moment à chanter ensemble au coin du feu toutes les chansons qu'Ethan acceptait de jouer. Luke était le pire chanteur d'eux tous mais de loin le plus bruyant, ce qui força Vanessa à lui dire de laisser les autres pouvoir s'entendre.

Lorsque les étoiles apparurent au-dessus de leurs têtes, Ethan annonça qu'il allait jouer sa dernière chanson pour la soirée et entama une version de *Wonderful Tonight* d'Eric Clapton. C'était l'une des chansons préférées de Courtney, et alors qu'il arrivait au premier refrain, des larmes silencieuses menaçaient de s'échapper sur ses joues. Elle essaya de sourire malgré tout, mais finalement, elle ne put retenir ses pleurs.

Vanessa vint s'asseoir à côté de Courtney pour lui caresser le dos tandis qu'Ethan jouait les derniers accords.

— Viens là, Je voulais pas te faire pleurer, je suis désolé. Je sais juste que t'aimes cette chanson, dit Ethan en l'invitant à venir s'asseoir sur ses genoux.

Vanessa et Luke leur laissèrent un moment en tête à tête, déclarant devoir aller choisir le premier film.

Courtney enfouit son visage contre l'épaule d'Ethan et pleura avec autant de retenue que possible. Il passa ses bras autour d'elle et les recouvrit tous deux de la couverture.

— Tout va bien aller, bébé, promis. À cette même époque l'année prochaine, tu vivras ici pour de vrai, et tout ce temps et cette distance entre nous sera comme si ça avait jamais existé. Tu es la première fille avec qui je peux m'imaginer avoir un futur. Pleure pas, s'il te plaît… Pense juste aux bonnes choses.

Il caressa la courbe de son dos du bout des doigts alors qu'il lui parlait. Courtney régula sa respiration et sécha ses larmes sur la couverture.

— J'arrive pas à décider si ton optimisme est communicatif ou agaçant, rigola-t-elle malgré tout. Mais je vais essayer d'être plus positive aussi.

— Cool. Et évidemment, il est communicatif. Enfin, franchement, regarde cette tête, dit-il en lui adressant un sourire tendre.

Se sentant plus légère, Courtney rigola doucement et se lova contre Ethan. Elle inscrivit dans sa mémoire la sensation de ses bras autour d'elle, la façon dont les battements de son cœur résonnaient dans sa tête alors qu'elle était appuyée contre son torse, et son odeur qui lui rappelait celle des pins à la fin de l'automne. Un soupir s'échappa de ses lèvres.

— On devrait rentrer, non ? dit-elle.

— Encore une minute. Je veux te donner un truc pendant qu'on est seuls, avoua-t-il en sortant une enveloppe de sa poche. Je t'ai écrit un genre de lettre. Enfin, c'est un tiers lettre, un tiers gribouillages, et le dernier tiers, c'est des paroles de chanson.

Courtney lui prit l'enveloppe des mains et l'étudia.

— Ne la lis pas maintenant, c'est juste… J'étais pas sûr d'arriver à dire tout ce que j'ai besoin de dire ce soir, et je voulais m'assurer que tout était écrit.

Elle tint fermement la lettre dans sa main et passa ses bras autour de la taille d'Ethan.

— J'aime tout chez toi, dit-elle avec douceur.

Le regard d'Ethan s'illumina à cette déclaration.

— Hm, je sais pas si c'est vraiment possible, ça. Mais tu fais ressortir un meilleur côté de moi, que j'avais pas vu depuis très longtemps. Peut-être même jamais vu. Tu es parfaite pour moi.

Il repoussa quelques mèches bouclées du visage de Courtney, et elle sourit lorsqu'il l'embrassa.

— Donc, si on en est à la partie cadeaux de la soirée, ça veut dire que je peux te donner le tien ?

— Tu m'as acheté un cadeau ? s'extasia-t-il.

— Oui ! répondit-elle avec un grand sourire. Bouge pas, je reviens.

Courtney retourna au sous-sol pour aller chercher le paquet, glissa la lettre dans son sac au passage, et évita le regard interrogateur de Vanessa. Elle lui promit qu'ils les rejoindraient très bientôt.

Lorsqu'elle sortit à nouveau dehors, elle admira un instant Ethan, qui s'était allongé pour pouvoir observer les étoiles. Elle s'assit à côté de lui et lui tendit le paquet rectangulaire emballé dans du papier sobre. Courtney n'avait jamais eu à choisir un emballage « masculin » pour un cadeau, et elle espérait que celui-là suffirait. Elle avait écrit le nom d'Ethan sur le dessus au Sharpie et avait dessiné des symboles noirs sur presque toute la surface.

— Le paquet est déjà cool, commenta Ethan. Tu veux que je l'ouvre maintenant ?

— Oui. « C'est la visée même de faire un cadeau », dit-elle, un éclat amusé dans le regard.

Ethan rigola, puis ouvrit le paquet prudemment pour ne pas déchirer les dessins de Courtney. Il en sortit un carnet en cuir vieilli dont il caressa doucement le coin inférieur, là où Courtney avait fait embosser le nom d'Ethan. Il ouvrit le carnet rempli de feuilles coupées à la main, et put voir que Courtney y avait déjà ajouté des choses.

Les trois premières pages étaient occupées de plusieurs photos imprimées d'eux deux, prises pendant leurs aventures : le canoë nocturne, le mini-golf, leur moment sur scène lors du festival, et plus encore. Elle avait écrit quelques mots au Sharpie pour représenter chaque moment et avait également tracé les bordures des photos.

— C'est... Court, je sais même pas comment exprimer ce que ça représente pour moi, confia Ethan d'une voix légèrement étranglée.

Courtney prit sa main dans la sienne.

— Je t'ai vu griffonner des paroles sur des feuilles volantes, donc je me suis dit que t'aimerais bien toutes les avoir au même endroit, expliqua-t-elle. Si tu trouves que la partie photo craint et que tu veux pas que les gens la voient, tu peux toujours enlever les pages et les mettre ailleurs.

— Qu'elle craint ? C'est genre *le* truc le plus cool qu'on ait jamais fait pour moi. Si quelqu'un trouve que je crains parce que je vénère jusqu'au sol que tu foules, il peut aller se faire voir.

— Le sol que je foule, hein ? Ça me plaît bien, dit-elle en riant. Je suis contente que ça te plaise. Ça me rend heureuse. Mais ce qui me rend pas heureuse, c'est que cette soirée soit bientôt finie. On devrait sûrement rentrer à l'intérieur... Mais point positif : il reste du gâteau. J'ai pas vraiment eu l'occasion d'en manger l'autre soir.

Elle peina à garder une voix neutre.

— Hé, j'ai proposé, protesta Ethan en prenant la main de Courtney alors qu'ils retournaient vers la maison.

— Meh, j'étais trop occupée avec ton corps incroyable.

L'air très sérieux, Ethan adopta une pose de mannequin.

— Ce vieux truc ? Rien de bien impressionnant, tu sais.

Courtney éclata de rire alors qu'ils arrivaient au sous-sol. Elle trouvait presque étrange que parler de sexe si ouvertement ne le soit pas. Au contraire, elle avait même l'impression que cette version de leur relation se préparait à apparaître depuis le début, attendant simplement que Courtney soit prête. Elle se sentait... protégée.

Vanessa ne les avait pas attendus pour lancer le premier film ; Luke et elle étaient déjà plongés dans *The Breakfast Club* lorsqu'ils les rejoignirent.

Son amie ne fit pas de commentaire, ce qui laissa Courtney penser qu'elle et Luke avaient aussi eu besoin d'un moment en privé.

Ethan apporta d'énormes parts de gâteau pour tout le monde, et ils chantèrent « Joyeux anniversaire » à Courtney. Elle ne sut même pas quoi souhaiter lorsqu'elle souffla ses bougies, autre qu'espérer que l'année allait passer en coup de vent pour qu'elle puisse vite revenir ici.

CHAPITRE SEIZE

🎵 *Your Body Is a Wonderland* – John Mayer
Sugar – Tonic

Au cours du deuxième film, Courtney s'endormit et se réveilla à la sensation des doigts d'Ethan qui traçaient sa paume.

— Hé, bébé. Je voulais pas te réveiller, mais je vais bientôt devoir rentrer.

Courtney sentit son cœur s'alourdir. Ils allaient se dire au revoir. C'était sa dernière soirée avec lui, et elle en avait gâché une partie.

— Je veux pas partir, dit-elle dans un souffle, les yeux brillants de larmes.

— Je veux pas que tu partes non plus.

Il l'embrassa un long moment avant de se lever.

— Viens, raccompagne-moi à ma voiture, suggéra-t-il en l'aidant à se lever du canapé. Vanessa, Luke, on se voit plus tard, ok ?

— À plus, mec.

— Salut, dit Vanessa d'une voix triste.

Ils montèrent lentement les marches, puis sortirent pour rejoindre sa voiture. Courtney essaya de lisser ses cheveux et se força à se retenir de pleurer, mais Ethan paraissait pensif.

— J'arrive pas à réaliser que ça fait qu'un mois que je suis venu ici pour la soirée de Vanessa. Je la croyais pas quand elle m'a dit que tu serais parfaite pour moi ; tu sais à quel point elle peut exagérer. Mais elle avait raison. Tu *es* parfaite pour moi.

La volonté de Courtney se brisa, et elle ne put retenir ses larmes plus longtemps.

— Le bal d'automne est dans six semaines, Court, dit-il d'une voix apaisante. Tu vas être tellement occupée avec les pom-pom girls et l'école que ça va passer super vite. On peut s'appeler par vidéo ou s'appeler tout court ou s'envoyer des messages tous les jours.

Courtney avait complètement oublié son équipe et le début de son année de terminale. C'était comme si tout son univers de Scottsdale avait cessé d'exister quand elle avait rencontré Ethan.

— Je sais, je sais. Mais tu me manques déjà et je suis même pas encore partie. Je veux pouvoir faire ça quand j'ai envie…

Courtney cligna des yeux pour repousser ses larmes et se pencha vers Ethan d'un air déterminé.

Pour illustrer sa déclaration, elle glissa ses mains sur le torse d'Ethan par-dessus son T-shirt avant de balader ses doigts sur ses hanches. Il retint son souffle alors qu'elle laissa ses doigts descendre plus bas.

— Courtney…, gémit-il, presque par réflexe.

Affamé, il captura ses lèvres des siennes.

Le cœur de Courtney battait à tout rompre, et son corps entier la poussait à retrouver celui d'Ethan. Elle ne pouvait pas partir sans se sentir à nouveau si proche de lui.

— Ethan, murmura-t-elle, monte en voiture avec moi.

Il se recula légèrement.

— Attends, vraiment ? Parce que tu veux qu'on s'embrasse sur le siège arrière ? Ou…

— Oui. Ou. Enfin, si t'as apporté…

— J'en ai, oui. Pas parce que j'ai supposé que *ça* se passerait, juste, je voulais…

Elle l'interrompit d'un baiser et ouvrit la portière. Ethan l'attira à l'intérieur, sur ses genoux, et referma la portière derrière eux.

— Tu es vraiment la femme la plus incroyable qui ait jamais existé, lui dit-il avec un grand sérieux, entre deux baisers.

Il posa ses mains sur les hanches de Courtney pour l'attirer plus près.

L'ambiance était très différente de leur première fois. La menace de la perte qu'ils allaient subir le lendemain flottait au-dessus de leurs têtes, les faisant alterner entre un besoin puissant de prouver leurs sentiments à l'autre et l'envie de rire de leur maladresse, causée par leur manque d'expérience et l'espace étroit de la voiture.

À la fin, toutefois, Courtney se sentit aimée et satisfaite alors qu'Ethan jouait avec la bague argentée à son pouce.

— Je t'aime.

— Je t'aime aussi.

— Tu dois être super en retard pour ton couvre-feu… Je sors de la voiture dans trente secondes, promis, dit Courtney en passant ses bras autour du cou d'Ethan.

— Ça vaut carrément le coup que je sois privé de sortie, lui assura-t-il, sa respiration s'apaisant progressivement tandis qu'il caressait le dos de Courtney d'une main.

Quelques minutes plus tard, elle tenta de descendre de la voiture avec grâce, ébouriffant ses cheveux longs et lissant sa jupe blanche alors qu'Ethan la rejoignait.

— Je t'appelle demain dès que j'arrive chez moi.

— S'il te plaît, oui. Tu pourras lire ma lettre dans l'avion si tu veux.

— Je le ferai. Mais juste… Tu vas me manquer. Je t'aime. Rentre bien. Je commence à être à court de derniers mots à dire, donc… on se voit dans six semaines.

— Tu vas me manquer, je t'aime, je vais bien rentrer, et je suis pressé d'être au bal. Ça couvre tout ? se moqua-t-il gentiment.

Il l'embrassa une dernière fois, puis remonta en voiture. Courtney retourna lentement vers la maison et fit au revoir de la main à Ethan.

Lorsqu'elle arriva au sous-sol, elle entendit Vanessa et Luke discuter à voix basse ; Luke semblait sur le point de partir.

— Bon, Courtney, il faut que j'y aille, mais je dois dire que cet été a été génial, et perso, tu vas me manquer, avoua Luke avec un sérieux rare.

Il l'enlaça longuement, la soulevant du sol, ce qui rappela à Courtney leur première rencontre.

— Tu vas me manquer aussi, Luke. Merci d'avoir été cool et d'avoir partagé Vanessa avec moi.

— Ok, finie la tristesse ! Luke, je te raccompagne, déclara Vanessa.

Courtney commença à ranger le sous-sol et à chercher les affaires qui n'avaient pas encore retrouvé leur place dans sa valise.

Elle prit son sac et vit la lettre qui en dépassait. Une envie presque irrépressible de l'ouvrir immédiatement l'envahit, mais elle décida qu'il serait sûrement mieux de le faire en privé, au cas où elle éclaterait d'un coup en sanglots violents.

Finalement, elle s'assit et commença à regarder les centaines de photos qu'elle avait prises au cours du mois passé. Elle n'arrivait pas à croire qu'ils avaient réussi à la convaincre d'aller faire du canoë la nuit et qu'elle y avait survécu sans tomber dans la rivière.

Vanessa revint, interrompant son voyage dans le passé.

— Fatiguée ? demanda-t-elle.

— Mentalement ? Oui. Physiquement ? Pas vraiment.

— Ça te dit de faire le mur pour aller faire un tour en

voiture ? J'ai créé une playlist de rêve, et t'es la seule qui pourra l'apprécier. Ça va être bizarre sans toi ici demain. T'es comme ma sœur, tu le sais, hein ?

— Toi aussi, meuf. J'arrive pas à croire que je rentre.

Elle remercia Vanessa silencieusement de ne pas lui demander pourquoi elle était restée dehors avec Ethan si longtemps. Pour le moment, elle voulait garder ce qu'il s'était passé entre eux pour elle seule.

Les filles grimpèrent dans la Camaro aussi silencieusement que possible et reculèrent dans l'allée sans allumer les phares.

Une fois sur la route, Vanessa lança sa playlist, qui débutait par *Famous in a Small Town* de Miranda Lambert.

— Je pense que tu vas aimer cette playlist, dit Vanessa.

Vanessa et Courtney passèrent un long moment à conduire au hasard sur les petites routes éclairées par la lune, en écoutant ces chansons choisies avec soin pour représenter leur été.

Lorsqu'elles revinrent chez Vanessa, Courtney était épuisée, mais elle se refusa d'aller dormir sans prendre quelques photos avec son amie pour commémorer leur dernière soirée ensemble.

CHAPITRE DIX-SEPT

Courtney attrapa son portable pour éteindre le réveil, s'interrogeant un instant sur la raison pour laquelle il sonnait. Son cœur se serra lorsque la réalité se rappela à elle : elle rentrait chez elle. Si ce terme était toujours adapté.

Il était tôt, à peine cinq heures passées. Vanessa avait prévu de l'emmener à l'aéroport dans moins d'une heure, donc Courtney savait qu'elle devait se préparer. Pourtant, elle resta allongée confortablement une minute de plus dans ce petit lit sur lequel elle avait si souvent dormi lorsque Vanessa et elle étaient enfants. *Le temps passe tellement vite*, se dit-elle en réalisant qu'elles étaient amies depuis treize ans déjà.

Les premières lettres de leurs noms de famille étant proches dans l'alphabet, elles avaient été assises ensemble lors de leur premier jour à l'école maternelle. Vanessa avait sorti sa trousse Lisa Frank sur laquelle était dessiné un poney à paillettes, et une amitié avait alors été inévitable. Courtney avait toujours pensé que Vanessa était la fille la plus cool qu'elle ait jamais rencontrée, et elle avait toujours rêvé de posséder cette trousse.

Elle est toujours la plus cool, se rappela-t-elle en se levant finalement.

Courtney finit de rassembler ses dernières affaires en silence et s'assura qu'elle avait son billet d'avion et son passeport à portée de main.

Lorsqu'elle regarda l'heure sur son téléphone pour savoir si elle pouvait attendre encore un peu avant de réveiller Vanessa, elle y trouva un message d'Ethan. L'excitation fusa dans ses veines.

E : Salut. Je sais que tu pars super tôt ce matin, et on s'est déjà dit au revoir hier, mais je voulais que t'aies le ventre plein, donc va voir devant la porte d'entrée quand tu seras levée. J'espère que ces paillettes suffiront à satisfaire ton appétit d'ours :)

C : T'es génial. <3

Courtney se précipita au rez-de-chaussée et trouva un sachet de chez Jim's Donuts sur le tapis devant la porte d'entrée. Une enveloppe était attachée à l'arrière du sachet, sur laquelle étaient écrits les mots « Lettre partie 2 ».

Courtney la détacha avec précaution et la rangea avec ce qui était apparemment la partie un. Sur le devant du sachet étaient simplement dessinés un cœur et le nom d'Ethan au stylo, et elle supposa qu'il l'avait écrit dans sa voiture. Peu importe si c'était trop sentimental, elle allait conserver le sachet vide dans son bagage cabine.

Elle aurait aimé pouvoir voir Ethan, même un court moment, mais savait qu'il était peut-être mieux qu'ils gardent le soir passé comme leur au revoir. Il avait été parfait.

Courtney déposa les pâtisseries sur le comptoir et vit Vanessa descendre les escaliers, l'air endormi.

— Les vols aussi tôt devraient être interdits par la loi, marmonna Vanessa.

— Tiens, prends un donut, tu te sentiras mieux.

— Où est-ce que t'as... Aah, je te le dis, ce mec que tu t'es trouvé est un bon, dit Vanessa, répondant à sa propre question. Donne.

Elles mangèrent leurs donuts dans un silence presque complet, conscientes que le départ était proche.

La mère de Vanessa lui avait fait un discours d'au revoir l'après-midi précédent, lui assurant qu'elle pourrait rester chez elles quand elle le souhaitera : pour le bal d'automne, pendant les vacances lorsqu'elle sera à la fac, ou n'importe quand d'autre. Il était possible qu'elle ait même versé quelques larmes.

Partir va être dur, pensa Courtney.

— Ok, meuf, allons-y, dit Vanessa.

Elle rangèrent ses bagages dans la voiture et se mirent en route pour l'aéroport.

Une fois arrivées, Vanessa aida Courtney à traîner ses valises jusque dans le hall et jeta ses bras autour d'elle.

— Tu sais que je suis pas fan des câlins, mais tu vas me manquer. Envoie-moi un texto ou appelle-moi quand t'atterris. Je vais garder un œil sur Ethan pour toi. Je vais pas le stalker ou autre, mais crois-moi quand je te dis qu'il va être irréprochable si j'ai mon mot à dire.

— C'est toi qui va me manquer le plus, V. Je sais même pas comment te remercier, ou tes parents, de m'avoir laissée venir ici et rester avec toi. Ça a été... En fait, j'ai pas les mots pour décrire l'importance de cet été. Il a changé ma vie. Donc merci.

Les larmes menaçaient de faire leur réapparition.

— Meuf, tu reviens pour le bal d'automne, et je suis super pressée, donc on se concentre là-dessus, ok ?

Vanessa resta près d'elle et essuya ses larmes.

— Ouais. Six semaines à peine. On se revoit vite.

Sur ces mots, Courtney s'éloigna pour aller enregistrer ses bagages et se diriger vers sa porte d'embarquement.

Bêtement, elle mit ses écouteurs et lança les chansons qu'Ethan avait enregistrées. Elle commença à pleurer avant même qu'il n'ait chanté le premier mot. Et pour ajouter à son embarras, elle sanglota comme une enfant, ce qu'elle n'était plus depuis peu, pendant toute la première heure de vol. *Mais reprends-toi, Courtney, sérieux. Personne n'est mort, c'est pas la fin du monde. Arrête de pleurer, arrête de pleurer, arrête de pleurer. Inspire profondément.*

Finalement, elle réussit à se calmer suffisamment pour pouvoir feuilleter le magazine qu'elle avait acheté dans une boutique de l'aéroport.

Reconnaissante que personne ne soit assis à côté d'elle, elle décida de prendre avantage de l'espace libre pour dormir.

Courtney se réveilla, les yeux toujours rougis par ses pleurs, quand le pilote annonça qu'ils entamaient leur descente sur Sky Harbor.

Elle essaya en vain de se rendre présentable. Sa mère allait déjà faire tout son possible pour lui extirper des informations ; elle n'avait pas envie de rajouter de l'huile sur le feu en exhibant un visage gonflé par les larmes. *Bon. Lunettes de soleil*, se dit-elle, réalisant que c'était une cause perdue.

Lorsqu'elle sortit de l'aéroport, Courtney chercha la Coccinelle rouge de sa mère. Elle se plaignait constamment que c'était une voiture d'adolescente, mais sa mère semblait s'en ficher complètement.

La chaleur intense obstruait déjà ses poumons, lui faisant regretter l'humidité de l'Ohio. La voiture apparut finalement, et sa mère en sortit pour regarder Courtney de la tête aux pieds et l'enlacer.

— Tu as bronzé ! s'exclama-t-elle. Et tu as vraiment bonne mine ! L'Ohio t'a fait du bien, on dirait.

— Merci ?

— Tu es fatiguée ? Affamée ? On peut prendre à manger sur le chemin si tu veux, proposa sa mère en rangeant ses bagages dans la voiture.

— Affamée, oui. Je veux du mexicain. Ils n'ont pas mieux que Taco Bell à Gem. Je veux des frites avec de la vraie salsa et un truc gras de chez Ajo Al's.

— Courtney… Il est 9 h 30.

— Oh. Décalage horaire débile ! Ok, alors je veux du pain perdu et des œufs. Et peut-être un muffin. Et du bacon.

Imaginer ce repas la fit sourire joyeusement.

— Eh bien, contente de voir que tu n'as pas trop changé, commenta sa mère alors qu'elles montaient en voiture. Donc, tu veux ton cadeau d'anniversaire maintenant ou plus tard ?

— Ooooh ! Maintenant, s'il te plaît !

Sa mère lui tendit une simple enveloppe blanche. Courtney retint une exclamation lorsqu'elle réalisa ne pas avoir lu la lettre d'Ethan dans l'avion. D'un geste instinctif, elle faillit la prendre mais s'arrêta juste au bon moment. Ce n'était pas quelque chose qu'elle voulait faire devant sa mère.

Elle prit son cadeau et l'ouvrit. À l'intérieur se trouvaient deux tickets d'avion pour l'Ohio avec une date de départ en septembre. Elle leva les yeux vers sa mère, réalisant que le deuxième ticket était pour elle.

— Tu viens avec moi ? demanda-t-elle, surprise.

— Absolument. Tu ne croyais pas que j'allais louper de te voir te préparer pour ton bal d'automne de terminale quand même ? J'ai essayé de faire venir ton père aussi, mais il sera au Brésil, donc ça va être un week-end entre filles. Je nous ai pris une chambre dans un B&B sur Main Street et j'ai déjà loué une voiture. Je veux rencontrer cet Ethan.

Tout avait été dit d'un ton détaché, mais le cœur de Courtney s'emplit de joie à l'idée d'avoir l'expérience bal d'automne totale, avec sa mère qui lui donnerait des conseils coiffure et maquillage.

— C'est le meilleur anniversaire de tous les temps, maman.

Pendant le reste du trajet et l'entièreté du petit déjeuner, Courtney raconta son été, satisfaisant le besoin d'informations de sa mère. Elle lui montra la bague d'Ethan et plusieurs photos. Sa mère était particulièrement intéressée par celles de l'université de Dayton.

— Tu vas y aller, hein ? demanda sa mère à propos de son choix d'université.

Courtney soupira. Sur le campus, elle s'était sentie convaincue. Mais maintenant qu'elle était de retour à Phoenix, sa décision semblait à nouveau plus floue.

— Je sais pas. J'ai encore du temps avant qu'ils demandent mon dossier d'inscription. Il faut que je continue d'y réfléchir.

— Ok. Préviens-moi juste à l'avance que je puisse m'habituer à mon syndrome du nid vide.

— Ça existe pas.

— Oh si, ça existe. Je l'ai entendu dans Dr Oz[1], rétorqua sa mère.

Courtney éclata de rire. Une partie d'elle-même était soulagée d'être de retour sur un terrain familier, tant qu'elle s'efforçait d'ignorer l'autre partie, qui lui rappelait qu'elle n'allait pas voir Ethan ou Vanessa le soir venu.

Elles finirent leur petit déjeuner, puis rentrèrent.

Courtney dut s'avouer que pouvoir fouiller dans son propre placard était agréable, et elle se jeta sur son lit pour la première fois depuis un mois.

Lorsqu'elle fut confortablement installée, elle tira les lettres d'Ethan de son sac et déplia la première avec précaution. Il était évident qu'il avait arraché les feuilles d'un carnet à spirales ; les bords étaient crantés comme des confettis.

Elle lut le texte une fois, essayant de tout absorber le plus vite possible, puis une nouvelle fois, plus lentement, en étudiant les paroles de chansons et les petits dessins griffonnés dans les marges.

Courtney,

C'est la troisième lettre que je t'écris. Les deux premières n'allaient juste pas. J'ai l'impression de pas réussir à dire ce que j'ai besoin de dire, donc je vais juste être direct. Je veux que tu saches que je ne fais pas ce genre de trucs en temps normal. Je pense pas avoir déjà écrit une lettre d'amour de toute ma vie. Tu m'as complètement domestiqué ! Pour commencer, j'ai passé le meilleur mois du monde depuis ton arrivée. Je n'oublierai jamais un seul moment. Je suis triste que tu partes, mais en même temps, tellement heureux que tu sois venue. Je donnerais n'importe quoi pour pouvoir te garder avec moi, mais j'ai pas à m'inquiéter pour ça trop longtemps comme tu vas venir vivre ici très vite :). Il faut juste que je me concentre là-dessus parce que je sais toujours pas comment je vais gérer ne pas te voir. Je n'arrive même pas à imaginer être séparé de toi pour une journée, donc encore moins une année. Je vais devoir trouver un moyen. Je peux toujours jouer un bout d'Eric Clapton ou de Third Eye Blind et penser à toi. D'ailleurs, je travaille sur une chanson pour toi. Je voulais te faire la surprise, mais je suis vraiment mauvais pour garder les secrets. Ça m'a presque achevé de prévoir notre rendez-vous pour ton anniversaire. Je déteste tellement cette situation !! Je t'aime plus que tout et je veux pas que tu partes. Tu vois ce que tu me fais ?

Je suis pressé d'être au bal d'automne. Si j'ai mon mot à dire, je te paierais le voyage pour le bal de promo aussi. Je vais apprendre à tous les gamins de Gem City à jouer de la guitare s'il le faut. J'ai plein de plans pour notre week-end ensemble ; j'espère juste que tout va marcher comme je l'ai prévu. Mais ça sera super de toute manière parce que je serai avec toi. On peut le faire :). Je vais pas laisser des détails mineurs, comme les plusieurs états qui nous séparent, se mettre sur mon chemin. Je sais pas quoi dire d'autre donc je suppose que je vais m'arrêter là. Mais je veux que tu saches que je t'aime et que tu vas énormément me manquer.

Tout mon amour,
   Ethan

P.S. Je sais que cette lettre est sûrement incroyablement niaise et un vrai coup à ma réputation, mais tu l'adores, avoue :). Si tu trouves que ça, c'est terrible, tu devrais voir l'intérieur de ma tête parce que j'ai l'impression de toujours pas réussir à vraiment dire ce que je veux dire. Mais maintenant, tu connais le plus important.

C'était ainsi que se finissait la première lettre, et Courtney peinait à réfléchir correctement.

Voir les sentiments d'Ethan écrits noir sur blanc était incroyablement intense. C'était tout ce qu'elle espérait pouvoir savoir en le regardant, et c'était parfait. Tous les doutes qui s'étaient déjà éveillés en elle alors qu'elle franchissait le pas de sa porte de chambre avaient été repoussés par la simple force de ces mots.

Courtney s'émerveilla de l'amour qu'elle ressentait pour ce garçon. Elle ne pouvait même pas imaginer ce qu'il désirait dire de plus, mais ouvrit la deuxième lettre avec encore plus d'empressement que la première. Elle avait besoin de savoir ce qu'elle contenait.

Donc on est jeudi soir, et je suis parti de chez Vanessa il y a environ une heure. J'ai essayé de dormir, mais je peux juste pas. Je n'arrive pas à arrêter de penser à toi. Ce soir était incroyable. J'avais jamais fait ça dans ma voiture avant, et je vais pas mentir : c'était chaud. J'espère que je passe pas pour un abruti en disant ça. Enfin, tu sais ce que je ressens pour toi, donc j'espère que tu prends pas ça comme un manque de respect ou autre. J'ai juste besoin que tu saches que tu es la fille la plus géniale au monde. Je sais pas comment gérer ce truc de longue distance, mais je vais trouver. Je t'aime. Je vais vraiment essayer de dormir maintenant pour pouvoir aller t'acheter des donuts dans quelques heures. Tu me manques déjà.

Je t'aime,
    Ethan

Courtney n'avait même pas réalisé commencer à pleurer. Sa gorge était serrée, et les larmes semblaient sans fin. Elle eut brièvement l'impression qu'elles n'avaient pas cessé depuis le soir précédent.

Elle avait envie d'appeler Ethan et d'entendre sa voix, mais elle savait qu'elle ne pourrait pas tenir une conversation entière, donc elle se contenta de lui envoyer un message.

C : Je viens de lire les lettres. Je t'aime tellement. Je sais pas comment je peux ressentir tout ça pour toi et être si triste en même temps. Je veux prendre un avion et revenir. Redis-moi qu'on va pouvoir s'embrasser à nouveau dans pas si longtemps…

E : Je ressens la même chose, donc au moins, rassure-toi en te disant que t'es pas seule. J'arrête pas d'avoir envie de sauter dans ma voiture et d'aller chez Vanessa, et puis je me souviens que t'es plus là.

C : Tu penses vraiment ce que t'as écrit ? Pour le bal de promo ? Et tout le reste ?

E : Bien sûr. Chaque mot. Je pense pas que tu comprennes l'effet que tu as sur moi.

C : Je pense pouvoir, s'il ressemble à celui que tu as sur moi.

E : On peut s'appeler par vidéo ? J'ai besoin de te voir. Je suis à deux doigts de devenir fou là.

C : Errrh, on peut le faire plus tard ? Genre, quand j'aurais pas pleuré juste avant ? Et peut-être après que j'ai lavé mes cheveux aplatis par le siège de l'avion ?

E : Pleure pas :(Et oui, pas de problème. Je voudrais pas que tes « cheveux aplatis » me fassent fuir. Comment gâcher un été ;) Je rigole. Je suis chez moi ce soir donc appelle quand tu veux, ok ? Je t'aime.

C : Je t'aime aussi. Et merci encore pour ta lettre. <3

Courtney essaya de se calmer un peu en prenant une douche et en défaisant sa valise. Cela fonctionna pendant un moment, puis elle se focalisa sur faire une lessive et réorganiser sa chambre. Sa mère allait penser qu'une autre personne avait pris possession de son corps pendant son absence.

Sa literie fraîchement changée l'invitait à s'y glisser, et elle s'allongea dans son lit en pensant à Ethan et à ce à quoi l'année prochaine pourrait ressembler.

CHAPITRE DIX-HUIT

*J*l restait quatre jours à Courtney avant la reprise des cours. Elle n'y avait pas vraiment réfléchi pendant son absence, mais maintenant, le stress de tout organiser, de prévoir les premiers entraînements de son équipe et de planifier ses heures de travail chez Krispy Kreme commençait à devenir difficile à supporter.

Elle reçut son emploi de temps scolaire au milieu de ce chaos et fut heureuse et soulagée lorsqu'elle se souvint que cette année, elle finirait les cours à 12 h 15 tous les jours. Ce qui voulait dire qu'elle pourrait travailler l'après-midi certains jours plutôt que jusqu'à 23 heures. *Je vais enfin réussir à dormir avant une heure de mat' tous les soirs. Et j'aurais plus de temps pour parler avec Ethan.*

Elle entendit son téléphone vibrer et se jeta dessus, espérant avoir reçu un message d'Ethan. Mais ce n'était que son amie Ashley, qui l'interrogeait sur son emploi du temps.

. . .

A : Salut ! T'es chez toi ? T'as qui en anglais ? J'ai M. K. On se fait un truc avant que les cours reprennent ? T'as pas donné de nouvelles, j'ai eu peur qu'ils t'aient kidnappée.

C : Lol, ouais, je suis chez moi. J'ai M. K aussi, en troisième heure. Ok pour une sortie ! À quoi tu pensais ? Tu m'as manqué !

A : On peut aller à Desert Ridge et se laisser draguer par des mecs mignons ! Je passe te prendre à 18 h.

C : T'es vraiment particulière lol. Mais ça me va. À toute. Molly vient aussi ?

A : Elle arrive chez moi, là. À toute.

Courtney se sentit honteuse de ne pas avoir pris de nouvelles de ses amies pendant son absence. Ce n'était pas qu'elles ne lui avaient pas manqué. Enfin, peut-être un peu. Mais maintenant qu'elle était de retour, elle réalisait avoir besoin du caractère exubérant d'Ashley dans sa vie.

Elle était impatiente de revoir ses deux amies, mais hésitait à leur donner des détails sur ce qu'elle avait fait au cours du mois passé par peur qu'elles la pensent folle. *Enfin, elles pensent sûrement déjà ça vu qu'elles te connaissent depuis longtemps. Autant saisir l'opportunité de te vanter d'Ethan.* Elle sentit un sourire courber ses lèvres à la certitude que ses amies le trouveraient sublime.

Courtney n'avait pas à se dépêcher de se préparer, donc elle prit le temps de composer une tenue avec les vêtements qu'elle avait achetés lors de son séjour et se lissa les cheveux.

Soudain, elle décida d'essayer d'appeler Ethan par vidéo avant que ses amies n'arrivent. Elle laissa l'appel sonner et s'assit en essayant d'avoir l'air mignonne.

Ethan décrocha peu après et ajusta sa caméra pour qu'elle puisse le voir clairement.

— Salut, ma belle, dit-il.

Maintenant qu'ils apparaissaient tous les deux à l'écran, le son était un peu décalé.

— Salut toi-même, répondit-elle.

— Ça m'a manqué de voir ta tête. La technologie, c'est le top.

— Si seulement il y avait un genre de machine de téléportation attachée à nos portables, ça serait encore mieux.

— Ça serait juste génial, ouais. Je pourrais venir te retrouver tous les soirs et me glisser dans ton lit avec toi. Tu sais, pour genre, qu'on se câline. Et qu'on dorme.

— Ouais, des câlins et dormir sont deux options possibles, quoique pas les plus intéressantes. Et d'ailleurs, laisse-moi te faire visiter ma chambre, lui dit-elle en déplaçant son portable.

Sa chambre était inhabituellement bien rangée, en raison de son besoin de plus tôt de s'occuper. Les murs étaient d'un jaune soleil, et elle avait une large banquette sous sa fenêtre à volets. Le lit était couvert d'un duvet blanc rayé de bandes arc-en-ciel. De nombreuses photos encadrées occupaient les murs, et des tickets de concerts étaient coincés dans le cadre du miroir de sa coiffeuse. Ses pom-poms gisaient sur le sol, et lorsque Courtney passa sa caméra dessus, elle entendit Ethan s'écrier.

— Attends, attends !

— Quoi ? demanda-t-elle, inquiète d'avoir laissé traîner quelque chose d'embarrassant.

— C'est tes pom-poms ? Genre, ceux que t'utilises pour dire « allez, allez, machin » ?

— Euh, oui. C'est d'ailleurs notre chant le plus populaire. On se tient tous en ligne et on dit « allez, allez, machin » comme si on était morts à l'intérieur. Le public adore.

— Donc ça veut dire que t'as tout ton uniforme de pom-pom girl dans ton placard ?

Elle comprit enfin où il voulait en venir avec ses questions.

— Absolument, oui.

Courtney n'en revenait pas qu'il lui soit si facile de flirter avec lui, et que même malgré les kilomètres qui les séparaient, leur alchimie restait intacte. *Mais pour combien de temps ?* Elle fit taire son côté pessimiste et se concentra sur Ethan.

— T'aurais pas une envie particulière d'enfiler l'uniforme en question, genre, maintenant, et de me faire une démo, par hasard ?

— Je pense que je pourrais considérer la chose si quelqu'un me demandait gentiment.

— S'il te plaît, s'il te plaît, s'il te plaît, mets ton uniforme.

— Ok. Mais rapidement alors, parce que mes amies viennent me récupérer bientôt.

— Ça me va, il faut juste vraiment que je vois ça.

— Je suppose donc que la prochaine fois qu'on s'appelle, tu vas me faire voir ton speedo ? Je dis ça comme ça.

Courtney l'entendit rire alors qu'elle posait son téléphone. Elle envisagea brièvement de se changer devant lui pour le provoquer, mais elle ne pouvait pas oublier toutes les réunions concernant la sécurité sur Internet auxquelles elle avait dû assister.

Elle saisit son uniforme préféré dans son placard : une jupe blanche et un haut raccourci, lui aussi blanc. Une fois habillée, elle reprit son portable.

— Prêt à être motivé ?

— Absolument. Fais-moi rêver, dit-il pour compléter la rime de Courtney.

Il leva son poing en l'air dans une imitation convaincante d'une pom-pom girl.

Courtney appuya son téléphone en équilibre sur sa commode et, aussi sérieusement que possible, se lança dans une petite routine. Pour parfaire sa démonstration, elle finit sur un salto arrière.

— Tu viens sérieusement de faire un salto, là ? s'étonna Ethan.

Mission accomplie.

— Oh, ça ? Ouais, c'est pas grand-chose, mentit-elle.

Elle avait passé les trois dernières années à parfaire sa réception.

— Wow, ok, donc t'es une pom-pom girl super-héro en fait.

Courtney éclata de rire.

— Attends, il faut que je me rechange au cas où mes amies arrivent et pensent que je m'amuse à porter mon uniforme chez moi.

Quand elle reprit son téléphone, Ethan était en train de gratter sur sa guitare.

— Donc, où est-ce que tu vas toute belle comme ça et est-ce que je devrais être jaloux ? demanda Ethan.

— Juste à Desert Ridge.

À la vue de son visage confus, elle se rappela qu'il n'était pas de Scottsdale.

— C'est un genre de centre commercial en extérieur. Il fait toujours horriblement chaud, mais pour une raison inconnue, ils n'arrêtent pas de construire des trucs qui nous forcent à être dehors. Et on n'arrête pas de fréquenter ces établissements. Donc bref, c'est tout. J'y vais avec mes copines, Ashley et Molly. Et tu me sembles pas être du genre jaloux. Plutôt du genre rock star sexy, élancée et mystérieuse. Tu le savais, ça ?

— Je sais pas si c'est aussi cool que pom-pom girl super-héro, mais j'accepte « sexy, élancé et mystérieux », blagua-t-il.

Il sourit, et le cœur de Courtney s'affola.

— Je te laisse alors, je veux pas te mettre en retard pour tes copines. Mais je t'aime. J'aimerais tellement que tu sois ici avec moi. Ou que je sois là-bas avec toi.

Cette histoire de centre commercial en extérieur m'intrigue pas mal, remarqua-t-il, les sourcils haussés.

— Je t'aime aussi. Et dis-moi si tu trouves une machine pour se téléporter. Je t'envoie un texto plus tard, promit-elle avant de souffler un baiser à la caméra.

Après avoir raccroché, elle essaya de retrouver l'excitation qu'elle avait ressentie plus tôt à l'idée de voir ses amies, mais le creux dans son estomac le lui rendait difficile. *Cinq semaines. Cinq semaines, c'est tout*, se répéta-t-elle, arrondissant le temps qui les garderait séparés.

Elle entendit une portière de voiture claquer dehors et dévala les escaliers.

— Copines ! s'écria Courtney en ouvrant la porte.

— Oh, mon Dieu, t'es super bronzée ! s'exclama Ashley.

La peau de cette dernière était aussi blanche que d'ordinaire, et ses longs cheveux blonds tombaient en boucles lâches dans son dos.

Molly et elle entrèrent vite à l'intérieur pour échapper à la chaleur.

— T'as intérêt à avoir de bonnes histoires à raconter sur ton escapade à la campagne, dit Molly, ses yeux bleus brillants de curiosité.

Les filles passèrent du large hall d'entrée de Courtney à sa cuisine.

Son intérieur était ouvert et spacieux avec des arches au plafond et un petit soupçon campagnard dans la décoration. Presque tout l'arrière de la maison était en verre, ce qui donnait une vue dégagée sur la piscine familiale.

— Quelques-unes, peut-être, répondit-elle d'un ton espiègle. Vous voulez de l'eau ou autre ?

— Oui, par pitié ! Je suis assoiffée. Est-ce que cette météo peut juste dégager ? se plaignit Ashley.

Courtney leur servit de l'eau et prépara des chips et de la salsa pour qu'elles puissent grignoter.

— Dis-nous tout. Et je veux voir des photos de mecs mignons qui conduisent des tracteurs, dit Molly en s'asseyant et en repoussant ses cheveux d'un blond très clair par-dessus son épaule.

— Eh bien, il y a pas beaucoup de tracteurs à Gem City, mais des photos, ça, j'en ai un paquet.

Elle laissa ses amies explorer la galerie photo de son téléphone et répondit à leurs questions.

— Hm, pardon, mais c'est qui ces dieux grecs ? demanda Ashley d'un ton très intéressé.

Courtney jeta un œil à l'écran et vit une photo de Luke et d'Ethan qu'elle avait prise lorsqu'ils étaient allés faire du mini-golf. Dessus, ils adoptaient la pose de mannequins essayant de vendre des clubs de golf. Courtney éclata de rire.

— Ah, oui. Celui-là, c'est Luke, le mec de Vanessa, et celui-là, c'est Ethan. C'est, eh bien... Il se définirait comme mon copain si tu lui demandais, admit-elle, consciente qu'elle devait paraître ridicule.

— Ton *copain* ? Comment est-ce que t'as pu ne pas nous transmettre cette information ? s'indigna Molly, les yeux écarquillés.

Elle transperça Courtney du regard, vexée qu'elle n'ait pas partagé plus tôt cette nouvelle importante.

— Il est méga beau. Tu sors avec lui ? Comment ça marche ? Relation longue distance ou un truc du genre ? demanda Ashley en agrandissant la photo pour pouvoir mieux voir Ethan.

Courtney s'autorisa à souffler. Ses amies étaient bien plus ouvertes à cette idée qu'elle ne s'y était attendue.

Elle leur raconta une version raccourcie de son histoire avec Ethan, terminant par leur appel vidéo de quelques minutes plus tôt.

— Il faut que j'aille dans cette ville. On dirait un endroit magique rempli de mecs sexy qui utilisent pas plus de produits pour les cheveux que moi. Les mecs d'ici me fatiguent. Je veux un fermier ou un truc du genre, dit Molly d'un ton envieux.

Courtney était certaine qu'elle s'imaginait une scène tirée de *The Notebook*, et rigola, plus détendue.

Elles terminèrent leur grignotage, puis discutèrent un peu plus de son voyage, de leurs emplois du temps et de l'entraînement des pom-pom girls de la semaine prochaine alors qu'elles se mirent en chemin pour Desert Ridge.

Le soleil se couchait à l'horizon, mais le thermomètre dans la Volvo d'Ashley indiquait toujours 40 degrés. Malgré cette chaleur, Courtney savait qu'elle allait croiser la moitié de son lycée au centre commercial.

Elles virent plusieurs de leurs coéquipières qui faisaient du shopping, et un tiers de l'équipe de basket qui s'apprêtait à dîner à Smashburger.

Ben se détacha de son groupe et s'approcha de Courtney. Il avait l'air très propre sur lui avec ses cheveux bruns fraîchement coupés et son polo blanc ajusté soulignant ses larges épaules.

— Salut Ross, ça faisait un bail. T'as passé un bon été ?

— Son été a été génial, elle s'est trouvé un mec super sexy dans sa petite ville, intervint Ashley avant de gambader vers une autre table.

Courtney se sentit rougir. Assassiner son amie dans son esprit était facile, mais le faire en vrai le serait moins.

Ben sembla légèrement confus pendant un instant, et Courtney décida de simplement ignorer l'intervention de son amie.

— Hm, oui, mon été a été cool. Le camp de pom-pom girl m'a épuisée, mais mes vacances étaient chouettes. Et toi ?

Courtney espérait qu'il faisait déjà suffisamment nuit pour cacher sa mortification. Elle ne savait même pas pourquoi elle était si embarrassée. Elle aimait Ethan, mais elle n'avait pas prévu d'annoncer leur relation au monde entier si brusquement.

— Pas trop mal. Je suis allé au lac. Mon père a acheté un bateau et il a voulu le sortir constamment. Je, euh. Eh bien, tu m'as un peu manqué.

Il semblait entièrement sincère.

— J'espérais que tu serais en ville pour ton anniversaire, reprit-il. Je t'ai acheté un cadeau. Enfin, c'est rien d'incroyable, mais je te l'amènerai la prochaine fois qu'on se voit, si ça te va.

Il remua un peu son pied, le regard planté au sol. *Il flirte avec moi* ? s'interrogea Courtney, choquée.

— Oh ! T'avais pas à m'acheter quoi que ce soit, c'est vraiment sympa.

— Si t'en veux pas, je peux juste le garder, hein, lui dit-il d'un air espiègle.

— Non non non ! J'adore les cadeaux ! répondit-elle en le poussant doucement pour le taquiner.

Ils se connaissaient depuis des années, et la seule fois où il lui avait offert un cadeau avait été lors de sa fête d'anniversaire après son emménagement en cinquième, où toute sa classe avait été conviée. *Très inté-ressant.*

— Ok, je te le donnerai au lycée la semaine prochaine alors. Je suppose que t'as M. Kramer en anglais ? Je l'ai en troisième heure.

— Pareil ! Garde-moi une place si t'arrives avant moi. Je veux pas être devant avec Leah. Les lèches-bottes, c'est pas ma passion.

— Ha ha, compris. Bon... Content de t'avoir croisée.

Il paraissait incertain, comme s'il hésitait entre lui serrer la main, l'enlacer ou juste s'éloigner.

— Toi aussi. Passe une bonne soirée, répondit Courtney.

Finalement, il rejoignit ses coéquipiers, et Courtney se dirigea vers la fontaine au centre de la cour, où

Ashley et Molly étaient en train de boire un café à une table.

— Tiens, je t'ai pris un mocha glacé, dit Molly en posant le gobelet à la place vide.

— Aaah, tu me connais bien.

— Qu'est-ce qu'il voulait, Ben ? Il est devenu franchement pas mal, surtout niveau muscles, remarqua Ashley en mimant de larges biceps.

— Ouais, j'imagine, dit Courtney. Il voulait juste de mes nouvelles. Et apparemment, il a un cadeau d'anniversaire pour moi.

— Perso, je trouve qu'il ferait un super petit ami. Il a l'air mignon. Je le connais pas vraiment, je dis juste ça comme ça. T'es vraiment à fond sur Ethan ? demanda Molly, curieuse.

— Une minute, là, tu t'avances un peu. Ben et moi, on se connaît depuis toujours, presque. Je suis sûre que c'est juste un cadeau amical. Et oui, je suis *vraiment* à fond sur Ethan.

— Ok, je m'ennuie. On connaît déjà tous ces gens. Ça vous dit d'aller voir un film ? suggéra Ashley.

— Ça marche, tu choisis, répondit Courtney.

Elles allèrent acheter des tickets pour une comédie romantique et beaucoup de bonbons.

— Heureusement que l'entraînement reprend la semaine prochaine. Je vais gonfler comme un ballon si je me remets pas au sport, dit Molly alors qu'elles s'asseyaient dans la salle obscure.

— Amen à ça, répondit Courtney.

Elles passèrent le film à commenter chaque scène, ce qui irrita les autres spectateurs, mais elles en avaient l'habitude.

Le jet lag de Courtney se fit très vite ressentir, et elle s'endormit peu après que les filles l'aient déposée chez elle.

CHAPITRE DIX-NEUF

♫ *A Thousand Miles* – Vanessa Carlton
You Get What You Give – The New Radicals

Courtney essaya de profiter de son dernier week-end d'été, mais en réalité, elle voulait simplement que les cinq semaines suivantes se. Dépêchent. De. Passer.

Ses amies lui avaient demandé de faire venir Ethan ici pour leur bal d'automne, qui était bien plus tard, à la fin du mois d'octobre. Malheureusement, il semblait qu'aucun de leurs parents ne soit en faveur de ce voyage. Courtney voulait juste le revoir. Ils faisaient de leur mieux pour parler au téléphone ou par vidéo à chaque occasion possible, mais ce n'était jamais suffisant.

E : Salut bébé, tu fais quoi ?

C : Je bossais sur une routine pour mon premier entraînement de pom-pom, mais maintenant, je pense à toi.

E : Je suis vraiment chanceux :) J'étais en train de finir ta chanson. Je veux qu'elle soit parfaite pour quand tu seras là.

C : Il faudra que tu me la joues quand on sera seuls.

E : Pourquoi quand on sera seuls ? Elle va être bien ! T'as si peu confiance en moi ?

C : Lol, je sais qu'elle va être bien, c'est pour ça que je dis ça ! Je vais soit pleurer soit avoir besoin d'un moment TRÈS privé avec toi après.

E : Aaah, ok. J'aime ces raisons. Tu sais que je pense à toi tout le temps, hein ?

C : Maintenant, oui <3. Je pense à toi aussi. Constamment. Ça en devient presque ridicule.

E : On continue comme ça, ok ? Je t'aime.

C : Ça marche. Je t'aime aussi. On s'appelle plus tard ?

E : Ouais. J'ai répét' avec le groupe, mais je te dis quand j'ai fini. <3

C : Amuse-toi bien.

La plupart de leurs conversations se déroulèrent ainsi pendant les jours et les semaines qui suivirent, bien que certaines étaient parfois plus intimes. Ce que Courtney aimait le plus était de l'écouter chanter, et elle lui demandait souvent de le faire.

Elle avait finalement été contente que l'école, les entraînements et son travail reprennent, car cela lui occupait l'esprit et rendait la distance plus facile à supporter.

La première semaine d'école lui avait donné une montagne de devoirs pour ses cours avancés, et elle s'était plongée corps et âme dans la création de routines pour la saison de football américain à venir. Ethan occupait tous ses moments libres, et elle avait l'impression qu'ils avaient trouvé un rythme dans leur relation peu conventionnelle.

Comme promis, Ben lui garda une place dans la classe de M. K le premier jour d'école, et Courtney trouva une petite boîte entourée d'un ruban sur son bureau.

— Donc tu mentais pas, tu m'as vraiment acheté quelque chose ! Avec un joli ruban ! s'exclama-t-elle en sautillant sur sa chaise.

— Est-ce que c'est mon genre de mentir ?

Ben paraissait inhabituellement enthousiaste. Il adressa un sourire sincère à Courtney alors qu'il attendait qu'elle ouvre le paquet.

Elle s'empressa de le déballer, ne voulant pas que la cloche sonne avant qu'elle n'ait vu ce qu'il contenait. Le petit couvercle en carton blanc révéla un pin's en forme de mégaphone doré avec son nom et leur année de terminale gravés dessus.

— Je sais que vous accrochez des pin's sur vos sacs de pom-pom et tout ça, donc je me suis dit...

— Ben, c'est génial ! Vraiment, merci. Je vais le mettre sur mon sac dès que je serai rentrée chez moi.

Elle se pencha vers lui pour l'enlacer, gênée par le bureau. Ben répondit timidement à son étreinte.

— T'avais l'air tellement nostalgique quand on a fait notre dernière session d'études avant les exams, donc j'espérais que, je sais pas... que ça commémorerait ton année de terminale ou un truc du genre. Donc ça te plaît vraiment ?

Le regard lumineux, il semblait plutôt satisfait de lui-même.

— J'adore, le rassura-t-elle au moment où la cloche retentit.

Elle se tourna vers l'avant de la salle pour écouter M. Kramer détailler le programme, et commença à s'interroger sur ce qu'elle ressentirait si une fille offrait un cadeau si attentionné à Ethan. *Mais on est amis depuis super longtemps avec Ben. Ethan pensera pas que c'est important, si ? Erg.*

Elle se savait dévouée à Ethan, alors pourquoi cette histoire de cadeau la mettait-elle si mal à l'aise ? Elle espérait réussir à ne pas perdre l'esprit si l'un des amis d'Ethan lui offrait un tel cadeau d'anniversaire, même si cet ami était une fille. *C'est rien. Ben s'est juste souvenu que j'ai dit que le temps passait trop vite. C'est un cadeau amical, rien de plus.*

Les semaines avançaient lentement, mais au moins, elles avançaient. Et malgré les journées d'école qui étaient devenues plus intenses, Ethan et elle poursuivaient leur routine.

Le premier match de football américain de Courtney en tant que capitaine des pom-pom girls se déroula sans accroc. Le public complimenta la qualité des figures et l'enchaînement lisse de l'ensemble. Courtney était soulagée de pouvoir au moins contrôler ça. Son stress commençait à s'atténuer. Elle manquerait un match pour se rendre en Ohio, mais elle était heureuse de faire ce sacrifice.

— Salut, mon amour, la salua Ethan lors de leur appel du samedi matin.

— Oh, ça me plaît, ça. Ça fait très français.

— Tu veux des croissants pour aller avec alors, *mon amour* ? renchérit-il avec une imitation loupée d'un accent français.

Courtney éclata de rire.

— Franchement terrible. Genre, fais pas ça pour impressionner les filles.

— C'est le seul truc français qui m'est venu à l'esprit, répondit-il pour défendre son effort.

Mais son ton changea complètement lorsqu'il reprit.

— Et, euh, juste pour que ça soit clair, il y a pas d'autre fille, ok ? Genre, je sais que c'est dur à croire, mais je voulais juste que tu le saches. Au cas où t'essayais de cacher ton inquiétude par rapport à ça avec une blague.

Courtney inspira longuement.

— C'était pas voulu mais je crois que c'est ce que j'ai

fait, oui, admit-elle. Et t'as raison. C'est dur. J'ai juste besoin de te voir, genre, de vraiment te voir. En personne. Combien de temps encore ?

— Plus que six jours.

— Vraiment ?!

Elle peinait à croire qu'ils soient si proches de se retrouver. Elle s'était efforcée d'ignorer l'ensemble de ses compulsions obsessives pour ne pas se jeter constamment sur son calendrier, parce qu'elle savait que ça la rendrait folle. Mais ils avaient presque réussis.

— Je te vois dans six jours. Dieu merci, dit-elle.

Elle relâcha un long souffle. Un vrai, plein d'oxygène.

— Complètement d'accord.

Cette réalisation sembla leur donner une énergie nouvelle à tous les deux, et ils passèrent l'heure suivante à discuter en détail du bal d'automne, d'où ils se retrouveraient lorsqu'elle sera en ville, et d'où ils voulaient aller pour la soirée après le bal.

Courtney laissa échapper un rire surpris lorsqu'il lui demanda de quelle couleur était sa robe, afin qu'il puisse commander son bouquet de fleurs.

— J'ai oublié d'acheter une robe ! Oh mon Dieu, mais quel genre de fille qui se respecte et qui est super impatiente d'aller au bal oublie d'acheter une robe ? Tout ce à quoi je pense, c'est de te voir. J'ai même pas réfléchi au bal en lui-même. Merde, ok. Quelque chose à rajouter à ma liste de trucs à faire.

— Tu sais que t'es vraiment spéciale comme fille ?

Elle pouvait entendre qu'Ethan se retenait de rire.

— Tais-toi ! Tu devrais être flatté que toutes mes pensées soient concentrées sur toi. Ok, je vais raccrocher et demander à ma mère de m'emmener faire du shopping, genre, immédiatement.

— Ça marche. Tu devrais continuer de penser à moi pendant que t'essayes les robes. Et je dis ça de la façon la plus inappropriée qui soit.

Courtney dévala les escaliers pour rejoindre sa mère, qui était occupée à plier du linge.

— Mère, sais-tu qu'on part pour l'Ohio dans six jours et que je n'ai pas de robe pour le bal d'automne ?

— Je m'interrogeais là-dessus, oui. J'ai supposé que tu avais prévu de faire du shopping avec tes amies.

— Non ! J'ai besoin que tu lâches ce linge. C'est une urgence shopping de vie ou de mort. Il faut que tu te mettes en mode « marathon shopping », maman. Tu acceptes cette mission ?

Courtney savait qu'elle exagérait, mais elle était folle de joie à l'idée que l'événement qu'elle attendait depuis des semaines soit dans si peu longtemps. Elle était extatique, même.

— Tu as mis quoi dans tes céréales ce matin ?

— Maman !

— Ok, ok, laisse-moi prendre mon sac et on y va. J'accepte la mission !

Le sourire de Courtney illumina jusqu'à son regard.

Elles passèrent les cinq heures suivantes à visiter la majorité des magasins de l'aile mode du centre commercial.

Courtney essaya un nombre infini de robes du soir, en essayant de s'imaginer danser avec Ethan. Sa mère l'attendit devant les cabines d'essayage, faisant preuve d'une patience digne d'une sainte.

Elles finirent par une petite boutique de robes nichée dans un coin du centre commercial. Courtney n'en avait jamais entendu parler, mais elle y dénicha une robe très longue en soie noire, et eut le sentiment d'avoir trouvé la tenue parfaite.

La robe était dépourvue de bretelles et plutôt simple sur le devant, mais le dos était nu et retenu par de fines brides horizontales ornées de petites pierres brillantes. Son détail préféré était la fente à l'arrière, qui était agrémentée d'un empiècement en tulle noir pailleté. Il lui fallait sa dose de paillettes, et le résultat était parfait.

— Elle est vraiment chouette, Court, confirma sa mère.

— J'espère qu'elle va m'aller, dit Courtney en croisant les doigts.

Elle essaya la robe et se sentit transportée dans un conte de fée. Il lui faudrait porter des talons très hauts dans lesquels elle peinerait à marcher, mais c'était un petit prix à payer pour être si belle.

Sa mère fut encore plus ravie quand elle apprit que la robe était en solde, ce qui en fit l'une des moins chères que Courtney avait essayé.

— C'est le destin, tout ça. Je suis impatiente de rencontrer Ethan et de te voir partir au bal d'automne. C'est chouette de te voir si... joyeuse, honnêtement. Ça faisait longtemps, avoua sa mère.

Courtney l'enlaça jusqu'à ce qu'elle se plaigne de ne plus pouvoir respirer.

— Désolée. Je suis juste tellement impatiente. C'est insupportable.

Elles payèrent pour la robe, trouvèrent les chaussures à talons parfaites et rentrèrent finalement, épuisées.

Plus tard dans la soirée, Courtney envoya un message à Ethan pour l'informer de ses trouvailles.

E : Envoie-moi une photo !

C : Non ! Il faut que ça soit une surprise.

E : C'est pas une règle ! Allez, je veux la voir.

C : Nan. Je veux voir la tête que tu vas faire quand tu vas venir me récupérer.

E : Ok, ok, tu gagnes, Paillettes.

C : Hé hé :) J'arrive toujours pas à croire que je peux dire « On se voit vendredi ».

E : Je suis super impatient. Tu veux toujours voir le match de foot en entier ?

C : Oui ! Enfin, je veux voir la routine de pom-pom

de Vanessa au moins un peu. Et après, je te laisse décider de nos plans. On fera tooooout ce que tu voudras faire :)

E : <3 Tu sais pas l'effet que tu me fais.

C : Si, je le sais. Et ça me plaît.

E : Tellement, tellement cruelle. Ok, on se parle demain ?

C : Bien sûr. Je t'aime.

E : Je t'aime.

Courtney passa les cinq jours suivants à s'occuper autant que possible, acceptant même des rotas supplémentaires au travail pour que le temps s'écoule plus vite.

Elle ne s'était jamais sentie aussi épuisée mais aussi incroyablement heureuse de toute sa vie.

CHAPITRE VINGT

♫ *Ready to Go* – Panic! At the Disco
Till I Hear It From You – The Gin Blossoms

ourtney avait les yeux ouverts avant même que
son réveil ne sonne. À vrai dire, elle avait à
peine dormi. Sa mère et elle partaient pour l'aéroport
dans quelques heures, et elle ne savait pas que faire de
l'excitation qui faisait tressaillir son corps entier.

Elle avait discuté avec Vanessa jusque tard dans la
nuit le soir précédent et était folle d'impatience de pouvoir vivre le bal d'automne façon Gem City avec sa plus
vieille amie. Elle avait également appris au cours de
leur conversation qu'Ethan se comportait parfaitement
bien.

— Sérieusement, Court, il adresse même pas un regard aux autres filles, dit Vanessa. Je sais que t'as té-
moigné toi-même de ses talents de dragueur, mais
franchement, t'as pas tout vu. Les autres mecs ont commencé à l'appeler le Pêcheur l'année dernière parce
qu'il arrivait à attraper qui il voulait. Je pensais franchement pas qu'il pourrait gérer toute cette histoire de
longue distance, mais il y arrive. Il t'aime.

Entendre ces paroles fit Courtney se sentir un peu…
coupable. Après s'être remise de ce terrible surnom, elle

fut évidemment contente qu'il ne flirte pas avec chaque fille qui croisait son chemin, mais son côté dragueur faisait aussi de lui qui il était.

Cette inquiétude continua de hanter son esprit après qu'elles aient raccroché, mais elle décida d'en parler directement avec Ethan quand elle le verrait.

Elle vérifia la liste qu'elle avait préparée pour s'assurer que sa valise contienne tout ce dont elle avait besoin.

Sa mère la conduisit à l'école pour qu'elle puisse déposer un devoir qu'elle devait rendre, et elle croisa Ben en sortant du bureau de l'administration.

— Salut, t'es pas en cours aujourd'hui ? lui demanda-t-il.

— Non, je vais à l'aéroport. Il fallait juste que je dépose mon devoir d'histoire avant de partir, expliqua-t-elle.

— Tu vas en Ohio ? devina Ben.

— Ouais. Je passe le week-end là-bas pour le bal d'automne.

Elle ne savait pas pourquoi elle hésitait tant à mentionner Ethan à Ben, mais l'idée de le faire la mettait mal à l'aise.

— Amuse-toi bien alors. Et bon voyage, dit-il, un flash de déception assombrissant son expression d'ordinaire joyeuse.

— C'est prévu. On se voit lundi, passe un bon week-end ! répondit-elle en quittant le bâtiment.

Une fois de retour dans la voiture, elle se tourna vers sa mère.

— C'est parti, lui dit-elle en mettant ses lunettes de soleil.

Le vol fut calme, et sa mère en passa une grande partie à dormir. Courtney essaya de s'avancer sur ses devoirs, mais sa concentration faiblit rapidement, son esprit s'emplissant d'images d'Ethan en train de l'embrasser. Elle abandonna finalement ses devoirs au profit de ses rêves éveillés.

Dès qu'elles atterrirent, elle poussa sa mère à accélérer le pas, désireuse d'arriver le plus tôt possible à leur B&B pour avoir le temps de se préparer avant qu'Ethan ne vienne la chercher.

Tout lui semblait bouger au ralenti, du moment où elles récupérèrent leurs bagages, puis la voiture de location, jusqu'à ce qu'elles sortent de l'aéroport. *On va juste ne jamais y arriver.*

— Courtney. Il va falloir que tu te calmes ou tu vas faire une crise cardiaque. On arrive bientôt, je te le promets.

Courtney jeta un regard en coin à sa mère, suspectant qu'elle réussissait maintenant à lire les esprits.

— Je sais. C'est juste que... Je sais pas. Je veux que tout soit parfait.

— Eh bien, ça ne le sera pas. Rien ne l'est jamais. Laisse juste les choses se faire et amuse-toi, ok ? Tu le regretteras si tu passes le week-end à t'inquiéter que tout soit parfait au lieu de t'amuser avec Ethan et tes amis.

Courtney inspira plusieurs fois profondément pour se détendre.

— Depuis quand t'es aussi sage ?

— N'est-ce pas ? Il faut que j'arrête de dire des trucs comme ça ou les gens vont commencer à deviner mon âge.

Courtney éclata de rire et entreprit de se calmer. Elle ne voulait pas que son cerveau hyperactif ne lui ruine le bal d'automne.

Elles arrivèrent finalement, et Courtney put s'habiller et se maquiller.

La météo en Ohio était bien plus agréable qu'à Phoenix quand elles en étaient parties. La température oscillait entre été et automne, et une légère brise soulevait les feuilles des arbres. Courtney se prit à espérer qu'il y aurait un feu de camp après le match de ce soir.

Elle avait envoyé un texto à Ethan quand elles étaient arrivées dans leur chambre et lui avait demandé de lui donner trente minutes. Il avait protesté et insisté pour venir directement, la forçant à le menacer de le faire attendre dehors jusqu'à ce qu'elle soit présentable.

Courtney avait décidé d'être festive et de s'habiller en rouge et en noir pour supporter l'équipe de foot américain du lycée de Gem City.

Elle sortit de sa valise une nouvelle chemise noire à manches longues qui la flattait parfaitement et enfila son jean préféré, complété par une ceinture pailletée. Elle avait même apporté des boucles d'oreilles en forme de fleurs rouges pour parfaire sa tenue. Préparer un pull pour la tombée de la nuit fut un rappel joyeux qu'elle n'était plus à Phoenix.

— Ok, maman, sérieusement, m'embarrasse pas devant Ethan, s'il te plaît. *S'il te plaît.* Sois cool et lui demande pas, genre, ce que sont ses intentions ou peu importe ce qu'ils disent dans ces films niais à la télé. Il va arriver dans une minute.

Le cœur de Courtney battait à tout rompre, et elle ne tenait plus en place. Bien qu'elle avait l'impression qu'ils ne s'étaient séparés que la veille, ils avaient malgré tout passé beaucoup de temps éloignés. *Et si ça a changé ? Et s'il me voit et qu'il réalise que toute cette histoire de longue distance, ça en vaut pas le coup, et que c'est gênant et qu'on sait plus comment se tenir la main, ou que c'est différent quand on s'embrasse ?*

— Je ne vais pas t'embarrasser. Mais je t'ai accompagnée à travers le pays pour te laisser aller à un bal avec ce garçon, donc je pense que le faire serait *complètement* dans mes droits.

— Promets-le-moi juste !

— Je te le promets, dit sa mère avec un soupir.

Ethan arriva pile à l'heure.

Courtney retint son souffle. Elle ouvrit la porte pour trouver un Ethan aussi à croquer que dans ses souvenirs. Il portait un jean délavé et une chemise noire ajustée sous une veste en cuir ouverte et très sexy, ce qui lui donnait un air de Soda Pop dans *Outsiders*.

Toutes ses inquiétudes s'évanouirent lorsqu'elle le vit. Elle jeta ses bras autour de son cou et il la souleva, la faisant tournoyer. La nervosité de Courtney se transforma en joie.

— Oh, mon Dieu, tu m'as tellement manqué, lui dit-elle.

Elle était émerveillée de voir qu'elle le trouvait encore plus attirant qu'avant. Bien plus qu'à travers un écran.

— Tout pareil, répondit-il sans lâcher les mains de Courtney.

Il la regardait avec une intensité nouvelle, mais son regard tomba ensuite sur la porte ouverte de la chambre.

— Si tu te demandes si tu peux m'embrasser, tu peux, lui dit Courtney en souriant, sachant que sa mère leur donnerait un moment en privé.

— Oh, Dieu merci.

Il se pencha immédiatement vers elle et passa les bras de Courtney autour de son propre cou pour l'attirer tout contre lui.

Courtney eut l'impression qu'ils n'avaient jamais été séparés. Tout allait bien dans le monde. La façon dont le pouce d'Ethan caressait sa mâchoire, dont le bout de ses doigts réveillait des frissons dans son cou… Tout était si naturel. Elle était au bon endroit au bon moment avec la bonne personne, et elle retomba complètement amoureuse de lui. La veste en cuir participait à ce sentiment.

Ils rompirent le baiser à contrecœur avant d'en devenir incapables.

— Donc j'ai le droit de rencontrer ta mère ou t'as

honte de moi ? la taquina-t-il, sa respiration étonnamment régulière.

— Si tu penses pouvoir gérer.

Elle attrapa sa main et le tira dans la chambre.

— Maman, c'est Ethan Fisher. Ethan, je te présente ma mère, Julie Ross.

— Ravie d'enfin te rencontrer, Ethan. J'ai beaucoup entendu parler de toi.

Aucun mot embarrassant ne quitta les lèvres de sa mère, et Courtney en remercia silencieusement l'univers.

— Ravi de vous rencontrer aussi. Je peux pas suffisamment vous remercier d'avoir laissé Courtney venir ici pour le bal. Vous m'avez sauvé de devoir y aller seul et de danser avec ma prof d'anglais ou pire.

— Je m'en serais voulu d'avoir laissé ça se produire ! En plus, si tu connais Courtney, tu sais qu'elle est plutôt persuasive. Je ne suis pas trop sûre d'avoir eu un choix.

— Hé oh, je suis toujours là, hein. Juste au cas où tu m'avais oubliée ! intervint Courtney. On peut y aller maintenant ? Je veux vivre toute l'expérience bal-d'automne-dans-une-petite-ville. Il faut pas qu'on loupe le coup d'envoi !

Les inquiétudes qu'elle avait accumulées au cours des semaines s'évaporaient rapidement, et elle voulait juste commencer son week-end.

— Ouais, on devrait y aller. J'ai, hm, fait une réservation pour dîner avant le match, si ça te dérange pas, avoua Ethan.

— Oh, garde-le, celui-là, dit la mère de Courtney, visiblement impressionnée.

— J'y compte bien, répondit Courtney.

Un sourire de bonheur incrédule se dessina sur son visage.

— Une réservation, hein ? Il faut que je m'habille mieux ?

— Non, tu es parfaite. Encore ravi de vous avoir rencontrée, Mme Ross, dit Ethan avec sincérité.

— Amusez-vous bien. Courtney, tu m'appelles si tu rentres après le couvre-feu, ok ? Je vais aller voir des amis.

Ils avancèrent lentement jusqu'à la voiture d'Ethan, main dans la main. Une senteur automnale flottait dans l'air.

Courtney savait que sa mère avait été impressionnée par Ethan, mais cela fut confirmé quelques minutes plus tard par le texto qu'elle reçut. Un petit rire lui échappa.

— Qu'est-ce qui te faire rire ? demanda Ethan.

— Ma mère trouve que tu ressembles à une star de cinéma, c'est tout.

— J'imagine qu'il vaut mieux qu'elle pense ça plutôt que je suis une racaille qui essaye de profiter de sa fille. Ce que j'ai vraiment envie de faire, d'ailleurs, blagua-t-il en caressant la main de Courtney de son pouce.

Courtney rougit légèrement, et son cœur se serra. Elle n'arrivait pas à croire qu'elle ne l'avait pas vu depuis un mois entier. Tout chez Ethan la faisait se sentir chez elle.

— Donc on a vraiment une réservation quelque part ? Ou tu essayais juste de m'avoir seule pendant un long moment ?

Flirter lui revint très facilement alors qu'elle s'assit en voiture.

— Les deux options me vont, juste pour être claire.

Elle réalisa son but de faire apparaître sur le visage d'Ethan le sourire amusé et satisfait qui la rendait si folle.

— La réservation existe vraiment, mais j'aime ta façon de penser. Je peux appeler pour annuler si tu préfères, lui dit-il. C'est pas très chic, c'est juste un café, mais ils font de la super nourriture et c'est blindé de monde à chaque fois qu'il y a un match. Donc je nous ai fait garder une table.

— Alors on peut pas manquer ça. Tu connais ma passion pour la nourriture.

— Absolument.

Ethan démarra le moteur et posa une main sur le genou de Courtney alors qu'il conduisait.

Ils ne parlèrent pas beaucoup sur le trajet, mais ce silence était confortable. Lorsqu'une chanson qu'ils aimaient passa à la radio, ils se mirent à la chanter, et Ethan baissa les fenêtres et monta le son pour qu'ils puissent en profiter pleinement. Ils s'attirèrent quelques regards des autres conducteurs, mais ils s'en fichaient.

Courtney regretta presque qu'ils arrivent si vite sur le parking du café. La brise fraîche avait été une sensation merveilleuse après des semaines passées dans la chaleur intense du désert. Elle avait enfin l'impression de pouvoir respirer à nouveau.

CHAPITRE VINGT-ET-UN

♫ *Come To Me* – The Goo Goo Dolls
Heaven – Bryan Adams
Reprise par Boyce Avenue feat. Megan Nicole
Kiss Me – Ed Sheeran

— *J*'arrive juste pas à croire à quel point tu m'as manqué, confessa Ethan alors qu'il coupait le moteur. Est-ce que je peux, genre… Je peux te toucher ?

Il éclata de rire.

— Je sais que ça sonne bizarre, mais erg. On a été séparés super longtemps et j'ai pas envie de, euh, t'accoster dans le restaurant, mais j'ai besoin de savoir que t'es vraiment là. J'en ai marre des chats vidéo et des textos, et je suis désolé si…

— Oui, tu peux, l'interrompit-elle. T'as pas à t'expliquer.

L'attitude d'Ethan se transforma alors complètement. Il devint plus sérieux et appuya son front contre celui de Courtney avant de prendre son visage entre ses mains. Elle l'embrassa doucement plusieurs fois, puis lui retira sa veste pour pouvoir caresser ses bras du bout des doigts.

— Je t'aime. Mon Dieu, qu'est-ce que je t'aime…, soupira Ethan.

Il l'embrassa à nouveau, et elle répondit à son baiser avec tout autant d'intensité. Courtney le laissa lui montrer ce dont il avait besoin, ce qui était simplement d'être proche d'elle. Elle s'autorisa à se perdre dans ses caresses sur son dos, dans la sensation de ses doigts dans ses cheveux et de ses lèvres sur son cou. Elle lui rendit chaque geste, ayant autant besoin de lui qu'il avait besoin d'elle.

— Merci, dit-il à voix basse avant de capturer à nouveau ses lèvres, son sérieux légèrement dissipé.

— Pour ?

— J'avais juste besoin de ça.

Un petit sourire réapparut sur son visage.

— Mais on peut aller manger maintenant. Je voudrais pas réveiller l'ours en toi, la taquina-t-il. Et étonnamment, on n'est même pas en retard pour notre réservation.

— Si on l'avait été, ça en aurait valu le coup.

Elle espérait que tout allait bien et que c'était seulement le manque qu'elle avait éveillé chez lui qui causait son changement d'humeur soudain. *Profite juste de ce moment, arrête de trop réfléchir.*

Ethan vint de son côté de la voiture et lui ouvrit la portière.

— Par ici, dit-il d'un ton formel.

Courtney rit et sauta hors de la voiture avant d'attraper la main d'Ethan.

Le café était adorable et exactement ce qu'elle avait espéré d'un établissement de ce quartier de Gem City. Il était décoré de panneaux en bois recyclé, de tables et de chaises dépareillées et de fleurs fraîches présentées dans de grands pots en acier inoxydable.

Ils trouvèrent leur table et s'y assirent. Courtney était affamée. Tout en étudiant le menu, elle caressa la jambe d'Ethan de son pied nu, ayant discrètement retiré ses chaussures qui, bien d'adorables, étaient peu confortables.

Comme à son habitude, elle commanda une quantité ridicule de nourriture, incluant du gâteau, des macaronis et du poulet frit. Ethan se contenta de secouer la tête et de sourire, tout en jouant avec les doigts de Courtney par-dessus la table.

— Tu portes toujours ma bague, remarqua-t-il.

— Bien sûr, je la porte tout le temps.

— Cool. Ça me rassure.

— Ça te rassure ? Tu t'inquiétais ?

Une légère angoisse infiltra sa question sans qu'elle ne puisse l'empêcher, mais tout se passait trop bien pour qu'elle ne se sente pas inquiète. Elle peinait à croire que ça pourrait durer. *Tais-toi.* Il était temps qu'elle éteigne cette petite voix pessimiste dans sa tête.

— C'est rien de particulier. C'était juste dur d'être loin de toi et de t'imaginer devoir repousser plein de mecs avec un bâton. Ça me rend fou.

— Eh bien, je trouve ta folie flatteuse, mais tes inquiétudes n'ont pas lieu d'être, je te le promets. Je suis à toi, dit-elle.

Elle ignora l'anxiété qui lui nouait l'estomac et se focalisa sur Ethan.

— Mais si on se met en mode « discussion profonde », est-ce que je peux te demander un truc ?

— Ce que tu veux, répondit-il.

— Je vais passer pour une folle mais, eh bien, notre situation est différente. Donc… Donc. Ok. C'est plus que gênant à évoquer, alors je vais le dire d'un coup. T'es prêt ?

— Je l'étais. Maintenant, je suis franchement pas sûr. Mais envoie.

Son regard trahissait son incertitude.

— Est-ce que t'as l'impression que tu peux pas flirter avec d'autres filles ? Ou, genre, je sais pas si « flirter » est le bon mot…

Le visage d'Ethan blanchit à ces paroles, et Courtney regretta de ne pas pouvoir les reprendre.

— J'ai flirté avec personne, donc si Vanessa a dit…, commença-t-il, visiblement agacé.

— Non, non, non, je m'exprime mal. V m'a dit que t'as même pas regardé une autre fille, donc s'il te plaît, t'énerve pas contre elle, c'est pas ça que je voulais dire. Je veux juste que tu puisses agir comme toi. Genre, je veux pas que tu aies l'impression de pas pouvoir sortir et t'amuser à cause de nous. Enfin, si tu veux qu'on soit ensemble, oui bien sûr, j'ai pas envie que tu fasses n'importe quoi, mais si en temps normal, tu passerais du temps avec des amis qui sont des filles, alors t'as pas à arrêter parce que tu te sens coupable. Je crois que c'est ce que j'essaye de dire, conclut-elle, nerveuse.

— Vraiment ?

Elle n'arrivait pas à déchiffrer l'expression d'Ethan.

— Enfin, je veux dire, continua-t-il, j'ai pas envie de draguer qui que ce soit ni rien, mais ouais, j'ai eu l'impression de plus savoir comment agir avec les autres filles ou en soirée… J'ai juste pas envie de tout gâcher. Et Vanessa me fait un peu peur.

Courtney rit à ce dernier commentaire.

— Rassure-toi, t'es pas le seul à avoir peur d'elle. Je pense qu'on va juste devoir trouver un moyen de, eh bien… d'être nous-mêmes. Je t'aime. Je veux pas sortir avec quelqu'un d'autre. Mais il faut aussi qu'on réussisse à passer une bonne terminale sans avoir l'impression de faire des erreurs constamment. Genre, on peut parler de ça ouvertement ?

— Ça me va. Mais est-ce que je peux être égoïste et dire que je veux pas que tu flirtes avec d'autres mecs ? Je sais que t'es super ouverte d'esprit là, mais ça me rend, genre, fou de t'imaginer sourire à un autre mec comme tu me souris à moi.

Il semblait un peu embarrassé de cet aveu.

— Si tu ressens ça, alors je vais arrêter de sourire aux

autres. Uniquement des grimaces à partir de maintenant, blagua-t-elle, espérant le tirer de son humeur changeante.

Il lui adressa le sourire espiègle qu'elle aimait tant et admit qu'il lui serait peut-être possible de juste ne pas y penser.

— On arrête cette discussion là par contre, ok ? reprit Courtney. Le bal d'automne est ce week-end, petit ami, donc est-ce qu'on pourrait juste être amoureux et ignorer le fait que je vais devoir partir à nouveau ?

— Je suis à 100 % derrière ce plan, la rassura-t-il en déposant un baiser sur sa main.

Leur nourriture arriva, et Ethan n'avait pas menti : les plats étaient incroyables. Ils passèrent le repas à profiter de l'humeur joueuse de l'autre. Ou peut-être qu'ils profitaient seulement de pouvoir se regarder en face à face et de mettre tout le monde autour d'eux mal à l'aise. Les deux options étaient plausibles.

— Prête à aller voir un peu de foot alors ?

— Oui, mais pas longtemps. Je suis tout aussi prête à ce qu'on aille s'embrasser sous les gradins ou un truc cliché du genre, si ça te va.

Elle regarda Ethan de son air le plus innocent possible et haussa les sourcils.

— Meilleure. Petite amie. Du monde.

Elle laissa Ethan la prendre par la main alors qu'ils retournaient à la voiture. Heureuse et l'estomac bien rempli, elle espérait que leur conversation de plus tôt suffirait à alléger l'inquiétude qu'elle avait ressentie.

— Merci pour le dîner, dit-elle.

— T'as fait 2 900 kilomètres en avion pour venir me voir, donc c'était plus ou moins la moindre des choses que je pouvais faire.

— Dit comme ça, ils sont où mes diamants ? le taquina-t-elle.

— Sois patiente, ma belle, lui dit-il avec un clin d'œil.

Ce n'était pas la réponse à laquelle elle s'attendait, mais son cœur s'affola malgré tout.

Ils durent se garer en bas de la rue du stade car beaucoup de monde était déjà arrivé. *Ils adorent le foot américain, ici.* Alors qu'Ethan et elle s'approchaient, Courtney se laissa porter par la mer noire et rouge des spectateurs assis dans les gradins et par leur énergie. Elle eut l'impression de faire partie de quelque chose.

Soudain, elle aperçut Vanessa en train de s'étirer sur la ligne de touche et courut jusqu'à la barrière.

— V ! s'écria-t-elle.

Vanessa leva les yeux et se précipita vers elle.

— J'arrive pas à croire que tu sois vraiment là ! Tu vas regarder le match ?

— Un peu. Je voulais te voir à l'action. Mais appelle-moi après et on pourra peut-être se rejoindre ?

— Ça me va, meuf. Je suis super contente que tu sois là ! C'est cool de te voir aussi, Ethan, ajouta-t-elle après coup avant d'aller rejoindre son équipe en courant.

Ethan et Courtney se trouvèrent une place dans les gradins combles. C'était une expérience nouvelle pour Courtney d'être spectatrice à un match. Elle passa un super moment à regarder les routines et à inspirer l'odeur de l'herbe fraîchement coupée et de l'air pur de la soirée. Tout ça associé à la sensation du bras d'Ethan autour d'elle lui donnait l'impression d'être dans l'un de ses rêves éveillés.

À la fin de la première mi-temps, en revanche, elle se lassa de la foule.

— Hé, on part d'ici ? murmura-t-elle à l'oreille d'Ethan.

Il était debout et au milieu des marches des gradins avant même qu'elle n'ait fini sa phrase.

Ils se dirigèrent vers le parc municipal à côté du stade. Quelques autres personnes seulement s'y baladaient, ce qui leur donna l'impression d'être seuls.

— Tu veux me pousser sur la balançoire ? lui demanda-t-elle d'un air taquin.

— Ha ha, pourquoi pas oui !

Lorsqu'elle était enfant, Courtney adorait les balançoires de ce parc. Vanessa et elle essayaient de monter aussi haut que possible, toujours en compétition l'une contre l'autre, puis inclinaient leurs têtes en arrière. C'était comme s'envoler avant d'être attiré invariablement par le sol. Qu'aucune des deux ne se soit brisé le cou relevait presque du miracle. Mais être poussée par Ethan était comme voler d'une toute nouvelle manière. Il essayait de l'embrasser ou de la chatouiller à chaque fois qu'elle revenait vers lui, faisant son sang fuser dans ses veines.

Éventuellement, il l'arrêta et passa ses longs bras autour de sa taille.

— Viens avec moi…

— Si je veux vivre ? finit-elle, incapable de résister.

Il secoua simplement la tête avec un sourire, apparemment déjà habitué aux références obscures de Courtney.

Après avoir enfilé son pull pour contrer l'air froid, elle le suivit jusqu'à une structure ressemblant à la fois à un château et à une salle de sport. Ethan grimpa jusqu'en haut et tendit une main à Courtney pour l'aider à le rejoindre.

— C'est tranquille ici, expliqua-t-il avant de s'asseoir contre l'entrée d'un des tunnels.

Courtney s'installa sur les genoux de son petit ami, capturant immédiatement ses lèvres des siennes. Les mains chaudes d'Ethan réchauffaient agréablement sa peau sous son pull. Elle était vaguement consciente d'être dans un endroit semi-public, mais elle s'en moquait complètement.

Ses mains se glissèrent sous le haut d'Ethan, et elle s'émerveilla qu'il soit véritablement à elle. Elle s'appuya contre lui, le plaquant contre le sol du tunnel. S'il était surpris, il ne le montra pas ; il attira Courtney vers lui avant de s'appuyer sur ses coudes.

Elle continua de l'embrasser, se perdant dans ce petit monde qui n'appartenait qu'à eux pendant un moment. Son cerveau luttait sans relâche pour contrôler ses hormones alors qu'elle essayait de décider si elle devrait pousser les choses plus loin. C'est alors qu'elle entendit des voix sous la tour.

— Oh, je vais le TUER ! gronda Ethan.

— Qui ?

— Qui tu crois ?

— C'est une blague ? dit-elle en se tirant dans leur moment intime.

Mais Ethan ne riait pas. Elle regarda en bas et vit Luke accompagné d'un autre garçon qui lui semblait vaguement familier.

— Salut, m'zlle Courtney Ross ! cria Luke. Drôle de coïncidence de vous croiser ici, vous deux. Vous faites quoi ?

— Mec, je sais que t'es plus balèze que moi, mais je te promets que je te vais te frapper de toutes mes forces si t'arrêtes pas de me pourrir la vie, s'énerva Ethan, qui paraissait sincèrement furieux alors qu'il suivait Courtney vers la sortie du tunnel.

Luke ne semblait pas savoir comment réagir à cette version d'Ethan, et Courtney hésitait également. Elle se tourna vers Ethan et passa ses bras autour de lui avant qu'ils ne redescendent.

— Hé, je sais, ok ? Je sais, dit-elle d'une voix douce en passant ses doigts dans les cheveux sur la nuque d'Ethan. C'était pas génial comme endroit pour être seuls de toute manière. On peut aller ailleurs si tu veux. Tout va bien. On a qu'à aller faire un tour en voiture avant d'aller retrouver les autres.

Elle sentit une partie du stress d'Ethan quitter son corps.

— Ouais, t'as raison. Désolé. J'ai juste…

— Moi aussi. Mais tout va bien.

Ils descendirent de la tour pour aller rejoindre Luke.

— Hé, désolé, mec. Je voulais pas t'énerver. Vanessa m'a demandé de venir voir si vous vouliez aller à la soirée près de la rivière dans pas longtemps. Le match finit bientôt.

Luke semblait sincèrement désolé.

— C'est rien. Désolé d'avoir pété un câble.

Donc c'est comme ça que les garçons se disputent. C'est bien plus civil qu'entre filles.

— Salut Courtney, dit Luke. Lui, c'est Jeff. Jeff, Courtney.

— Ouais, je me souviens de toi, dit Jeff, qui paraissait s'ennuyer.

— Pareil, répondit-elle mécaniquement. Je crois qu'on va aller faire un tour en voiture, mais on peut se retrouver à la fête plus tard.

— Ça marche, je transmets ça à V. Content de te revoir. Je sais qu'elle est excitée pour… pour que vous fassiez ce que les filles font avant un bal, demain. C'est cool que t'aies pu venir.

— Je suis impatiente aussi, dit Courtney, amusée par sa description. On se voit plus tard.

Elle attrapa la main d'Ethan et la serra fermement car elle sentit qu'il ne s'était pas entièrement débarrassé de sa colère.

Une fois arrivés à sa voiture, ils furent de nouveau seuls.

— Désolé. Je suis un peu énervé, s'excusa-t-il.

— J'ai remarqué, oui. Parle-moi.

— C'est l'une des deux seules nuits qu'on a ensemble, et j'ai juste, erg… Je sais pas. Je suis désolé.

— Ethan, je suis là avec toi. Et pour ta colère… Je peux m'en occuper.

Elle flirtait sans retenue, appréciant grandement d'avoir le pouvoir d'améliorer l'humeur d'Ethan. Elle allait réussir à le sortir de sa déprime, même si elle devait utiliser l'ensemble de ses pouvoirs féminins. À sa grande satisfaction, l'attention d'Ethan se reporta sur elle.

— Ah, ouais ? dit-il, semblant enfin redevenu lui-même.

— Mmh.

— T'es géniale pour moi, tu le sais ? lui demanda-t-il en la rapprochant de lui. Allez viens, on va faire ce tour de voiture.

Elle acquiesça et l'embrassa longuement avant qu'ils ne montent en voiture.

Ils conduisirent jusqu'à l'une des sorties de la ville. Courtney n'aurait pas été étonnée si la zone avait un nom bateau comme « Pointe panoramique » ou quelque chose du genre. Son esprit rejoua la dernière fois qu'ils s'étaient trouvés ensemble sur la banquette arrière, et elle était déterminée à recréer cette atmosphère.

Elle s'amusa à le faire répondre à ses gestes, appréciant de pouvoir le faire réagir de la manière qu'elle souhaitait. C'était moins amusant mais tout aussi agréable lorsqu'il lui rendait la faveur. Elle se sentait revivre, ayant presque oublié ce que cela faisait de sentir ses organes internes se transformer en paillettes. Chaque cellule de son corps se réveillait lorsqu'il posait ses mains sur elle et ses lèvres sur sa peau.

Lorsqu'ils se séparèrent pour reprendre leur souffle, elle pouvait sentir la même énergie qu'elle avait sentie dans l'été. Ethan semblait plus léger, plus confiant en leur relation, et elle en était heureuse.

— Tu es… une déesse.

— Tu es… sentimental.

— Ouais, c'est sûrement vrai, admit-il en l'embrassant sur le front. Mais j'étais pas comme ça avant de te rencontrer. J'étais un dur à cuir.

— Eh bien, je te trouve toujours assez dur à cuir. Surtout quand tu portes cette veste. J'ai mentionné qu'elle me rend folle depuis le début de la soirée ?

— Elle te plaît, hein ? Ça m'a fait penser à *Outsiders*.

— Sérieux ?! C'est exactement ce à quoi j'ai pensé aussi quand j'ai ouvert la porte et que je t'ai vu. Tu ressembles à Rob Lowe quand il jouait Soda Pop dans le film.

— Vraiment ? Wow. Eh bah, je vais la porter tous les jours alors.

Il lança un sourire amusé à Courtney, ce qui valut une petite tape sur l'épaule.

— Alors Paillettes, tu veux aller à cette fête ?

— Pas vraiment, mais je devrais sûrement passer voir Vanessa une minute si ça te va.

— Bien sûr.

Courtney remit de l'ordre dans sa tenue pendant qu'Ethan conduisait.

Ils firent une apparition à la soirée, mais ni l'un ni l'autre n'était d'humeur à socialiser ou à parler d'un match qu'ils n'avaient pas vu. Courtney complimenta tout de même son amie, et elles discutèrent un instant pour décider de quand se retrouver le jour suivant pour se préparer et prendre des photos avant le bal.

Du coin de l'œil, Courtney vit Ethan sortir sa guitare, et cette vision fit faire des bonds à son estomac. *Mon Dieu, je l'aime.* Elle gambada pour aller le rejoindre et s'assit devant lui, lui demandant ce qu'il allait jouer.

— Je me suis dit que je pourrais jouer la chanson sur laquelle j'ai travaillé, avoua-t-il avec un clin d'œil.

La chanson qu'il m'a écrite.

— Tu penses que c'est une bonne idée de le faire devant tous ces gens ? Qui sait comment je vais réagir.

— J'endosse la responsabilité pour tes actions, lui promit-il avant de lui donner un petit baiser.

Courtney s'installa confortablement, excitée mais passablement terrifiée de se mettre à pleurer devant un groupe composé majoritairement d'inconnus. *Ils n'ont aucune importance, concentre-toi sur Ethan,* se dit-elle.

Elle l'écouta attentivement jouer une mélodie lente

mais joyeuse, et fut séduite dès les premières notes. Elle essaya de mémoriser les paroles au fil de la chanson, mais elle savait qu'elle devra lui demander un enregistrement plus tard.

Lorsqu'elle me sourit,
Je comprends qui je suis censé être,
Ici ou là-bas, peu importe les difficultés,
Je vois ce qu'elle ne voit pas...

Il continua de chanter, et Courtney était émerveillée par le fait que cette chanson entière avait été écrite pour elle. Elle se força à garder son calme, malgré les quelques larmes qui lui échappèrent à la fin, mais elle était trop impressionnée pour réellement pleurer.

Quand il eut terminé, elle s'assit sur ses genoux et l'embrassa devant tout le monde. Ethan l'inclina en arrière pour un baiser théâtral. Plusieurs personnes les sifflèrent, ce qui fait rougir Courtney, mais Ethan éclata de rire et la redressa.

— Bon, ma belle, je devrais sûrement te ramener à ton hôtel avant que ta mère décide qu'elle m'aime plus.

Courtney soupira longuement.

— Ok, mais je suis juste d'accord avec ça parce que je suis tellement fatiguée que je pourrais finir par m'endormir debout.

Son insomnie de la nuit passée la rattrapait finalement. Ethan la souleva sur son épaule, attrapa sa guitare et porta une Courtney hilare jusqu'à sa voiture.

— Voilà, maintenant, t'es réveillée.

— Touché, dit-elle, le souffle court. Ta chanson était... Eh bien, j'ai pas les mots pour la décrire, ce qui est rare parce que tu connais mon amour du vocabulaire. Elle était magique. Il me faut un enregistrement pour que je puisse rendre toutes mes copines jalouses chez moi.

— Je peux faire ça, promit-il, ravi de sa réaction.

Mais pour le moment, il faut que tu rentres. J'ai pas envie de gâcher un couvre-feu manqué ce soir quand ça en vaudra bien plus le coup demain.

Ce flirt évident réveilla les papillons dans son ventre lorsqu'elle pensa à la soirée à venir. De retour au B&B, ils se souhaitèrent une bonne nuit pendant plus de dix minutes.

— Pourquoi est-ce que j'arrive pas à me lasser de toi ? interrogea-t-elle, plus comme une question rhétorique.

— Parce que t'es insatiable, lui répondit-il entre deux baisers. Ça me plaît… Ne change pas.

— Ok, ok, il faut vraiment que j'y aille ou je vais être en retard.

Ethan la raccompagna jusqu'à la porte de sa chambre et l'embrassa sur la joue.

— On se voit demain, dit-il avec une impatience évidente.

Ils savaient tous deux que c'était la dernière fois que ces mots pourraient être prononcés entre eux pendant un long moment.

Courtney réveilla sa mère pour lui dire qu'elle était rentrée, puis se prépara à aller dormir.

Ses rêves furent remplis de vagues chansons d'amour et de visions d'Ethan dans sa veste en cuir.

CHAPITRE VINGT-DEUX

🎵 *All For You* – Sister Hazel
Home – Phillip Phillips

Courtney maudit les dieux du jet-lag lorsqu'elle se réveilla plus tard que prévu le matin suivant. Les heures du petit déjeuner de leur hôtel étaient déjà terminées.

Après s'être attaché les cheveux en une tresse lâche, elle se décida pour un maquillage simple ; elle s'appliquera davantage plus tard.

— Tu veux aller bruncher ? lui demanda sa mère. Tu peux inviter Vanessa ou Ethan ou qui tu as envie.

— Qui tu veux, répondit Courtney automatiquement.

— Les filles qui corrigent leurs mères n'ont pas le droit à un petit déjeuner gratuit.

— Désolée, réflexe. Vanessa est dans le comité de décoration du bal ou un truc dans le genre, donc elle passe la matinée à l'école. Mais je peux demander à Ethan s'il veut venir !

— Ok. Est-ce qu'on devrait aussi inviter sa mère ? Ou tu trouves pas ça cool ?

C'était le ton amusé de sa mère que Courtney ne trouvait absolument pas cool.

— Hmm, non, ça pourrait être sympa. Laisse-moi lui demander.

Courtney sortit de la chambre pour passer son appel.

— Wow, ok. Donc tu veux faire le truc où nos familles se rencontrent ? demanda Ethan.

— Pourquoi, ça craint ?

— Non, pas du tout, je suis partant. Ça rend juste les choses, genre, *réelles*, tu vois ? Mais d'une bonne façon. Laisse-moi demander à ma mère.

Finalement, ils décidèrent de se retrouver dans trente minutes au restaurant près du B&B.

Courtney était plutôt excitée à l'idée de revoir la sœur d'Ethan, mais elle ne vint pas, ayant passé la nuit chez une copine. Mme Fisher semblait ravie que Taylor ait une amie, et Courtney approuva. La petite fille semblait très chouette.

Leurs mères s'entendirent immédiatement, comme Mary se révéla être membre de plusieurs des comités de la ville auxquels la mère de Courtney avait participé lorsqu'ils habitaient ici.

— Donc Courtney, où est-ce que tu penses aller à l'école ? lui demanda la mère d'Ethan.

— J'ai été acceptée dans plusieurs facs ici et en Arizona, mais prendre une décision finale est plutôt difficile. J'aime vraiment beaucoup la fac de Dayton. J'ai visité le campus l'été dernier.

— Je pense qu'elle finira par venir ici, même si elle continue à me donner l'espoir qu'elle va rester près de la maison et aller à la fac en Arizona, ajouta sa mère. D'ailleurs, je me disais qu'on pourrait passer par la fac de Dayton demain pour que je puisse la voir aussi.

Cette suggestion surprit Courtney, mais c'était une excellente idée. Elle voulait partager ce moment avec sa mère.

— J'ai étudié là-bas, dit Mme Fisher. Super école, super atmosphère. Je pense que tu vas adorer. Bien sûr, rester près de ta mère est important aussi, mais je voulais juste mentionner ça en passant. Peut-être que tu motiveras Ethan à y aller.

Elle mit un petit coup de coude à Ethan.

— Ses nouveaux résultats aux SAT sont assez bons pour qu'il puisse être accepté.

— Nouveaux ? interrogea Courtney en regardant Ethan.

— Aaah, merci maman, dit Ethan d'une voix faussement irritée. Oui, j'ai repassé l'examen. L'app de SAT que tu m'as fait téléchargé était plutôt addictive, donc bref, j'ai eu de meilleurs résultats sur la partie orale. J'ai toujours été bon en maths, donc… ouais.

Il s'interrompit, mal à l'aise.

— C'est génial. Je t'avais dit que cette app était top.

Courtney essayait de ne pas l'embarrasser davantage, mais elle était si fière de lui.

— Donc nouveau sujet, n'importe lequel, supplia-t-il.

— Ok, ok. Courtney, parle-moi de ta robe, demanda la mère d'Ethan.

— Couvre-toi les oreilles, ordonna Courtney à son petit ami.

Il sourit et mit ses écouteurs le temps que Courtney décrive sa robe.

— Mais vous serez là ce soir, non ? Avant qu'on parte ? Vous pourrez la voir, dit Courtney à la mère d'Ethan.

— Je suis invitée ? demanda-t-elle avec un regard parlant en direction de son fils.

— Bien sûr ! lui assura la mère de Courtney. Rejoignez-nous pour prendre les photos chez les Roberts. Les connaissant, ils auront sûrement prévu des margaritas. Je peux vous promettre que vous ne serez pas déçue.

— Eh bien, je suis convaincue, s'amusa Mme Fisher en retirant les écouteurs des oreilles de son fils. Tu as failli me faire manquer des margaritas, gamin.

Ils passèrent le reste du brunch à discuter agréablement, et Ethan trouva la main de Courtney sous la table. *À quel point tout aurait été plus facile si on n'avait jamais déménagé ?* Elle pouvait imaginer son monde entier ici : être dans l'équipe de pom-pom girls avec Vanessa, sortir avec Ethan, se préparer à aller à l'université de Dayton...

Courtney convainquit tout le monde qu'Ethan devrait la conduire chez Vanessa pour qu'elle se prépare. Elle se précipita dans sa chambre d'hôtel pour prendre sa robe et son sac, et Ethan l'attendait déjà lorsqu'elle revint en bas.

— Nos mères ont décidé de se faire une nouvelle tournée de mimosa, lui annonça-t-il.

— Elles sont meilleures amies !

— C'est horrible, dit-il avec un sourire amusé. Donc t'as besoin d'y aller direct' ou on peut se faire une petite balade en voiture ?

— Je pense pouvoir t'accorder un peu de mon temps.

Courtney restait surprise qu'il soit aussi désespéré qu'elle de passer du temps ensemble. Un soupçon de nervosité vint noircir sa joie lorsqu'elle se demanda quand ce sentiment disparaîtrait. *Sérieusement. Arrête.*

— Oh, tu penses seulement ? dit-il en haussant un sourcil.

— Eh bien, tu vas devoir le mériter.

Il sourit et se pencha vers elle, la faisant s'appuyer contre la voiture.

— Comme ça ? lui murmura-t-il à l'oreille.

Ethan glissa une main dans la poche arrière de Courtney et posa l'autre sur la voiture pour l'emprisonner entre ses bras. Il balaya la courbe de la mâchoire de Courtney de son souffle avant de capturer ses lèvres des siennes.

Courtney s'avoua vaincue : elle était entièrement à

sa merci. Ses bras étaient couverts de chair de poule, et elle semblait ne pas pouvoir respirer normalement.

— Mmh, fut tout ce qu'elle réussit à répondre avant de lui rendre son baiser.

Ethan rit, ce qui rompit le sort.

— Content de savoir que je te fais toujours cet effet. Tu commençais à être un peu trop sûre de toi, là, Paillettes.

Il lui lança le sourire qui la fascinait tant, et elle rendit les armes. Elle ne pouvait pas battre Ethan Fisher au jeu du flirt.

Lorsqu'elle s'installa dans la voiture, son cœur battait toujours à tout rompre.

— Tu choisis la musique, dit Ethan. J'ai juste envie de conduire un peu avant que toute la folie commence.

— Pardon, mais qui es-tu ? Tu vas me laisser choisir la musique ?

— Arrête, je te laisse choisir des fois.

— Pas une seule fois, non. Jamais.

Courtney coupa court à ce désaccord et chercha la chanson *Home* sur son téléphone, qu'elle trouvait appropriée à ce moment.

Elle brancha son portable au système audio car elle savait qu'Ethan allait chanter. Il tapa le rythme du bout des doigts sur la cuisse de Courtney tout en conduisant, et elle essaya d'absorber chaque sensation : la main d'Ethan sur sa jambe, le parfum frais de l'herbe et leurs voix qui se mêlaient, chacun chantant plus à l'autre qu'à soi-même.

Ils passèrent sur les petites routes de campagne qui menaient chez Vanessa plusieurs fois avant qu'Ethan ne la dépose finalement.

— On se voit dans quelques heures, ok ? dit-il.

Elle acquiesça, embrassa sa joue et commença à avancer sur l'allée, mais il saisit sa main et la fit doucement se tourner vers lui.

— Salut, dit-il simplement.

— Salut ? répondit-elle, confuse.

— Je suis vraiment heureux que tu sois là. Genre, t'as vraiment fait en sorte que ça marche, et on va au bal d'automne ensemble ce soir. T'es plutôt incroyable, conclut-il en embrassant la paume de Courtney.

— Plutôt, n'est-ce pas ? répondit-elle avec un sourire radieux. Je t'aime.

— Je t'aime. On se voit tout à l'heure.

Il l'embrassa une dernière fois, puis partit.

CHAPITRE VINGT-TROIS

♫ *Underneath It All* – No Doubt Ft. Lady Saw
Here's To The Night – Eve 6

Courtney et Vanessa passèrent davantage de temps à discuter de comment se préparer qu'à le faire réellement, mais leur après-midi fut plus qu'amusante.

Vanessa releva ses cheveux blonds en une coiffure travaillée, parfaite de fleurs assorties à sa robe violette ajustée. Courtney choisit une approche différente et coiffa ses longues boucles sombres en une tresse sur le côté, laissant ses pointes tomber en cascade sur son épaule. Elle décida d'accessoiriser le tout d'un bandeau couvert de petits diamants qui rappellerait le dos de sa robe.

Vanessa lui fit un maquillage plus sombre que d'ordinaire, et Courtney espérait que ça lui irait bien.

Lorsqu'elle finit d'enfiler sa robe et qu'elle se regarda dans le miroir, elle eut l'impression d'y voir quelqu'un de complètement différent. La jeune femme effrayée vêtue d'une jupe en jean trop longue qu'elle y avait vu plus tôt dans l'année avait disparu. À sa place se tenait une jeune adulte belle et confiante.

Elle tourna sur elle-même et manqua de trébucher,

ce qui brisa sa façade « adulte », mais elle restait émerveillée par sa transformation. Courtney se dit qu'il lui suffirait de prévenir Ethan qu'il n'était pas autorisé à la laisser tomber si elle perdait l'équilibre. *Très ironique*, pensa-t-elle, vu combien elle était tombée amoureuse de lui.

La mère de Courtney était arrivée un peu plus tôt pour prendre des photos des filles alors qu'elles se maquillaient et se coiffaient. Après ça, elle était partie rattraper le temps perdu dans la cuisine avec Mme Roberts.

Courtney descendit pour y trouver Vanessa, qui était à la recherche de son gloss. Elle entendit sa mère s'exclamer.

— Oh, mon Dieu. C'est parfait ! Enfin, j'ai vu dans le magasin que la robe était super, mais voir le résultat fini est incroyable, Court.

Elle entreprit alors de photographier les deux filles sous tous les angles jusqu'à ce que leurs plaintes finissent par la faire s'arrêter.

Les garçons allaient bientôt arriver pour les emmener dîner, et pour la première fois de sa vie, Courtney n'était pas affamée. Savoir qu'elle allait passer la nuit à danser avec le premier garçon, ou homme comme insistait Ethan, qu'elle avait jamais aimé signifiait qu'elle ne pouvait penser à rien d'autre. Elle inspira longuement.

La mère de Vanessa laissa les garçons entrer lorsqu'ils arrivèrent, et voir l'expression d'Ethan à l'apparition de Courtney dans sa tenue n'avait pas de prix. Elle sourit et tourna lentement sur elle-même pour dévoiler le dos nu de sa robe.

— Tu es... Tu es phénoménale, la complimenta-t-il.

Ethan ne pouvait pas détacher son regard de celui de Courtney. Il s'approcha et se pencha pour l'embrasser brièvement.

Son costume noir et sa cravate fine lui allaient à merveille, et ses cheveux parfaitement décoiffés rappelaient à Courtney la nuit de leur rencontre.

— Merci. T'es pas trop mal non plus, dit-elle avec un sourire.

La mère d'Ethan les rejoignit peu après, et elle s'extasia également devant la robe de Courtney.

Ils passèrent les quelques minutes suivantes à se laisser prendre en photo par leurs parents, leurs poses devenant de plus en plus idiotes. Leurs mères acceptèrent finalement de les laisser partir lorsque Courtney et Vanessa proposèrent de faire une pyramide humaine dans le salon.

— Fais *attention*, lui murmura sa mère avant qu'elle ne parte. Et tu peux rester dehors jusqu'à deux heures du mat', mais n'abuse pas.

— Oui, maman. Et merci mille fois. Pour tout, dit-elle en l'enlaçant.

Sa mère laissa échapper quelques larmes, et Courtney comprit qu'il fallait qu'elle parte avant de se mettre à pleurer également et de ruiner son maquillage. Elle se tourna et glissa ses doigts entre ceux d'Ethan, tout en marchant d'un pas prudent vers la voiture du jeune homme.

— Donc, euh, t'es plus ou moins en charge d'éviter que je tombe ce soir. T'es prévenu. Ces talons sont très hauts, ce qui fait que le sol est bien plus loin de moi que d'habitude.

— Je peux t'assurer que vu comment t'es habillée, je vais pas te laisser un seul instant ce soir.

Ethan inclina le menton de Courtney vers lui pour un baiser.

Ils avaient décidé de ne pas aller au bal dans la même voiture que Vanessa et Luke au cas où ils désireraient partir plus tôt, mais ils s'étaient donné rendez-vous à Olive Garden car, eh bien, les options pour dîner de la ville étaient limitées.

Courtney baissa les yeux pour admirer le bouquet à

son poignet, composé d'une fleur rose vif entourée de petits ornements noirs et pailletés. Elle laissa échapper un soupir satisfait, et Ethan la prit par la main.

— C'était pour quoi ça ?

— Je suis juste heureuse.

— Content de l'entendre.

Ethan dessina de petits cercles sur la paume de Courtney tout en conduisant.

— Je voulais te prévenir d'ailleurs, tant qu'on est seuls : mes talents de danseur sont plutôt époustouflants. Enfin, je veux pas que tu sois intimidée ou autre, mais je suis plus ou moins un dieu de la piste.

Son air taquin empêchait Courtney de savoir s'il était sarcastique ou complètement honnête.

— Ah, vraiment ? Je te pensais plutôt le genre de mec à simplement secouer la tête en rythme. Je suis excitée de voir tes talents en action alors.

— Ha, eh bien, peut-être que t'as raison. Seul le temps nous le dira, dit-il avec un sourire amusé. Mais plus sérieusement, je voulais te dire que, euh… J'ai pris les devants et j'ai réservé une chambre d'hôtel. Enfin, j'espère qu'on a dépassé le stade où je peux t'offenser. Je me suis juste dit que si on voulait être seuls, ça serait moins stressant si…

— Non, mais regarde-toi un peu. Vanessa dit toujours que t'es un pro de la drague, et cette fois, je suis plutôt d'accord. C'est parfait.

Elle sourit alors que les papillons se réveillaient dans son estomac, et elle dût combattre son envie de se pincer pour se convaincre que tout ça était réel. *Moi qui suis avec un mec sexy dans une voiture rapide et qui a une chambre d'hôtel réservée pour après le bal. C'est un nouveau monde bien étrange.*

— Tout. Toi, ce soir, tout est juste parfait, dit-elle en ébouriffant ses propres cheveux.

S'imaginer seule avec Ethan renforça son absence d'appétit alors qu'ils pénétraient sur le parking du restaurant. Ethan semblait soulagé d'avoir partagé son secret.

— Eh bien, accroche-toi à ça parce que je suis pas sûr que Vanessa t'ait dit qu'on retrouve aussi Tyler et Kim pour le dîner. Mais, euh, c'est le cas.

— Kim, c'est-à-dire ta plus grande fan, la fille qui essaye de t'attirer dans son lit depuis un an ?

— Nan, V exagère, Kim est cool. Tout va bien se passer, ok ? T'inquiète pas.

— Ok..., dit Courtney avec un manque de sincérité certain.

— Ça va aller, t'es sûre ?

— Non. Mais oui. Je suis une fille, c'est logique dans ma tête.

— Si tu le dis, conclut-il en riant avant de descendre de voiture et de venir lui ouvrir la portière.

Courtney sortit à son tour avec l'intention d'oublier sa frustration quant à ce changement de situation, mais sa bouche en décida autrement.

— Donc, hm, avant qu'on entre, j'ai juste besoin de, hm. T'as déjà couché avec elle ? demanda-t-elle timidement, peu certaine d'avoir envie de connaître la réponse.

Elle se força à apparaître plus confiante qu'elle ne se sentait, et leva les yeux vers Ethan. Il affichait son sourire espiègle caractéristique.

— Courtney Ross ? Jalouse ? Non, j'ai jamais couché avec elle. Mais pour être honnête, oui, j'ai apprécié d'avoir son attention pendant un moment, et je l'ai peut-être un peu encouragée parce que bon, me comporter comme un abruti était ma spécialité. Mais il s'est jamais rien passé de plus.

Courtney s'autorisa à respirer, réalisant seulement qu'elle retenait son souffle.

— Ok. Alors, allons manger, annonça-t-elle.

— J'aime bien que tu sois jalouse, c'est bon pour mon ego.

Amusée, elle le poussa doucement alors qu'ils marchaient. Toutefois, elle fut prise à son propre jeu lorsque, quelques secondes plus tard, elle eut besoin de lui pour retrouver son équilibre et dut s'accrocher à son bras.

— C'est juste moi, ou Tyler et Kim forment un couple bizarre de toute manière ? Comment ça s'est produit ?

— C'est pas juste toi. C'est super gênant. Et pour répondre à ta question : Vanessa.

— Vanessa. Bien sûr.

Elle adopta une expression neutre, déterminée à survivre au dîner sans laisser Kim, ou qui que ce soit d'autre, déceler ses insécurités. Elle s'assit entre Vanessa et Ethan et fit de son mieux pour contrôler ses expressions faciales.

— Donc vous faites le truc de la longue distance ? Ça doit être dur. Mais c'est cool que t'aies pu venir pour le bal, commenta Kim.

Elle semblait sincère, mais l'instinct de Courtney lui conseillait de l'ignorer donc elle laissa Ethan répondre à la question.

— Oui, ça craint, je vais pas mentir. Mais des soirées comme ça en font valoir le coup.

Il semblait confiant et serra la main de Courtney sous la table. Elle se demanda si manger d'une main serait difficile ; elle ne voulait pas lâcher celle d'Ethan.

— Ok, bon, on a tous compris que Fisher a été domestiqué, intervint Luke.

Ethan lui jeta un gressin au visage, mais Luke l'esquiva avec aisance.

— Même ton lancer était nul, mec, reprit Luke. Je suis déçu.

— Luke essaye juste de se rassurer lui-même. Il a peur que quelqu'un d'autre soit élu roi du bal ce soir, se moqua Vanessa.

— Arrête, personne peut me battre. Tu m'as vu ? Je

suis génial, déclara Luke avant de jeter une olive en l'air et de la rattraper avec sa bouche.

Ils discutèrent et rirent pendant le reste du repas. Courtney se permit de baisser sa garde et ne regretta finalement pas la compagnie supplémentaire. Tout semblait… naturel. Il était rare qu'elle ressente ça. D'ordinaire, elle se repassait ses phrases dans sa tête pour s'assurer de ne rien avoir dit de stupide. Mais ce soir, elle s'autorisa à simplement se détendre.

À nouveau, Courtney put imaginer des fragments de ce qu'aurait été sa vie si elle n'avait jamais déménagé. Des moments tels que celui-ci auraient pu être une habitude plutôt qu'une exception.

Lorsqu'ils payèrent l'addition et se mirent en chemin pour le bal, elle était absolument surexcitée.

Ce soir, le terrible fait qu'elle devait partir le jour suivant n'avait pas de place dans son esprit.

CHAPITRE VINGT-QUATRE

♪ *Shut Up and Dance* – Walk the Moon
Crash Into Me – Dave Matthews Band
Lullaby – Shawn Mullins

Courtney et Ethan arrivèrent au bal après les autres car il fallait d'abord qu'ils terminent de chanter la chanson qui passait à la radio.

Lorsqu'ils entrèrent enfin dans le gymnase, Courtney manqua d'éclater de rire à la vue de la décoration absolument iconique. Serpentins, ballons colorés, paillettes ; tout semblait tout droit sorti d'un film pour ados. Le thème de la soirée était « Au pied de l'arc-en-ciel », ce qui était plutôt original mais tout aussi mièvre que n'importe quel autre thème de bal.

Ils prirent leur photo devant un arrière-plan composé de banderoles colorées et d'un chaudron rempli de pièces d'or. Ni Ethan ni elle ne réussit à rester suffisamment sérieux pour prendre une photo décente. Ethan regardait tout autour de lui à la recherche d'un leprechaun.

— Sérieux, je détestais ce film quand j'étais gamin, et ça m'étonnerait pas que Luke ait caché un petit mec flippant pour qu'il me saute dessus par surprise.

Ethan secoua la tête tout en observant attentivement les décors.

— Tu réalises que tu détruis ta réputation de dur à cuir en ayant peur des leprechauns, hein ? se moqua Courtney.

— Court, je suis tellement dur à cuir que mon nom seul suffit à faire peur à tous les mecs du coin. Surtout aux moins de 10 ans.

— Tu viens sérieusement de dire ça ?

Courtney était certaine que son sourire incontrôlable allait finir par déchirer son visage en deux.

— Ouais. Désolé. C'était naze, répondit-il sans aucune honte, hilare.

Être avec lui était si simple. Courtney espérait seulement pouvoir un jour traverser la vie aussi facilement qu'il le faisait.

Ils finirent par réussir à prendre leur photo, réalisant que la file d'attente s'était de beaucoup allongée. Courtney n'était pas sûre de vouloir voir cette évidence photographique.

La musique était basique : beaucoup de hip-pop populaire, mais avec un bon rythme malgré tout. Courtney poussa ses talons trop hauts sous une table et entraîna Ethan sur la piste de danse.

— Fais-moi voir ces talents de danseur, alors, petit ami.

Le défi était clair dans sa voix. Courtney resta bouche bée lorsqu'Ethan se lança dans un pop and lock suivi de quelques mouvements de breakdance. Il finit sa petite routine en agitant la tête en rythme avec un sourire pour Courtney, lui rappelant sa moquerie de plus tôt.

— Tu m'as caché ça ! protesta-t-elle.

— Si on veut. Y'a juste quelques mouvements que je maîtrise vraiment bien, mais je les sors que pour impressionner les demoiselles. Ou dans le cas présent, la demoiselle, se corrigea-t-il en prenant les mains de

Courtney pour les poser sur sa nuque. Je t'ai dit à quel point j'aime tes fesses dans cette robe ?

Il laissa ses mains descendre sur le dos de Courtney, l'attirant plus près de lui.

— Je crois pas, non.

Courtney cligna des yeux, adorant avoir l'attention complète d'Ethan. Elle lui montra quelques-uns de ses mouvements de danse sur les chansons qu'elle aimait tout particulièrement, et Ethan semblait apprécier tout ce qui faisait que Courtney remuait, eh bien, n'importe quelle partie de son corps.

Après un moment, ils allèrent trouver leur « nuage ». Une petite partie de l'un des murs du gymnase était dédiée aux nuages en papier sur lesquels figuraient les noms de chaque personne ou couple présents. C'était apparemment une tradition propre à Gem City car Courtney n'en avait jamais entendu parler.

Ethan se tenait derrière elle, ses bras fermement entourés autour de la taille de Courtney alors qu'ils étudiaient le mur. Courtney n'arrivait pas à se concentrer car il embrassait son cou et passait ses mains sur elle d'une manière peu appropriée à un bal de lycée.

— Je vais jamais trouver ce nuage débile si tu continues à faire ça.

— Je m'en fous. J'arrive pas à ne pas te toucher. T'imagines même pas l'effet que tu me fais dans cette robe.

— Alors… tu veux qu'on parte bientôt ? demanda-t-elle car elle avait besoin d'être avec lui. Je pourrais enlever cette robe si elle te distrait autant.

— J'attends que ça. Par pitié, oui, allons-y, dit-il avant de tendre une main pour attraper leur nuage.

— Tu l'avais repéré depuis le début ?!

— Ça restera un secret.

Elle lui jeta un regard faussement irrité.

— Sournois, conclut-elle. Ok, il faut que je trouve Vanessa et que je lui dise qu'on part.

— Je te suis.

Courtney repéra Vanessa et Luke facilement comme ils avaient tous deux une couronne sur la tête.

— Excusez-moi, vos majestés, je voulais juste vous prévenir qu'on va y aller. Et bravo au fait. La royauté vous va parfaitement bien à tous les deux.

— Ok, meuf, répondit Vanessa. Tu viens à l'after ? Et je vais te voir demain avant que tu partes ?

— Pour ce soir, je sais pas, mais je passe te voir demain, promis.

Alors qu'elles discutaient et se disaient au revoir, Courtney vit Kim s'approcher d'Ethan du coin de l'œil.

— Hé, si vous partez, ça te dérange que je vole une danse ? demanda Kim, plus à Courtney qu'à Ethan.

L'estomac de Courtney se serra. Si seulement elle pouvait dire non.

— Pas du tout, répondit-elle à contrecœur.

Ethan la regarda d'un air surpris, mais elle l'ignora.

— Tiens, et si tu dansais avec Luke ? proposa Vanessa à Courtney. Il faut que j'aille me faire prendre en photo avec ma couronne de toute manière.

— Ouais, pourquoi pas, répondit Courtney.

Elle se mit sur la pointe des pieds pour pouvoir passer ses bras autour des larges épaules de Luke. Un slow commença, et Courtney se força à ne pas regarder Ethan et Kim. Elle était plus que consciente que ça n'aiderait en rien à la faire se sentir mieux.

— Il se tient à, genre, un kilomètre d'elle, si ça aide, dit Luke avec un sourire amusé. Je peux comprendre que ça te saoule de voir ça, mais il est vraiment à fond sur toi. Je m'inquiéterais pas trop pour Kim si j'étais toi.

— T'es étonnamment perspicace.

— Ouais, tu peux garder ton vocabulaire compliqué pour tes potes de Scottsdale. Ici, parle comme une humaine, répondit-il, ce qui fit rire Courtney. Et donc après ce soir, il se passe quoi ?

— Comment ça ? Genre, est-ce que je vais me transformer en citrouille ?

— Non, ce que je veux dire, c'est : est-ce qu'Ethan et toi vous allez continuer comme ça jusqu'à la prochaine fois que vous pourrez vous voir, peu importe quand c'est ?

Courtney lui accorda une chose : il était doué pour poser les questions difficiles.

— C'est le plan, je suppose. C'est pas un bon plan, mais c'en est un.

— Bon. Même si Ethan craint vraiment parce qu'il est genre, amoureux de toi ou autre, je t'aime bien et j'espère que ça marchera entre vous.

— Merci, Luke. Je crois que c'est le truc le plus sympa que tu m'aies jamais dit.

— T'y habitues pas.

La chanson se termina, et Luke fit faire un dernier tour sur elle-même à Courtney. Elle sentit Ethan revenir à ses côtés.

— Merci d'avoir tenu compagnie à ma copine, dit Ethan avant de poser son regard sur Courtney comme pour lui demander pardon. Il t'a pas tripotée, hein ? Parce que je le frappe direct' sinon.

Il gonfla le torse d'un air faussement menaçant.

— Mec, fais pas genre. Tu t'embarrasses tout soul, rétorqua Luke.

Ethan expira avant de rire.

— Prête à partir alors ?

— Hm... Si on veut, répondit Courtney

Ethan semblait déconcerté.

— C'est un peu idiot, reprit Courtney, mais j'ai pas envie que ta dernière danse soit avec quelqu'un d'autre. Donc il faut qu'on reste pour une de plus.

Il rit doucement.

— Tout ce que tu veux, bébé, lui assura-t-il avant de l'attirer contre lui et de bouger lentement malgré le rythme entraînant de la chanson en cours.

Courtney le laissa la tenir ainsi jusqu'au prochain slow et s'appliqua à graver chaque détail dans sa mémoire. Ethan lui tira une chaise pour qu'elle puisse être à sa hauteur. Profitant de cette nouvelle égalité de tailles, elle appuya ses lèvres contre celles d'Ethan avec autant d'intensité que possible, et il répondit avec la même ardeur.

— Et maintenant, prête à partir ?

Elle acquiesça, et ils retrouvèrent ses chaussures avant de quitter le gymnase, ensemble.

———————

Ils arrivèrent à l'hôtel, ignorant les regards en coin du réceptionniste de nuit, et prirent l'ascenseur jusqu'au septième étage.

Dès que les portes furent refermées, Courtney saisit les mains d'Ethan et l'attira pour un baiser très sérieux. À ce moment exact, elle avait plus besoin de lui que de respirer. Ils étaient libres, libres d'être où ils voulaient sans personne pour les surveiller, et Courtney ne voulait plus perdre de temps à parler.

Les portes de l'ascenseur s'ouvrirent, et Ethan la guida dans la chambre sans un mot.

À peine la porte franchie, il poussa Courtney contre le mur, leurs lèvres comme attirées magnétiquement. Courtney inspira l'odeur d'Ethan, fit glisser sa veste de ses épaules et déboutonna sa chemise. Elle n'était pas certaine de comment cela était possible, vu le temps qu'enfiler sa robe lui avait pris, mais Ethan réussit à lui enlever en à peine dix secondes. Ils ne s'embêtèrent pas à défaire les draps.

Cette fois, il n'y avait ni rires ni gêne. L'intensité entre eux ne vacilla pas un instant, et à la fin, Courtney se sentait plus euphorique que fatiguée.

Elle reprit lentement son souffle alors qu'Ethan traça les lignes de sa paume de ses doigts avant de remonter vers son avant-bras.

— Ça chatouille, dit-elle dans un murmure.

C'étaient les premiers mots que l'un d'eux prononçait réellement depuis leur arrivée dans le hall d'entrée. Leur petite bulle d'intimité parfaite fut rompue.

— Désolé, dit-il en l'embrassant légèrement. C'était…

— Ça l'était.

Elle lui sourit et l'embrassa, cette fois plus longuement.

Ethan se leva pour aller chercher une bouteille d'eau, et Courtney étudia la chambre pour la première fois. Elle était simple mais jolie, habillée de draps immaculés, d'un petit bureau et de rideaux turquoise aux imprimés jaunes originaux.

Courtney s'étira dans le lit, enveloppée dans le drap, regrettant vivement l'absence de la chaleur d'Ethan à ses côtés. Il déposa un baiser sur sa tête lorsqu'il vint la rejoindre.

— J'ai trois textos de Vanessa au fait, dit-il. Je suppose que t'en as plus. Elle veut qu'on aille à l'after au bord de la rivière.

L'expression d'Ethan était indéchiffrable.

— Vanessa peut se débrouiller sans nous, répondit Courtney, elle-même surprise par son ton. On ne quitte pas cette chambre avant mon couvre-feu.

Elle regarda le sourire d'Ethan s'élargir et sut qu'elle avait dit ce qu'il fallait.

Ethan finit sa bouteille d'eau et la jeta par terre avant de déposer un baiser dans le creux du cou de Courtney et de recouvrir leurs deux corps du drap. Courtney éclata de rire lorsqu'Ethan reprit ses chatouilles, et elle glissa ses mains sur sa zone préférée des cheveux de son petit ami.

Ils firent l'amour deux fois de plus cette nuit-là. Une fois avec légèreté, des sourires, des blagues et des rires entrecoupés de baisers. La dernière fois, avec la réalisation que leur soirée de conte de fées arrivait à sa fin et qu'ils ne savaient pas quand ils se reverraient. Leurs baisers étaient accompagnés de pleurs, et Courtney essayait de mémoriser la sensation des lèvres d'Ethan contre les siennes et la façon dont sa peau s'embrasait lorsqu'il la touchait.

Les heures défilaient trop vite, et Courtney sentait ses douze coups de minuit approcher. Elle serra fort Ethan dans ses bras et appuya sa tête contre son épaule.

Courtney fut réveillée par les vibrations de son portable contre le bureau. Elle mit un moment à comprendre où elle se trouvait avant qu'une sonnette d'alarme ne commence à résonner dans sa tête.

Elle secoua Ethan pour le réveiller et trébucha à travers la pièce, le drap fermement entouré autour d'elle, pour aller saisir son téléphone.

Sa mère l'appelait. Elle réalisa alors qu'il était deux heures trente du matin. Affolée, elle s'efforça d'adopter une voix qui ne trahirait pas qu'elle s'était endormie, et décida qu'il valait mieux commencer par des excuses.

— Maman, je sais qu'il est tard, je suis désolée, j'ai perdu la notion du temps, je rentre immédiatement, s'il te plaît, ne t'énerve pas, tu sais que je dépasse jamais le couvre-feu normalement, je te jure que c'est juste que j'ai pas regardé mon portable, j'avais pas vu qu'il était si tard, sois cool, ok ? déballa-t-elle à toute vitesse sans laisser le temps à sa mère de dire un mot.

Elle entendit un soupir à l'autre bout du fil.

— Mais tu vas bien, hein ? demanda sa mère.

Les battements affolés du cœur de Courtney se calmèrent lorsqu'elle comprit ne pas être en vrai danger car sa mère n'avait pas hurlé.

— Oui, je vais bien, je vais super bien. J'avais juste pas l'impression qu'il était si tard. Désolée. Je rentre tout de suite, promis.

— J'ai vraiment envie de te priver de sortie, tu sais.

— *Me priver de sortie* ? Pourquoi, que j'aille pas à l'école, au travail ou aux entraînements ? dit Courtney avec un sourire malgré son cœur agité.

— Oui, bon, tu as trouvé la faille dans mon plan. Mais rentre maintenant, ok ? Et ne te plains pas demain que tu es fatiguée quand il faudra qu'on parte ou je te tue.

— J'oserais pas. À tout de suite.

Elle raccrocha et se tourna vers Ethan, qui était en train de se rhabiller.

— Hm, ça faisait pas partie du plan, ça, dit-elle.

— Tout va bien avec ta mère ? Désolé, j'aurais dû mettre un réveil. Je pensais pas m'endormir.

— Tout va bien, mais tu peux arrêter de faire ça un instant ? lui demanda-t-elle.

— Faire quoi ?

— Te préparer à partir. On peut juste prendre une minute de plus avant de retourner dans le monde réel ?

— Oui, on peut faire ça.

Il s'assit et l'attira sur ses genoux.

— Donc, euh... On peut parler de ça demain, ou aujourd'hui, ou peu importe. Si tu veux. Mais, hm... Qu'est-ce qui se passe maintenant ? Pour nous, je veux dire.

Courtney déposa un baiser sur ses lèvres. Elle savait que cette discussion était inévitable.

— Qu'est-ce que tu penses du Nouvel An ? dit-elle.

— C'est... dans longtemps. Mais c'est mieux que l'été prochain. Tu pourrais vraiment revenir ? demanda-t-il d'une voix hésitante.

— Il faut que je confirme quelques trucs. Je voulais t'en parler en premier, mais j'ai fait vraiment beaucoup d'heures au travail donc j'ai l'argent. Et la mère de Vanessa a dit que je pouvais rester chez elles n'importe quand, alors je vais en profiter. Désolée de pas pouvoir faire plus tôt ou que ça soit plus certain.

— Hé, c'est déjà bien. T'excuse pas. Je me sens déjà plus rassuré de te laisser ce soir en sachant que quelque chose nous attend.

Il l'embrassa à nouveau. Courtney savait qu'ils devaient partir, mais elle n'arrivait pas à se résoudre à se lever.

— Je t'aime, ajouta-t-il, sincère.

— Je t'aime aussi.

Elle lui donna un dernier baiser avant de ramasser ses affaires et d'enfiler les vêtements qu'elle avait apportés pour l'after.

Ils s'empressèrent de retourner dans le hall d'entrée, puis vers la voiture. Courtney était consciente que quitter un hôtel à presque trois heures du matin n'était pas très classe, mais il existait un proverbe sur les temps et les mesures désespérés pour une raison.

Une fois en voiture, elle essaya de redonner de la forme à ses cheveux pour qu'ils ne trahissent pas qu'elle avait passé la soirée dans un hôtel et non au bord de la rivière. Elle n'était pas sûre de son succès, mais était consciente qu'elle ne pourrait sûrement pas faire mieux.

— Je peux te voir demain avant que tu partes ? Ou il faut que je laisse des donuts devant ta porte dans genre, deux heures ? demanda Ethan.

Courtney pouvait entendre qu'il tentait de garder un ton léger, mais sa voix semblait plus sombre. Le moment auquel ils s'étaient tant accrochés, qu'ils avaient tant attendu, était terminé. Et maintenant, seul l'inconnu subsistait.

Malgré tout, elle sourit à l'évocation de ce souvenir.

— Bien sûr. On va partir pour la fac de Dayton vers 10 h 30 pour que ma mère puisse voir le campus avant qu'on s'en aille, mais appelle-moi quand tu seras réveillé. Je vais pas partir sans te voir, petit ami.

Elle posa une main sur son biceps et se pencha vers lui pour l'embrasser sur la joue.

— Ok, super, dit-il avec un petit sourire presque convaincant.

Il s'engagea sur le parking du B&B de Courtney et sortit pour lui ouvrir la portière.

— Si ta mère est toujours debout, je veux m'excuser de t'avoir ramenée si tard, lui dit-il nerveusement.

— T'as vraiment pas besoin de le faire, tout va bien, le rassura-t-elle, bien que consciente qu'il insisterait pour s'excuser tout de même.

Ethan prit sa main, glissant ses longs doigts entre ceux de Courtney, et la raccompagna jusqu'à sa chambre. Elle ouvrit la porte et trouva sa mère en train de regarder la télé. Enfin, ça, et de la toiser.

— Tu as de la chance qu'il soit bien plus tôt à Phoenix ou j'aurais été encore plus furieuse, la réprimanda sa mère lorsqu'elle entra dans la chambre.

— Bonsoir à toi aussi, maman. Ethan veut venir s'excuser, si ça te dérange pas.

Sa mère parut surprise mais acquiesça, et Courtney attira Ethan dans la pièce. Il entra, l'air plus confiant qu'il ne devait se sentir en réalité d'après Courtney.

— Mme Ross, désolée que Courtney ait dépassé son couvre-feu. On aurait dû faire attention à l'heure. Je savais qu'il était tard et j'ai pas réfléchi. Donc… désolé.

— Merci, Ethan, j'apprécie tes excuses. Je peux comprendre, j'imagine. J'ai été jeune aussi autrefois. Merci de l'avoir bien ramenée, même si avec une heure de retard. Maintenant, rentre chez toi avant que ta mère ne s'inquiète.

— De suite, dit-il, une main sur la poignée de porte.

Courtney le suivit hors de la chambre pour lui dire bonne nuit.

— J'aurais pas pu rêver d'un meilleur bal d'automne. J'espère que tu sais ça, dit-elle à Ethan avec sincérité.

Elle savait qu'elle commencerait à pleurer s'il restait plus longtemps, mais elle essaya de se contenir.

— Tu es la fille la plus incroyable dont j'aurais jamais pu rêver et j'espère que tu sais *ça*, lui dit-il.

Cette phrase finit de détruire la retenue de Courtney,

et son sourire vacilla dangereusement alors que ses yeux se remplissaient de larmes.

— Je t'aime, Ethan Fisher.

— Je t'aime, Courtney Ross. On se voit demain matin, ok ? Va dormir.

Il l'embrassa une dernière fois avant de s'éloigner. Courtney retourna dans la chambre pour se préparer à aller se coucher.

— C'était comme tu l'avais imaginé ? Tu as eu ton bal d'automne de rêve ? lui demanda sa mère d'une voix fatiguée.

— Oui et oui. Absolument. Mais maman... Je suis amoureuse de lui... et je sais pas quoi faire. Partir d'ici va me tuer cette fois, avoua-t-elle avant d'éclater en sanglots.

Sa mère l'enlaça, consciente que des paroles ne suffiraient pas à la soulager.

Courtney laissa ses larmes couler alors qu'elle détachait ses cheveux et retirait son maquillage. Tout lui parut si final lorsqu'elle se vit dans le miroir, les preuves de cette nuit magique disparues.

Elle finit éventuellement par être assez calme pour aller dormir, son cœur alourdi par la peine.

CHAPITRE VINGT-CINQ

♫ *Here Without You* – 3 Doors Down
More Than Life – Whitley

Courtney se réveilla, un poids familier pesant déjà sur son estomac. Elle était devenue plutôt douée pour enterrer profondément en elle le fait qu'elle allait quitter l'Ohio.

Lorsqu'elle était partie l'été passé, Ethan et elle savaient exactement quand ils allaient se revoir et n'avaient eu à attendre que deux mois. Cette fois, leur au revoir serait différent.

Courtney commença à ranger ses affaires en silence. *Reprends-toi*, s'ordonna-t-elle en se regardant dans le miroir de la salle de bain. *Tout va bien se passer. Tu vas réussir à revenir pour le Nouvel An, et après, il restera que cinq mois avant la remise des diplômes. C'est faisable.*

Elle inspira longuement et profondément et continua de se rassurer mentalement jusqu'à ce que sa mère interrompe ses pensées.

— Qu'est-ce que tu as de prévu ce matin ? Tu as besoin d'aller voir Vanessa avant qu'on parte ?

— Oui. Je crois qu'Ethan va amener le petit déjeuner, et après, on pourra aller dire au revoir à V.

— Je sais qu'aujourd'hui va être difficile. Je suis désolée et j'aimerais pouvoir t'aider. Mais je suis vraiment contente d'avoir pu rencontrer Ethan. Je comprends pourquoi il est si important pour toi.

Courtney fit de son mieux pour répondre d'un petit sourire à ces paroles de soutien de sa mère. Cette dernière la laissa finir de se préparer.

Ethan lui avait envoyé un message pour dire qu'il arriverait bientôt avec des donuts, ce qui laissa le temps à Courtney de se préparer mentalement à affronter leur dernière rencontre.

Elle enfila un pull gris confortable et un jean, et tenta de dompter ses cheveux récalcitrants en une queue de cheval.

On frappa à la porte. Courtney sentait déjà la vague d'émotions monter en elle. Elle se força à sourire lorsqu'elle vit les cernes sous les yeux d'Ethan et le sachet de donuts qu'il tenait.

— Ça devrait compter comme une preuve de mon amour. Mon corps n'a juste pas envie d'être debout, là, dit-il avec un sourire faible.

Elle l'enlaça, toujours un peu endormie, ne désirant rien d'autre que de se lover contre lui.

— Tu veux aller faire un tour ? lui demanda-t-elle. Ou juste qu'on s'asseye là-bas, sur l'herbe ?

Elle indiqua une petite zone sous un arbre.

— M'asseoir me dirait bien, lui dit-il en passant un bras autour de ses épaules.

La veste noire d'Ethan était chaude contre la peau de Courtney.

Ils emportèrent les pâtisseries pour se faire un pique-nique improvisé. *Mon Dieu… Même au réveil, il est sublime*, s'émerveilla-t-elle. Elle adorait que son cœur continue de papillonner lorsqu'Ethan la regardait. Courtney se perdit à fixer ses yeux d'un brun sombre, s'interrogeant sur la façon dont ils en étaient arrivés à ce moment.

— Qu'est-ce qui se passe dans ta tête ? demanda-t-il, la tirant de ses pensées.

— J'admire juste la vue, répondit-elle dans une vague tentative de flirt.

— La vue est pas trop mal d'ici non plus, dit-il avec son sourire amusé habituel.

— Je t'aime, reprit soudainement Courtney. Je sais que tu le sais. Mais juste…

Elle inspira lentement.

— Je sais pas comment refaire ça. Comment partir. Je peux pas partir.

Les larmes menaçaient de déferler sur ses joues. Ethan saisit ses mains et l'attira près de lui.

— Je comprends, murmura-t-il. Tout va bien se passer. On va trouver un moyen. Pleure pas, s'il te plaît.

L'entendre lui demander de ne pas pleurer ne fit qu'accentuer sa peine, et elle enfouit son visage contre l'épaule d'Ethan, tentant désespérément d'égaliser sa respiration.

— C'est tellement injuste. Je sais que j'ai l'air d'une ado pourrie gâtée en disant ça, mais c'est vrai, dit-elle d'une voix étouffée par ses sanglots.

— Il faut que t'arrêtes de pleurer ou tu vas être responsable de m'avoir fait perdre ma réputation de dur à cuir quand je vais me mettre à pleurer aussi.

Il inclina le menton de Courtney vers lui pour l'embrasser sur les lèvres. Courtney tenta de sourire.

— J'arrête, promis. Mais je croyais que ta réputation était en béton, blagua-t-elle en s'essuyant les yeux. Bon, ok. Donne-moi un donut avec des paillettes.

— Ça, c'est ma copine, dit-il avec un sourire.

Ils firent disparaître une large quantité de glaçage et s'embrassèrent, puis s'embrassèrent encore, tous deux conscients que c'était la fin.

Ethan inspira profondément.

— Ça va sonner vraiment niais, et je le nierais probablement si ça arrivait aux oreilles de Luke ou de mon groupe, mais la nuit dernière a été la meilleure de toute ma vie. Tu as tout changé pour moi.

Sa voix se brisa.

— Wow, c'était plus dur à avouer que je le pensais, mais c'est vrai. Je pense au futur d'une façon complètement différente depuis que je t'ai rencontrée. Tu es incroyable.

— C'est pas niais. C'est exactement ce que je ressens aussi. Je peux pas imaginer reprendre ma vie sans que tu en fasses partie. Ce truc, c'est pas juste une attirance passagère ou peu importe comment les gens le décrirait. Ma vie entière est mieux avec toi. J'ai même plus besoin de méditer avant de sortir de chez moi maintenant, dit-elle avec un petit rire.

Ethan la regarda d'un air profondément confus.

— Est-ce que j'ai même envie que tu m'expliques ça ?

Elle ignora sa question, préférant rire de sa propre folie.

— Bon, mon cœur… Tu sais que je préférerais passer la journée ici, mais il va sûrement falloir que t'y ailles si tu veux avoir le temps d'aller te faire pardonner auprès de Vanessa pour l'after d'hier *et* d'aller visiter la fac de Dayton avant ton vol.

— Errrg, j'avais oublié qu'elle était en colère, gémit Courtney. Mais c'est pas grave. Elle va se sentir tellement désolée pour moi qu'elle va me pardonner direct'.

— Bonne chance avec ça. T'as rencontré Vanessa, hein ? dit-il en riant. Allez, je te raccompagne.

Sa main chaude resta accrochée à celle de Courtney jusqu'à ce qu'ils arrivent devant sa porte.

— Tu m'appelles quand t'atterris, ok ?

— Ok, répondit-elle en prenant des inspirations mesurées. Ça me tue. Je vais garder mon calme jusqu'à ce que t'arrives à ta voiture, ok ? Mais je t'aime, lui répétat-elle en l'attirant dans un baiser que ni l'un ni l'autre n'avait envie de rompre.

Ethan finit par reculer.

— Je t'aime aussi. On se parle bientôt.

Il embrassa sa joue, enfouit ses mains dans ses poches et retourna à sa voiture.

Courtney s'appuya contre la porte de sa chambre et se laissa glisser au sol, le visage entre les mains. Le béton était gelé, même à travers son jean.

Elle perdit la notion du temps alors qu'elle resta assise à pleurer, jusqu'à ce que sa mère ouvre la porte d'un coup, la faisant sursauter.

— Ok, Courtney. Je sais que tu souffres, mais il va falloir que tu te forces à mettre un pied devant l'autre. J'ai dit à la mère de Vanessa qu'on serait chez elles d'ici vingt minutes pour que vous puissiez passer un peu de temps ensemble.

Courtney se releva à contrecœur et essaya de donner un éclat joyeux à son visage avec des paillettes. Ça n'améliora absolument pas son humeur, mais au moins, elle scintillait.

Lorsqu'elles arrivèrent, Vanessa était au sous-sol. Courtney trottina jusqu'en bas des marches, prête à la supplier de la pardonner. Vanessa retira ses écouteurs et la transperça du regard.

— T'as intérêt d'avoir une bonne excuse à me donner, très chère meilleure amie.

Courtney se détendit, convaincue qu'elle pourrait retrouver les faveurs de Vanessa avec des détails de sa soirée d'hier.

— Wow. Il a de l'endurance, hein ? dit Vanessa en riant. Je t'en veux pas de pas être venue à l'after. Si je savais pas quand j'allais revoir Luke, je doute qu'on prendrait même le temps de respirer. Mais tu m'as manqué.

— Je suis sûre que tes sujets royaux ont pris bien soin de toi.

— Eh bien, être reine est une grosse responsabilité, mais je pense que je vais réussir à porter ce fardeau avec grâce.

Courtney écouta les ragots sur l'after et finit par demander à Vanessa ce qu'elle pensait de son projet pour le Nouvel An.

— Carrément, ouais ! Ça serait génial. Ma mère serait complètement d'accord.

Courtney laissa échapper un soupir de soulagement à la réalisation qu'un plan concret était à portée de main.

Les filles discutèrent des robes des soirées des autres et du drame que Courtney avait manqué lorsqu'elle s'était enfuie avec Ethan. Apparemment, Kim et Tyler étaient venus à la soirée en tant qu'amis, mais il avait fini par partir avec quelqu'un d'autre, causant un véritable scandale et forçant Vanessa à mettre sa tête à prix.

Courtney soupira lorsqu'elle entendit sa mère l'appeler. Discuter avec Vanessa la faisait toujours se sentir mieux, mais ça ne rendait pas le fait de partir plus facile. Vanessa promit de parler du Nouvel An à sa mère et fit jurer à Courtney de l'appeler lorsqu'elle serait arrivée chez elle.

La mère de Courtney essaya de la faire se réjouir de revoir l'université de Dayton, et elle s'en réjouissait, mais elle était surtout occupée à graver les dernières images de Gem City dans son esprit alors qu'elles quittaient la ville.

Elle inspira la senteur de l'automne qui s'approchait à grands pas et força sa mère à passer devant leur ancienne maison. Son cœur se serra de savoir que la maison d'Ethan était proche, et elle envisagea un instant de courir pour aller le voir même juste une seconde, mais elle ne comprenait malheureusement que trop bien qu'il leur fallait partir.

Elle réussit à mettre ses pensées de côté pour faire visiter le campus à sa mère et lui montrer l'adorable petit quartier qu'elle avait adoré. Il était évident que Mme Ross était impressionnée car elle ne dit que quelques mots lorsqu'elles retournèrent à la voiture.

Courtney savait parfaitement que sa mère était triste à l'idée qu'elle quitte l'Arizona, mais il était maintenant indéniable que le cœur de Courtney résidait en Ohio.

Elles se perdirent toutes deux dans leurs propres mondes pour la majorité du voyage de retour. Courtney prit un petit quelque chose pour s'aider à dormir pendant le vol car elle savait qu'elle ne réussirait pas à se soulager en pleurant comme elle l'avait fait l'été passé.

Lorsqu'elles atterrirent à Phoenix, elle eut l'impression que la chaleur sèche allait la faire suffoquer. Les meilleures parties d'elle-même étaient restées dans une petite ville à l'Ouest de l'Ohio, et elle doutait pouvoir se sentir à nouveau entière tant qu'elle n'y retournerait pas.

CHAPITRE VINGT-SIX

Courtney se séquestra dans sa chambre pendant les deux heures qui suivirent leur retour, autorisant l'injustice de la situation à prendre le dessus. Elle se fichait d'être mélodramatique. Chaque argument possible qui l'aiderait à aller vivre chez Vanessa pour le reste de sa terminale lui était passé par la tête, mais elle savait que dire « Je suis amoureuse » ne suffirait probablement pas à convaincre ses parents de laisser leur fille unique déménager huit mois avant la remise des diplômes.

Elle se força à se lever, à se maquiller et à faire quelque chose de productif : du shopping. Elle avait envie d'envoyer un petit colis à Ethan, composé de médiators pour sa guitare, de Red Vines, de photos d'eux lors du bal d'automne, d'une lettre romantique et d'une copie de *Tom Sawyer* pour lui remémorer leur aventure en canoë.

Elle était convaincue que les lunettes de soleil oversize avaient été inventées pour une raison : lui permettre de cacher ses yeux gonflés par les larmes.

Une fois de retour chez elle, elle emballa chaque objet individuellement dans du papier craft marron et décora le paquet de dessins au sharpie, comme pour son dernier cadeau. Sa mère la regarda d'un air surpris lorsqu'elle la vit travailler dans la cuisine, mais ne dit rien.

Courtney décida qu'elle se lèvera tôt le matin suivant pour faire envoyer son colis par FedEx en un jour. Elle songea un instant à la somme que ça coûterait de se faire expédier elle-même jusqu'en Ohio dans une boîte.

Courtney savait qu'il lui fallait trouver un moyen de survivre à la journée d'école qui l'attendait le lendemain. Elle se fit une liste mentale pour s'assurer que tous ses devoirs soient faits et choisit même une tenue à l'avance. Le moins elle avait besoin de réfléchir, le mieux c'était.

Elle se concentra sur l'essentiel : manger, respirer, Ethan. *Comment est-ce que c'est possible que quelqu'un me manque autant ? Il peut pas ressentir la même chose, autrement, il m'appellerait toutes les cinq minutes.* C'était exactement ce qu'elle voulait faire, mais elle ne pensait pas pouvoir tenir une conversation entière sans avoir l'air de le harceler.

Elle désirait ardemment être avec lui, comme si elle était un personnage d'un roman de Jane Austen. *Sérieusement ? Un désir ardent ?* Ce sentiment était si intense qu'elle se sentit obligée de ranger son portable dans le sac de sa mère et de lui demander de l'empêcher de le récupérer pendant les deux prochaines heures.

Mais une heure plus tard, elle abandonna et reprit son téléphone, inquiète d'avoir pu louper un appel d'Ethan. *La vie et la géographie sont entièrement et complètement injustes.*

Étant finalement presque certaine de pouvoir prétendre être heureuse pendant un appel entier, elle composa le numéro d'Ethan après le dîner.

— Salut bébé, dit-il en décrochant.

— Salut toi. Qu'est-ce que tu fais ?

La petite amie positive et joyeuse, c'est tout moi.

— Je joue un peu de guitare en pensant à cette fille géniale que je connais.

— Ah, ouais ? Et tu penses quoi exactement ?

— Qu'elle était tellement sexy hier soir. Si seulement j'avais une machine à voyager dans le temps, on pourrait recommencer ce week-end entier, exactement de la même manière.

— Si seulement. Je grimperais direct' dans la DeLorean pour ça.

— Pareil. Et toi, tu fais quoi ?

— Je viens juste de finir un cadeau pour toi. Je vais le faire expédier en 24 heures demain, donc tu devrais le recevoir bientôt.

— Un cadeau, hein ? C'est quoi ?

— Ça ruinerait la surprise si je te le disais, non ? Le paquet va arriver assez vite.

Courtney soupira lourdement en se passant une main dans les cheveux.

— Tu me manques, avoua-t-elle. Genre, c'est bien pire que la dernière fois. Désolée de casser l'ambiance, mais j'arrive pas à rester joyeuse super longtemps.

— Tu me manques aussi, Court. Constamment.

Oh, le soulagement. Peut-être étaient-ils sur la même longueur d'ondes finalement.

— Je vais parler du Nouvel An à ma mère ce soir pour avoir une réponse. Au moins, comme ça, on aurait quelque chose pour nous motiver à attendre.

— Ça serait génial. Pas savoir quand je vais pouvoir te toucher à nouveau est juste insupportable.

Elle essuya en silence une larme qui s'était échappée sur sa joue et lui demanda de lui jouer une chanson. Ethan se lança dans *I and Love and You* des Avett Brothers, et Courtney se contenta d'écouter en essayant de s'imaginer avec Ethan dans sa chambre, une après-midi comme une autre.

Courtney retourna à l'école et laissa les jours défiler. Elle étudia pour ses contrôles, alla travailler et se prépara pour les matchs de foot américain. Elle sourit et alla traîner avec ses amies lorsque sa mère lui ordonnait de sortir de la maison. Parfois, elle s'amusait même.

Ashley et Molly la distrayaient, Ben l'aidait à rester à flot à l'école, et elle prenait son rôle de capitaine des pom-pom girls très à cœur. Mais une partie d'elle savait ce qu'elle manquait. Si Ethan était à Phoenix, ou si elle était à Gem City, sa vie entière retrouverait ses couleurs.

Sa mère avait accepté son projet du Nouvel An à la condition que Courtney se paye elle-même son ticket, donc elle attendait que les prix baissent pour réserver son vol. Au moins, cela leur donnait, à Ethan et à elle, un sujet de conversation positif dont discuter lorsqu'ils s'appelaient, mais les jours qui les séparaient semblaient insurmontables.

Chaque fois qu'Ethan soupirait au téléphone ou ne décrochait pas lorsqu'elle l'appelait, l'esprit de Courtney s'affolait et se préparait à peu importe ce qu'il allait lui avouer. Ces montagnes russes incessantes entre anxiété et soulagement était éreintantes.

Malgré tout, ils retombèrent dans leur routine.

Ils s'envoyaient des messages et discutaient dès qu'ils avaient un moment libre, mais la vie se mettait parfois sur leur chemin, comme elle en avait souvent l'habitude. Courtney finissait son entraînement et trouvait une notification d'appel manqué sur son téléphone, ou alors appelait Ethan alors qu'il était en pleine répétition. Ce n'était pas parfait, mais ça semblait fonctionner. Du moins, elle espérait que ça fonctionnait.

Une partie grandissante de son esprit s'attendait au retour de bâton. Cela semblait trop demander à l'univers de lui accorder cette dose insensée de bonheur, qui restait juste hors de sa portée. *Est-ce que c'est vraiment* possible d'obtenir ça ? *Une fin parfaitement heureuse... avec le musicien qui conduit une voiture rapide ?* Dans un roman, elle supposait que c'était possible et que tout pourrait finir par fonctionner après nombre d'épreuves et de difficultés. Mais son cas était dans la vraie vie, et personne n'avait jamais eu le pouvoir de potentiellement lui faire autant de mal.

Elle pensait à Ethan plus qu'à l'école, à son équipe et à l'université combinés. Plus qu'au chocolat et aux paillettes. *Juste, respire et concentre-toi sur le positif.* Et il y avait tant de *bonnes* choses. Le son seul de la voix d'Ethan au téléphone continuait à réverbérer en elle pendant une journée entière. Il lui suffisait simplement de compter les jours qui la séparait des vacances d'hiver. Plus que 72. *Soixante-douze foutus jours.*

E : Hey Paillettes, je voulais juste te prévenir que je vais traîner avec Jared et les mecs ce soir, donc je serai pas dispo. On se parle demain matin ?

C : Pas de problème. Des plans fun ?

E : Juste une soirée. Ils se plaignent que je sors plus jamais.

C : Eh bah, tu devrais. Va t'amuser avec tes copains. J'aimerais pouvoir être avec toi.

E : Moi aussi :(On s'appelle demain.

C : Je t'aime.

Elle était déterminée à ne pas laisser son cerveau prendre le dessus. *Il peut aller à une soirée. Qu'est-ce que tu veux qu'il fasse, qu'il reste assis chez lui tous les soirs ? T'es sortie avec tes amies plein de fois, et il s'est jamais plaint, donc arrête,* ordonna-t-elle à son cœur affolé.

Leur conversation du week-end du bal d'automne, lorsqu'elle l'avait quasiment autorisé à flirter avec d'autres filles, lui revint à l'esprit. Elle se sentit soudain nauséeuse. *N'y pense pas. Soit tu lui fais confiance, soit tu le fais pas.* Elle savait qu'il ne la blesserait pas. *T'as besoin d'une distraction.*

C : Ash, tu fais quoi ce soir ?

A : Je sais pas trop. Normalement, y'a une soirée chez quelqu'un. Je peux demander les détails si tu veux y aller. C'est pas trop ton genre de soirée, en revanche.

C : Faut que je sorte de chez moi. Dis-moi où et quand et si je peux venir.

A : Ça marche. Je passe vers toi vers 19h.

Courtney n'avait aucune envie d'aller à une soirée, mais elle savait qu'elle risquait de perdre la tête si elle restait chez elle un samedi soir à se demander ce qu'Ethan faisait.

Même à 19 heures en plein mois d'octobre, la chaleur était étouffante, donc elle choisit de mettre la petite robe rouge qu'elle avait portée l'été dernier. Elle n'arrivait pas à décider si le fait que presque toute sa garde-robe lui rappelait maintenant Ethan la réconfortait ou la déprimait.

Elle finit de se préparer avec un soupir, puis descendit pour aller attendre Ashley.

— Tu sors ? lui demanda sa mère en voyant sa tenue.

— Ouais, Ashley passe me prendre. Je vais rentrer avant le couvre-feu, t'inquiète pas.

— Ok, je suis contente. C'est pas bon pour toi de rester enfermée tous les week-ends.

— Oui, maman, tu me l'as déjà dit. Plusieurs fois.

— Ça ne rend pas ça moins vrai, rétorqua sa mère.

Ashley arriva et laissa Courtney être la capitaine de soirée. Elle lui indiqua l'adresse d'une maison située près de leur lycée, où vivait un membre de l'équipe de basket répondant au nom de Tim.

— Donc… Ben va être là, tu sais, l'informa Ashley.

— Hm, ok. Et ?

— Tss. Tu sais que tu lui plais, hein ? Genre, faudrait que tu sois aveugle pour pas l'avoir remarqué.

— C'est pas vrai. On est juste amis.

— Mais bien sûr, pense ce que tu veux, dit Ashley avec un sourire hésitant. Je sais que t'aimes cet Ethan, mais j'essaye juste de te dire que t'as des options ici aussi. C'est ta terminale et je voulais que tu saches qu'il y a plus d'une possibilité.

Courtney savait que cette confession de son amie était motivée par son inquiétude, mais elle regrettait qu'elle ait abordé le sujet.

Le plus longtemps elle restait éloignée d'Ethan, le plus il lui était difficile de ressentir cette électricité entre eux. Elle ne voulait pas considérer l'idée qu'il avait également « d'autres options ». Elle l'aimait plus que jamais ; elle avait simplement besoin de le voir en vrai.

— Ok, merci pour l'info. Mais je peux juste pas imaginer être avec quelqu'un d'autre. Je sais que ça paraît ridicule.

— C'est pas ridicule. Je veux juste que tu sois heureuse.

Quelque chose dans le ton d'Ashley lui laissait entendre qu'elle n'en avait pas encore fini.

— Donc tu l'es ? Heureuse ?

Courtney soupira. Elle n'avait pas prévu que ce trajet en voiture inclurait une conversation si sérieuse.

— Je pense que je suis aussi heureuse que je peux l'être vu la situation, oui.

Mais la question s'ancra dans son esprit.

— Ok, cool alors. Allons faire la fête.

Ashley monta le volume de la musique dans une tentative d'alléger l'ambiance.

— C'est parti, répondit Courtney en garant la voiture.

Elles pénétrèrent dans une grande maison de style

espagnol, remplie de musique forte et de garçons occupés à jouer aux jeux vidéo.

Dans le jardin, plusieurs personnes s'amusaient dans le jacuzzi et d'autres jouaient au cornhole[1]. *Exactement comme toutes les autres fêtes donc.*

Courtney refusa un shot de Jell-O avec une pensée pour Luke, et suivit son amie dans le jardin. Elle aperçut Ben assis avec un petit groupe dans la véranda et hésita entre aller lui dire bonjour ou l'ignorer lui et toute gêne entraînée par une conversation.

Alors qu'elle était perdue dans son indécision, Ben croisa son regard et lui fit un signe de la main pour l'inviter à le rejoindre. *Bon.*

Elle s'approcha de son groupe d'amis, se moquant de s'ils l'appréciaient ou de s'ils allaient juger sa robe. Le manque qu'elle ressentait pour Ethan occupait la partie de son esprit autrefois focalisée sur ce que les gens pensaient.

— Salut, dit-elle simplement en cherchant une chaise du regard.

— Tiens, dit Ben, lui proposant la sienne.

— Oh non, t'inquiète pas. Je peux rester debout ou aller prendre une chaise ailleurs.

Mais il insista donc elle prit sa chaise, et il tira une ottomane pour s'asseoir près d'elle.

Ben lui offrit une bière qu'elle refusa et s'éclipsa brièvement pour aller lui chercher un verre d'eau.

Courtney se concentra sur la conversation générale, qui concernait les scores de leur équipe de football américain universitaire de cette année. L'équipe était bonne. En fait, elle était même excellente. Courtney aimait la soutenir car, eh bien, c'était toujours plus amusant quand son équipe gagnait. Elle mentionna une action particulièrement impressionnante qui avait mené à la défaite de l'une de leurs équipes rivales la semaine passée.

— Ouais ! C'est de ça que je parle ! s'exclama Tim avec enthousiasme.

— Tu fais attention aux matches ? demanda Ben, amusé.

— Qu'est-ce que je pourrais faire d'autre depuis la ligne de touche ?

— Je sais pas, répondit-il avec un sourire. J'y ai jamais vraiment pensé. Rêver de licornes et de batailles d'oreiller ?

— T'es bien un mec, toi, dit-elle en levant les yeux au ciel.

Étonnamment, elle se surprit à sincèrement apprécier la soirée alors qu'elle se mêla davantage aux conversations et enfouit son côté anxieux au plus profond d'elle-même.

Lorsqu'elle alla se chercher un autre verre d'eau, Ben l'accompagna.

— T'as l'air de bien t'amuser. C'est rare que je te vois à des soirées.

— Ouais, généralement, c'est pas trop mon truc, mais cette fête est sympa.

— Ah, ouais ? Et c'est quoi, ton truc ? demanda-t-il avec un intérêt sincère.

— Oh, hm, je sais pas trop. Je suis plus du genre petits groupes que grosses soirées, tu vois ?

— Je comprends, ouais. Parfois, c'est juste un peu trop, convint-il avec un regard vers la partie de beerpong déchaînée qui se déroulait un peu plus loin. En parlant de petits groupes, moi et quelques autres, on va au bal d'automne en tant qu'amis, si tu veux venir. Ça pourrait être sympa.

Courtney chercha comment répondre, n'ayant pas loupé l'accent qu'il avait mis sur le mot « amis ».

— Ça a l'air fun, oui. C'est juste que, hm, j'ai un…

— T'as un copain, je sais, dit-il, la prenant par surprise. Si tu veux pas venir, c'est pas grave. Je me suis juste dit que ça serait dommage que tu manques ton bal ici, tu vois ? Si tu veux y réfléchir, c'est cool aussi. C'est vraiment pas grand-chose.

— J'y réfléchirai. Merci d'avoir demandé, dit-elle, se surprenant elle-même par la sincérité de sa réponse.

Courtney n'avait pas réfléchi à ce que ça ferait de soutenir son équipe pendant le match le jour du bal et de ne pas aller à ce dernier.

Y aller seule ne lui ressemblait pas, mais s'y rendre avec un groupe pourrait être une option tolérable, peut-être même amusante. Elle se promit d'en parler à Ethan.

— Toujours un plaisir, lui dit Ben avant de s'éloigner.

Courtney avait besoin de trouver Ashley pour lui demander des conseils. Enfin, ce dont elle avait vraiment besoin était de parler à Vanessa. Elle lui envoya un message pour lui demander de l'appeler le jour suivant quand elle serait levée.

Courtney aperçut Ashley en train de flirter avec le frère aîné de Tim, qui était rentré de l'université d'Arizona pour le week-end. Elle croisa le regard de son amie et mima de tapoter une montre imaginaire à son poignet. Ashley acquiesça, et Courtney fit un dernier tour de la soirée alors qu'elle attendait son amie.

Elle remarqua une guitare appuyée contre un mur dehors et demanda à son propriétaire si elle pouvait en jouer. Courtney ne le connaissait que vaguement pour l'avoir croisé au lycée, et il sembla quelque peu confus par sa requête.

Impassible, elle ignora sa réaction et saisit la guitare. Elle n'avait pas joué depuis le feu de camp avec Ethan et n'avait pas chanté en public depuis son apparition imprévue lors du Festival de la Fraise. Mais la vue de la guitare avait réveillé en elle un désir si fort qu'elle ne pouvait pas ne pas en jouer.

Elle s'assit nonchalamment sur une chaise près de la piscine et gratta les premiers accords de *Wonderwall* d'Oasis. C'était l'une des cinq chansons qu'elle connaissait.

Elle commença par chanter à voix basse, mais à la fin, les paroles étaient audibles au moins pour ceux qui faisaient l'effort d'écouter.

Quelques applaudissements légers retentirent autour de la piscine lorsqu'elle termina, et elle se leva pour faire une petite révérence, nullement embarrassée. L'abrutissement créé en elle par le manque qu'elle ressentait pour Ethan avait cet avantage, et elle songea un instant que sa vie à Scottsdale aurait pu être très différente si elle avait trouvé cette version d'elle-même plus tôt.

Elle rendit la guitare à son propriétaire, l'expression du garçon étant maintenant plus admirative que déconcertée, puis se mit à la recherche d'Ashley pour la traîner jusqu'à la voiture avant qu'elles ne soient en retard.

Lorsqu'elle se dirigea vers la maison, elle trouva Ashley sur son chemin, qui la regardait étrangement.

— Qui es-tu et qu'as-tu fait de Courtney ?

Elle croisa ses bras couverts de légères taches de rousseur contre sa poitrine.

— Tu viens de faire un mini-concert à une soirée pleine de gens, alors qu'il y a un an, j'aurais même pas pu te convaincre d'y venir. Tu m'impressionnes, là.

Courtney se contenta d'hausser les épaules. Elle fit au revoir de la main à Ben et réussit à arriver chez elle à l'heure.

———————

Vanessa l'appela tôt le matin suivant.

— Salut meuf, comment tu vas ? demanda-t-elle.

— Meh.

— Ouais, je m'en doutais. J'allais t'appeler de toute

manière aujourd'hui. Je suppose que t'as parlé à Ethan, évidemment, mais il lui arrive quoi ?

— Comment ça ? demanda Courtney, des sirènes d'alarme retentissant immédiatement dans sa tête.

— C'est rien de dramatique, mais soit il a l'air d'un zombie, les écouteurs dans les oreilles et il refuse de parler à qui que ce soit, soit il se met une race à une soirée avec Jared. Ou du moins, c'est ce que j'ai entendu dire. Genre, c'est juste pas comme lui. Enfin, pas le nouveau lui, du moins.

Courtney fronça les sourcils.

— Ok, je pense être responsable du côté zombie, et je sais qu'il est sorti avec ses copains hier soir, mais on s'est pas parlé correctement depuis vendredi. Je vais l'appeler ce matin. Merci de m'avoir prévenue en tout cas.

Sa gratitude n'était qu'à moitié sincère, assombrie par la vague de culpabilité et de « Je te l'avais dit » qui déferlait dans son esprit.

— Je suis sûre qu'il s'habitue juste. Ce que vous faites, c'est dur. Il va se remettre. Tu reviens en décembre, c'est juste dans…

— Soixante-et-onze jours.

— Voilà. Rien de grave, lui dit Vanessa d'une voix qu'elle voulait enjouée.

— Merci d'essayer de rendre ça raisonnable.

— Désolée, j'ai pas vraiment réussi, hein ? Je suis sûre que tout ça va marcher. Je veux que vous soyez ensemble et heureux !

— Moi aussi. Merci d'avoir appelé. Bon, il faut que je me lève et que je me prépare, mais on se parle plus tard, ok ?

— Ok. Bonne chance pour ta discussion avec Ethan, ajouta Vanessa avant de raccrocher.

Courtney roula sur le dos et appuya un oreiller contre son visage. Elle voulait disparaître dans un trou.

La personne que Vanessa avait décrite ne ressemblait pas à son petit ami.

Après avoir pris une longue inspiration pour se calmer, elle se prépara à une discussion potentiellement difficile. Elle appuya sur le contact d'Ethan et attendit patiemment qu'il réponde.

— Allô, dit-il, visiblement toujours endormi.

— Hey, désolée de t'avoir réveillé. Va te recoucher, on se parle plus tard.

— Non, non, c'est rien. Il fallait que je me lève de toute manière. Ça va ? demanda-t-il avec un bâillement.

— Eh bien, c'est plus ou moins ce que je voulais te demander. Tu vas bien ?

— Ouais, pourquoi ?

— Je sais pas. J'ai parlé à Vanessa. T'énerve pas contre elle, elle est juste inquiète pour toi. Je… Eh bien, la façon dont elle t'a décrit, juste… Je veux pas que tu sois malheureux. Tu l'es ? Malheureux ?

Rien de tel que de se plonger à corps perdu dans l'anxiété et la gêne dès le matin.

— Ah, Vanessa, évidemment. Écoute, j'ai un peu bu hier. On m'a ramené chez moi, donc j'ai pas été inconscient et j'ai pas conduit bourré ou rien du genre. J'avais juste besoin de faire une pause, tu vois ? Vanessa fait sonner ça comme une situation de crise, mais c'est faux. Et en plus, c'est un peu hypocrite de sa part vu que Luke boit comme un trou tous les week-ends.

L'irritation perçait clairement dans sa voix.

— Donc oui, je vais bien, je suis heureux. S'il te plaît, interprète pas ça de la mauvaise manière, ok ? dit-il avec plus de douceur.

Courtney se sentait coupable de l'avoir réveillé pour l'interroger. Peut-être que Vanessa exagérait. Après tout, Courtney aussi était sortie le soir précédent, et il ne lui posait pas de questions sur sa soirée dès son réveil.

— T'as raison, désolée. Je devrais pas la laisser s'immiscer dans ma tête comme ça. Tu me manques, c'est tout.

Elle espérait qu'il pouvait entendre la demande de pardon sous-entendue dans ses paroles.

— T'inquiète pas pour ça, bébé, répondit-il d'un ton plus enjoué. Je suis content que tu m'aies réveillé, il faut que j'aille travailler bientôt. T'as passé une bonne soirée ?

— Plutôt, oui, même si je m'y attendais pas. Je suis allée à une soirée avec mon amie Ashley. Je déteste ce genre d'ambiance normalement, mais j'ai joué un peu de guitare et j'ai chanté du Oasis. T'aurais été très fier de moi.

— C'est génial, j'aurais voulu voir ça. J'ai besoin de t'interroger sur ton comportement ? demanda-t-il d'un ton partiellement moqueur.

— Arrête, tu sais bien que non.

Il rit, et Courtney s'en sentit mieux. Elle envisagea de mentionner le bal d'automne de son lycée, mais décida d'attendre une conversation plus légère. Ils discutèrent brièvement de leurs plans pour la journée et se promirent de s'appeler plus tard par vidéo.

— Je t'aime, lui dit Ethan.

— Je t'aime.

♫ *Landslide* – Fleetwood Mac,
version par Hannah Trigwell Ft. Nick Howard
How's It Going to Be – Third Eye Blind

Ils continuèrent sur le même schéma pendant la semaine qui suivit, mais Courtney n'arrivait pas à se débarrasser de son sentiment de malaise.

Ils ne s'étaient pas vus depuis plus de six semaines maintenant, et un écart profond semblait s'être creusé entre eux. *Aussi profond que le Grand Canyon.*

Elle savait qu'Ethan passait plus de temps avec Tyler et que son groupe avait joué quelques concerts. Bien qu'il lui assurait que tout allait bien, son inquiétude persistait. Ils avaient manqué les appels de l'autre deux jours d'affilé, et elle était déterminée à lui parler aussi rapidement qu'il était humainement possible.

Après son entraînement, elle s'assit dans sa voiture et composa son numéro. Messagerie. *Bon sang.* Elle ne se pensait pas capable de se concentrer sur autre chose tant qu'elle n'aurait pas entendu sa voix.

Son téléphone vibra.

E : Avec le groupe. Je t'appelle plus tard ?

C : Ok. Tu me manques.

E : Toi aussi.

Erg. Courtney savait qu'elle se sentirait mieux après qu'ils aient parlé, mais elle détestait attendre sans rien faire.

Elle rentra chez elle et dîna avec ses parents, un événement rare. Toujours pas d'appel.

Elle ne lâcha pas son téléphone un instant ; elle le posa même sur le sol près de la douche pour pouvoir le saisir rapidement s'il sonnait. Mais il ne sonna pas. *Panique pas, panique pas, panique pas. Il est occupé, il a juste été retenu, c'est rien de catastrophique.* Ces mots n'allégeaient pas la nausée qu'elle ressentait car elle ne pouvait pas imaginer une autre raison que l'école qui l'empêcherait de rappeler ou d'envoyer un message.

Elle se préparait à aller se coucher et à céder à la panique et à le rappeler lorsque son portable, posé sur sa couette, s'illumina.

Elle prit une seconde pour inspirer avant de répondre.

— Salut. Je commençais à me dire que t'avais été kidnappé ou pris comme otage ou genre.

Légère, drôle, nonchalante.

— Nan, j'ai juste été retenu. Quoi de neuf ?

— Rien. J'allais me coucher. Il est tard ici, réalisa-t-elle.

— Ouais, je devrais sûrement aller dormir bientôt aussi. La journée a été longue.

Le cœur de Courtney sombra. Elle avait espéré qu'ils pourraient parler pendant un moment. Elle avait besoin de se sentir proche de lui… Ne pas pouvoir être avec lui en vrai la rendait déjà folle.

— Oh, ok. Bon. On essayera de trouver un moment demain alors, j'imagine, dit-elle d'une voix douce.

— Courtney…, commença-t-il avant de s'interrompre.

— Oui ?

— Je t'ai menti l'autre jour. Je t'ai jamais menti avant, et c'est juste, je sais pas. Tu m'as demandé si j'étais malheureux et si tout allait bien, et je t'ai dit que oui. Mais je vais pas bien. Genre, vraiment pas bien. Je suis misérable ici sans toi.

Les mots lui échappèrent si vite, comme un barrage se rompant finalement.

Courtney grimaça à cet aveu alors qu'elle visualisait le bâton lui revenir en pleine face.

— Ok… Je veux pas que tu sois misérable. Je sais que ça craint, mais je, juste… Je sais pas quoi faire d'autre. Je sais que le Nouvel An semble encore loin…

Son cœur commençait à battre à tout rompre et ses paumes à devenir moites. Ethan resta silencieux trop longtemps.

— T'es toujours là ? demanda-t-elle, connaissant déjà la réponse.

— Je suis juste pas sûr de pouvoir faire ça, dit-il lentement. Je veux être avec toi. Plus que tout. Mais je suis pas *avec* toi. Tu es là-bas et je suis ici, et je croyais… Je sais pas ce que je croyais. Je pensais pas que ça serait si dur parce que je sais que je peux te parler et te voir en vidéo, mais j'ai *besoin* de te toucher et de t'embrasser. Je deviens fou.

Il marqua une pause. Lorsqu'elle n'offrit pas de réponse, il continua.

— Sérieux, je suis le seul à trouver ça impossible ? Est-ce que tu peux honnêtement me dire que t'aimes ta vie, là, vu la situation ?

Ethan criait presque, sa frustration évidente.

Courtney s'efforça de respirer lentement. *S'il te plaît, ne fais pas ça*, le supplia-t-elle mentalement.

— Donc, ce que tu dis, c'est que t'en as marre ? demanda Courtney avec autant de calme que possible.

Le creux dans son estomac continuait de s'agrandir, comme pour se moquer de sa détresse.

— Tu dis que c'est ma seule option ? Soit on continue comme maintenant, soit je peux plus jamais te parler ? En quoi c'est juste ? répondit-il, sans chercher à tempérer sa voix plus longtemps. J'ai rien fait de *mal*. Je t'ai pas trompée, je t'ai pas blessée. Je t'ai aimée depuis le moment même de notre rencontre. Est-ce que ça fait de moi un connard d'avoir envie que ma terminale consiste à plus que juste rester à attendre un appel une fois par jour et à me sentir coupable dès que je parle à une autre fille parce que t'es pas *là* ?

Sa voix tremblante trahissait la force de ses émotions.

Les pensées de Courtney se bousculaient alors que son esprit tentait d'absorber ce qu'Ethan disait.

Elle prit sa mention d'autres filles comme un coup de poing dans l'estomac. Elle se sentait impuissante. Elle ne pouvait pas aller le retrouver, elle ne pouvait pas l'embrasser et lui assurer que tout irait bien s'il acceptait juste d'*attendre*. Elle ne voulait pas avoir à le convaincre qu'elle *valait le coup* qu'il attende.

Un choix devait être fait, et Courtney choisit de protéger ce qui restait de son cœur plutôt que de le jeter aux pieds d'Ethan.

L'adrénaline fusa dans ses veines, et elle décida de ne pas le laisser voir l'effet que ses paroles avaient sur elle. Elle refusait de le supplier de continuer à l'aimer suffisamment pour tenir jusqu'à la remise des diplômes. Elle savait qu'elle était restée silencieuse un trop long moment, effrayée de prendre une décision, effrayée qu'il s'agisse de la mauvaise.

Elle se lança.

— Ça fait pas de toi un connard. Ça te rend juste célibataire, répondit-elle froidement, s'efforçant de cacher sa panique.

Reste calme, ne pleure pas, ne pleure pas, ne pleure pas.

— Je te blâme pas ; ce que tu dis a du sens, continua-t-elle. D'ailleurs, je suis même plutôt certaine que c'est moi qui t'ai donné l'option de tout arrêter à la fin de l'été et de vivre une terminale normale. C'est *toi* qui a insisté pour qu'on continue. Et je t'ai *cru*. J'ai cru qu'on pourrait faire ça pendant un an.

Elle peinait à garder son calme et se demandait si elle devrait s'arrêter là. Si elle était capable de s'arrêter là.

— Non, c'est pas franchement le rêve au quotidien ici non plus. Tu me manques *tout le temps*, mais il y a RIEN que je puisse faire pour changer ça, dit-elle avec force, perdant presque le contrôle de sa voix.

Elle supplia l'univers de la laisser raccrocher avant qu'elle ne puisse plus retenir ses larmes. Son cœur allait éclater. Elle envisagea brièvement de conduire jusqu'à l'aéroport et de débarquer chez Ethan le matin suivant. Elle savait que si elle pouvait juste le voir, elle réussirait à le rassurer.

— Courtney, je veux pas te perdre pour toujours, laisse-moi m'expliquer ! S'il te plaît, *s'il te plaît*, juste, écoute-moi ! J'essaye d'être honnête, pas de te faire du mal. Tu vas venir à la fac ici. On pourrait voir où on en est quand tu seras là ? Peut-être…

— Non, l'interrompit-elle très clairement, se tirant de son rêve éveillé délirant de prendre un vol de nuit pour l'Ohio.

Elle l'*aimait*, mais s'il lui disait d'« attendre et de voir » jusqu'à ce qu'elle entre à l'université… elle le ferait. Elle attendrait et espérerait et prierait jusqu'à le retrouver. Et elle serait complètement détruite s'il ne l'avait pas attendue. Cette idée l'aida à garder le fil et couvrit tout le reste d'une couche de colère.

— Tu peux pas tout avoir. Tu peux pas coucher avec n'importe qui tout le reste de cette année et t'attendre à ce que je te reprenne en septembre comme s'il s'était rien passé. T'as pas le droit de vouloir m'avoir quand ça t'arrange. C'est pas juste. Ça s'appelle pas une « pause », Ethan, ça s'appelle une rupture parce que notre relation sera brisée. Tu peux pas me demander d'être d'accord avec ça. Il faut que tu comprennes mon point de vue, ok ?

La réalité commençait à s'ancrer. C'était la fin. Elle n'avait même pas pu apprécier leur dernière conversation joyeuse car elle n'aurait jamais pu deviner qu'il n'y en aurait pas d'autre.

Tout ce qu'il y avait entre eux arrivait à sa fin, et elle avait l'impression d'être attirée dans un trou noir. *Peut-être que c'est ça, l'opposé de tomber amoureux. On t'arrache d'un coup de ton petit nuage, et toutes tes émotions deviennent leur contraire.* Elle essaya d'accepter la vérité alors que les larmes dévalaient sur ses joues.

— Courtney, s'il te plaît…

Ethan pleurait. Supporter ce son était presque au-delà des forces de Courtney ; Ethan avait toujours été celui qui gardait son calme.

— Tu peux pas me dire que t'es prête à ce que ça soit définitivement la fin.

— Je le suis pas, absolument pas. C'est toi qui as pris cette décision. J'ai pas envie d'essayer de te convaincre de rester amoureux de moi, je peux pas…

— Je *suis* amoureux de toi, protesta-t-il. C'est *pas* une question de ce que je ressens pour toi. C'est une question de distance et d'être réalistes…

— Ethan. Intellectuellement, je comprends ton point de vue, ok ? Je sais que c'est horriblement difficile. Mais être avec toi m'a jamais paru « réel », ça m'a toujours paru comme, je sais pas, un conte de fées. Dans mon cœur, je me suis inquiétée de pas pouvoir garder ce sentiment, et maintenant, il disparaît. Tu m'as donné ton point de vue. Je crois qu'on devrait arrêter avant de dire des choses qu'on pense pas.

Elle déglutit silencieusement.

— Juste, ok, ralentis, dit Ethan. Raccroche pas, s'il te

plaît. Je vais le faire, ok ? Je vais faire tout ce que tu veux. Je vais tenir jusqu'à la fin de l'année, donc juste, s'il te plaît, n'arrête pas tout maintenant. J'ai jamais… Je peux pas imaginer mon futur sans que tu en fasses partie. S'il te plaît, est-ce qu'on peut juste oublier tout ça ? Je suis désolé. J'ai juste paniqué. Je peux le faire, avec toi. Je peux.

Son cœur entier lui criait de croire en ces mots, mais elle savait qu'ils n'étaient pas sincères. Elle s'imagina avoir la même dispute dans deux mois, ou pire, découvrir qu'il l'avait trompée.

— Ethan…

Courtney s'interrompit pour éloigner le téléphone de sa bouche et inspirer profondément.

— Je t'aime. Je t'ai *tout* donné. Je sais pas… Je suppose que je devrais te remercier parce que l'ancienne Courtney serait prête à accepter tout ce que tu proposes, juste pour… pour ne pas te perdre. Mais je sais ce que ça fait d'être avec toi et je saurais qu'il manque quelque chose. Je sais ce que je ressens quand tout est vraiment *génial*. J'aurais pas pu demander une meilleure première… eh bien, tout. Mais tu mens et tu le sais. Si t'es pas complètement partant, alors tu peux pas t'engager. Ce qui veut dire que je ne peux pas m'engager. Plus que tout, j'ai envie que tu sois heureux…

— S'il te plaît, arrête. Arrête de dire ça. Parle pas de nous au passé. Crois-moi juste, s'il te plaît. Je ferais tout pour toi, tu le sais, supplia Ethan.

— Je le sais. Et c'est pour ça que je pense que c'est mieux qu'on arrête. Je veux pas que tu abandonnes quoi que ce soit pour moi. Tu m'en voudras juste plus tard, et j'ai pas envie que ça se passe comme ça entre nous.

Son corps entier refusait de suivre sa logique, et elle sentait son estomac se serrer. *T'as pas à faire ça, Courtney. Tu peux juste te convaincre que ce qu'il dit est vrai et tout oublier d'ici demain*, se dit-elle. C'était si tentant. Mais il y avait une raison pour laquelle elle avait préparé ce petit discours il y a quelques temps déjà. Elle avait toujours eu un plan de secours en tête, au cas où cette vague de bonheur sur laquelle elle flottait se brisait avant qu'elle ne soit prête.

— S'il te plaît, non, murmura Ethan, qui commençait à accepter l'implication derrière les paroles de Courtney. Je suis pas prêt à raccrocher. Je peux pas laisser ça se produire.

— Tu iras bien. Tu mérites quelqu'un avec qui tu peux être et avec qui c'est simple. Je sais que ça, entre nous, ça ne l'est plus. Je vais raccrocher, ok ? J'ai juste besoin de, hm, tout digérer.

La voix de Courtney se brisa.

— Le pire, c'est que tu es la première personne que j'appellerais pour parler d'un truc comme ça parce que je sais que tu me ferais me sentir mieux. Tu vas plus me manquer que tu peux l'imaginer.

Sa voix la trahit finalement à ces derniers mots, glissant dans le territoire du pleur incontrôlable.

— Non, je vais pas te manquer parce que je serai toujours là pour toi. Tu me brises le cœur, Courtney. Tu sais que tu peux m'appeler, m'envoyer un message, n'importe quoi, n'importe quand.

Elle rit doucement malgré ses larmes.

— Tu sais que c'est pas pareil. Je t'aime vraiment, Ethan, mais il faut que j'y aille. Au revoir.

Courtney l'entendit appeler son nom alors qu'elle éloigna le téléphone de son oreille et raccrocha.

La gravité de sa perte prit toute son ampleur quelques secondes plus tard, et elle laissa les vagues brutales de sa peine de cœur la submerger. Elle alla s'enfermer dans son placard avec sa couette et son oreiller pour que ses parents ne l'entendent pas.

Si elle avait pensé que revenir en septembre avait été difficile, elle ne savait pas quel mot utiliser pour la situation actuelle. Elle était dévastée. Elle ne le perdait pas seulement lui ; elle perdait tout ce qu'elle lui avait donné. Chaque moment de bonheur, chaque baiser, chaque première fois qu'elle avait vécue avec Ethan lui était arraché.

Courtney éteignit son téléphone lorsqu'elle vit des messages d'Ethan remplir son écran. Elle savait qu'elle ne pouvait pas se faire confiance pour rester sur sa position si elle commençait à les lire. Son esprit remettait déjà tout en question. *Est-ce que tu aurais dû te battre plus ? Est-ce que tu pourrais retourner le voir plus tôt ? Répondre à ses messages serait peut-être pas une si mauvaise idée...* C'était trop.

Mais elle savait également qu'elle ne pouvait pas poursuivre une relation longue distance si Ethan n'était pas entièrement certain de le vouloir. Cela avait déjà été presque impossible lorsqu'ils étaient sur la même longueur d'ondes.

Se convaincre de la logique de sa réflexion se montrait difficile alors qu'elle était recroquevillée sous sa couette et pleurait, regrettant qu'Ethan ne soit pas là pour la tenir.

Elle continua de sangloter jusqu'à ce que sa gorge soit douloureuse et ses yeux collés par les larmes.

Courtney ne se souvenait pas s'être endormie, mais elle se réveilla à un moment de la nuit, désorientée. L'enchaînement des événements lui revint en tête d'un coup, lui retournant l'estomac.

Elle réussit à aller s'allonger dans son lit et tenta d'échapper à cette nouvelle réalité, mais elle ne parvint pas à s'endormir à nouveau.

Courtney regarda le soleil se lever à travers ses rideaux fermés et attendit que son réveil se déclenche. Son cerveau ne fonctionnait pas suffisamment pour la convaincre de rouler sur le côté ; survivre à une matinée d'école lui paraissait impossible.

Elle ralluma son téléphone et y trouva sept messages d'Ethan. Son esprit lui conseillait de les effacer, mais elle ne put s'y résoudre. Il fallait qu'elle sache s'il était aussi brisé qu'elle.

E : Courtney. Je t'aime. S'il te plaît, laisse-moi reprendre ce que j'ai dit.

E : Je peux pas ne pas être avec toi. Dis-moi juste que tu vas bien, ou rappelle-moi.

E : Je voulais pas te faire de mal.

E : Juste, est-ce qu'on peut en parler plus ?

E : Je sais que t'as dit que t'avais besoin de digérer tout ça. Je sais pas quoi dire d'autre.

E : Je pense pas pouvoir t'oublier. Comment est-ce qu'on en est arrivés là ?

E : Je suis désolé.

Son esprit avait eu raison. Elle aurait dû les supprimer. Elle savait par son « Je suis désolé » final qu'il avait réalisé que c'était terminé. Il n'allait pas se battre pour qu'ils restent ensemble.

Courtney repoussa son envie de répondre et supprima ce qu'il avait écrit. Elle commença à effacer chaque message qu'il lui avait jamais envoyé, mais son cœur ne la laissa pas aller jusqu'au bout. Ces messages étaient la preuve que leur relation avait vraiment existé. Qu'Ethan l'avait aimée et qu'elle l'avait rendu heureux.

Elle soupira contre son oreiller, les yeux baignés de larmes, et se força à dormir.

CHAPITRE VINGT-HUIT

*L*e réveil de Courtney se déclencha peu de temps plus tard ; elle s'en fichait juste complètement.

Elle n'avait pas besoin de se regarder dans un miroir pour savoir qu'elle n'était pas en état de sortir de chez elle. Elle se prépara mentalement à entendre les pas de sa mère s'approcher de sa chambre, mais ils ne vinrent pas. Alors elle se rendormit d'un sommeil difficile pendant les deux heures suivantes jusqu'à ce que finalement, on frappe à sa porte.

— Oui.

Sa mère passa la tête dans l'entrebâillement de la porte.

— J'ai appelé l'école pour dire que tu serais absente. Je pense que tu devrais manger, dit-elle simplement.

Courtney n'en revenait pas qu'elle ne pose pas de questions, mais peu importe ce qui se tramait, elle n'allait pas se plaindre.

— Je peux pas manger. Je me sens trop malade, gémit-elle en s'asseyant dans son lit.

— Eh bien, habille-toi quand même et descends. On

va bruncher. Tu pourras juste prendre du jus d'orange si tu ne veux pas manger.

— Tu rigoles, là, hein ?

Sa voix avait été rendue rauque par ses trop nombreux sanglots.

— Je peux pas sortir de la maison dans cet état.

— Alors mets-toi en état. Ça te fera te sentir mieux de toute manière. On part dans trente minutes, termina sa mère d'un ton décidé avant de sortir de la chambre.

Courtney resta allongée une minute, se demandant ce que sa mère avait compris. Se cacher dans son placard la nuit dernière lui avait semblé être une excellente idée, mais ça ne voulait pas dire que ses parents ne l'avaient pas entendue pleurer.

Elle considéra ignorer l'ordre de se tirer du lit, mais elle n'avait pas vraiment la force de protester.

Courtney enfila un T-shirt gris et un short en jean car il faisait toujours 32°C dehors bien que la mi-octobre soit arrivée, et regroupa ses cheveux en un chignon décoiffé sur le haut de sa tête. Elle se mit ensuite à la recherche de ses lunettes de soleil les plus larges et les plus couvrantes pour dissimuler ses yeux gonflés. Elle fit seulement l'effort d'appliquer une touche de gloss sur ses lèvres, mais elle dut avouer se sentir mieux après s'être préparée, même si sans effort particulier.

Courtney descendit les escaliers d'un pas lourd, annonçant clairement son humeur. Sa mère l'attendait déjà dans l'entrée, son sac à la main.

— Bien, tu as moins l'air d'un zombie. On y va.

Elle la poussa jusqu'à la voiture. Courtney mit de la musique. Fort. Elle se dit que ça retarderait le moment où elle devra répondre à des questions.

Sa mère se gara sur le parking de Butterfield's, l'un des endroits où Courtney adorait petit-déjeuner. Son estomac grondait malgré son affirmation continue qu'elle n'avait pas faim.

Elles s'assirent dehors à la requête de Courtney, pour

qu'elle puisse porter ses lunettes de soleil sans paraître étrange.

Finalement, elle décida que la nourriture pourrait peut-être être son amie.

— Tu vas prendre quoi ? lui demanda sa mère.

— Je sais pas. Tout et rien me donne envie en même temps.

— Bon, prenons un peu de tout alors, ok ?

Courtney lâcha un petit rire peu convaincant, mais fut choquée lorsque le serveur revint.

— Alors, commença sa mère, on veut des roulés à la cannelle, le truc spécial de pancakes que vous avez en ce moment, du chorizo et des œufs, avec un pot de crème s'il vous plaît, et… deux bagels asiago !

— C'est noté, répondit le serveur, amusé.

— Maman, je croyais que tu blaguais ! Ça fait assez de calories pour les deux semaines à venir, ça.

— Qui a dit qu'on devait tout manger ? Tu ne savais pas ce qui te faisait envie. Maintenant, tu as du choix.

Courtney essaya de déglutir pour libérer sa gorge de la boule qui s'y était formée. *J'ai la meilleure des mères.*

— Tu marques un point.

— Courtney…, commença sa mère.

— Maman, s'il te plaît, non. Je peux pas, supplia-t-elle, la voix tremblante.

— Tu n'as pas à me dire ce qu'il s'est passé. Je veux juste que tu m'écoutes, ok ?

Courtney ne répondit pas, ce que sa mère interpréta comme un oui.

— Je veux que tu saches que tu iras bien, peu importe ce qui s'est passé hier soir. Tu iras bien. Il faut juste que tu le croies. Je sais que le premier amour peut être… intense.

— C'est pas suffisant comme mot.

— Ok alors, dévorant, exaltant, époustouflant… Choisis l'adjectif que tu préfères. Ce que je veux dire, c'est que tu ne peux pas perdre la personne que tu es devenue. Depuis l'année dernière, je t'ai vue te trans-former en cette jeune femme incroyable, dit sa mère, ignorant la grimace de Courtney à ce terme. Et je ne sais pas si c'est grâce à Ethan, mais si c'est vraiment fini avec lui...

— Je crois que ça l'est, dit Courtney d'une voix étranglée.

— Ok. Eh bien, alors, même si ça l'est, je ne veux pas te voir redevenir la personne effrayée de montrer aux autres qui elle est vraiment. Tu es devenue si ouverte et confiante. C'est comme si tu avais réussi à voir en toi ce que j'ai toujours vu, et ça a été génial de témoigner du changement. Donc j'ai besoin que tu me promettes que tu ne vas pas laisser ça te forcer à retourner te cacher.

— Maman, je... je sais pas quoi faire sans lui. Tout me fait penser à lui, expliqua Courtney, quelques larmes s'échappant sur ses joues. Genre, je peux même pas re-garder dans le miroir parce que je veux pas voir le reflet de cette fille qui l'avait et qui ne l'a plus. Je veux être quelqu'un d'autre.

Elle inspira profondément et essuya son visage, fu-rieuse contre elle-même de s'être laissé s'effondrer ainsi en public.

— Je sais pas comment faire.

— Je comprends parfaitement, lui assura sa mère en sortant son portable.

— Qui est-ce que tu peux bien appeler en plein mi-lieu de cette conversation ? demanda Courtney, mainte-nant plus agacée qu'attristée.

— Fais-moi juste confiance, dit sa mère avec un geste de la main nonchalant. Oui, bonjour Roxanne, c'est Julie Ross... Bien, et comment allez-vous ? J'espérais que vous auriez de la place aujourd'hui pour une coupe et une coloration pour Courtney... C'est un genre de crise capillaire existentielle, donc on a besoin que ça se fasse aussi vite que possible... Ok, parfait. Vous êtes la meilleure, à tout de suite.

Sa mère raccrocha.

— Tu ferais mieux de commencer à chercher des photos d'une coupe qui te plaît. Ton rendez-vous est dans une heure.

Courtney se leva de sa chaise pour aller prendre sa mère dans ses bras.

— Merci. C'est exactement ce dont j'ai besoin.

L'appétit de Courtney fit une réapparition, et elle dévora une quantité insensée de la nourriture qu'elles avaient commandée.

De son autre main, elle fit des recherches de coupes qu'elle aimait bien sur son téléphone. Avoir quelque chose d'autre que sa relation brisée sur laquelle se concentrer l'aidait. Elle ne savait pas combien de temps cela fonctionnerait, mais elle était prête à s'accrocher à cette distraction aussi longtemps que possible. Ce qui se révéla brusquement raccourci lorsqu'elle reçut un texto d'Ethan alors qu'elle cherchait la coupe parfaite.

E : J'essaye de te laisser ton espace. J'ai pas du tout dormi… Dis-moi si tu vas bien, s'il te plaît. Tu vas plus jamais me parler ? Je comprends pas comment tout s'est effondré si vite. Juste, réponds-moi, s'il te plaît.

Courtney n'arrivait pas à décider comment agir. Elle avait l'impression d'avoir besoin de lui parler, mais n'était pas sûre de ce qui leur restait à dire.

Elle prévint sa mère qu'elle allait l'attendre dans la voiture pour se donner un moment pour réfléchir à quoi faire, tout en sachant que si elle accordait plus de temps à Ethan, il réussirait probablement à lui faire croire peu importe ce qu'il dirait.

Elle avait besoin de se souvenir pourquoi cela s'était produit en premier lieu. *Il a dit que c'était trop dur et qu'il pouvait pas continuer. Ça n'a pas changé.*

* * *

C : Je vais pas bien, mais je vais bien. Je suis pas sûre de quoi on pourrait parler pour le moment. Dans quelques temps, peut-être ? Je peux pas juste devenir ton « amie », vu où on en était il y a 24 heures. Tu sais très bien comment tout s'est effondré, donc s'il te plaît, fais pas genre que t'y es pour rien. C'est vraiment dur pour moi de recevoir des messages de toi, donc à moins que ce que tu ressentais hier quand tu m'as appelée a changé, je peux pas... Genre, quand je regarde mon téléphone et que je vois ton nom, je me sens super heureuse, puis je me souviens que j'ai aucune raison de l'être. Tu peux pas être la personne qui me brise le cœur et qui, en même temps, s'inquiète que j'aille bien.

Dès qu'elle eut envoyé le message, Courtney regretta. Elle ne voulait pas qu'il sache à quel point cette situation l'affectait, qu'elle avait l'impression de se noyer. Elle n'aurait pas dû demander si ses sentiments avaient changé ; c'était comme laisser une lueur d'espoir se diffuser en elle alors qu'elle ne croyait pas vraiment qu'il en restait une.

Son corps entier désirait qu'il lui réponde et lui dise qu'il avait fait une terrible erreur et qu'il l'aimerait pour toujours si seulement elle acceptait de le pardonner. Mais elle savait que ce message ne viendrait pas. Elle pouvait le sentir.

Son téléphone vibra, et elle s'autorisa à lire le nouveau texto.

E : Je suis tellement désolé. Je sais que ça vaut pas grand-chose, mais je le suis. Je vais essayer de te laisser tranquille, mais si jamais tu veux parler, je suis là. Je t'aimerai toujours.

· · ·

C'était la pire chose qu'il aurait pu dire. Elle ne savait pas comment se remettre du fait que si seulement elle vivait à un endroit différent, rien de tout ça ne se serait produit. *En quoi est-ce que c'est juste ? Comment il peut me dire qu'il m'aime, mais ne pas être capable de rester avec moi ?*

Maintenant qu'elle était seule, elle laissa ses larmes couler. Des fragments du passé traversèrent son esprit : la sensation des lèvres d'Ethan contre les siennes, de ses mains dans ses cheveux… Elle pouvait visualiser le sourire espiègle qui lui faisait perdre l'esprit à chaque fois. Elle se souvenait de chaque seconde de la première fois qu'il lui avait dit qu'il l'aimait, et de cette nuit chez lui, lorsqu'il l'avait invitée au bal d'automne.

Elle souhaita pouvoir mettre son cerveau sur pause, même juste pour une minute, afin d'échapper au barrage rompu de souvenirs qui noyaient son esprit.

Courtney essaya de retrouver une respiration normale. *Reprends-toi, pense à autre chose. N'importe quoi d'autre. L'équipe de pom-pom, l'école, un poney, n'importe quoi.*

Lorsque sa mère finit de régler l'addition et la retrouva dans la voiture, Courtney était parvenue à se reprendre un tout petit peu.

— Tout va bien ?

— Non. Mais oui. Prête pour mon nouveau look.

Sa mère démarra le moteur et la conduit jusqu'au salon de coiffure. Courtney ne montra pas à sa mère les photos qu'elle avait choisies pour pouvoir apprécier sa surprise lorsque la coupe serait finie.

Roxanne était celle qui s'occupait de ses cheveux depuis des années, mais Courtney avait toujours préféré les garder longs, sombres et bouclés. Elle n'avait jamais vraiment varié. Aujourd'hui serait différent.

Bien qu'hésitante, elle montra les photos à la coiffeuse, et un grand sourire apparut sur le visage de cette dernière. Elle fut reconnaissante à Roxanne de ne pas commenter sur son visage bouffi lorsqu'elle retira ses lunettes de soleil. *C'est quelqu'un de bien,* se dit Courtney.

Déterminée, elle essaya de se détendre dans son fauteuil alors que Roxanne préparait la couleur. Courtney se promit que cette nouvelle version d'elle-même réussirait à se remettre d'Ethan et à avancer. Cette nouvelle personne irait bien.

Elle avait décidé de ne pas se regarder pendant tout le processus pour pouvoir se retourner à la fin et être surprise, comme dans toutes ces émissions télé de relooking. Elle ferma les yeux et écouta le bruit des ciseaux faire leur travail et le son de ses longues mèches tomber au sol.

Cela prit un moment, mais finalement, ses cheveux furent séchés et sa nouvelle coupe, prête à être révélée. Elle s'assit bien droit dans son fauteuil et se prépara mentalement.

Roxanne la tourna vers le miroir, et lorsqu'elle ouvrit les yeux, Courtney comprit instantanément qu'elle avait obtenu le résultat qu'elle espérait.

Ses cheveux étaient courts pour la première fois depuis son enfance, mais sa coupe n'avait rien d'enfantin. Ses boucles étaient rassemblées en un carré court à l'arrière et plus long sur le devant, ce qui lui donnait un air à la fois insouciant et sexy. Roxanne avait également ajouté des reflets blonds clairs à sa chevelure sombre, soulignant la courbe de ses boucles.

Courtney n'arrivait pas à croire que c'était son propre reflet qu'elle voyait. Elle ne ressemblait pas à la fille qui s'était assise dans ce fauteuil deux heures plus tôt ; elle paraissait plus âgée.

Elle glissa ses doigts dans ses cheveux pour en apprécier la nouvelle forme et texture. C'était exactement ce qu'elle avait voulu.

Sa mère entra dans le salon quelques minutes plus tard et s'exclama.

— Oh, mon DIEU, Courtney. Tu es sublime ! Une vraie adulte. J'en reviens pas !

Courtney la gratifia de son premier vrai sourire de la journée, en oubliant presque la raison pour laquelle ce changement drastique avait été nécessaire.

En guise de dernière petite surprise, Roxanne demanda à l'une des esthéticiennes du salon de lui faire une retouche maquillage rapide avant qu'elle ne parte.

Lorsqu'elle sortit de la boutique, Courtney se sentait à nouveau presque humaine. Elle remercia sa mère un millier de fois alors qu'elles rentraient chez elles. Même si elle savait qu'elle avait encore besoin de beaucoup pleurer, elle était déterminée à profiter de ce moment.

Elle sentit son sac en cuir gris vibrer, et un poids s'installa dans son estomac. Elle ne pouvait pas supporter un nouveau message d'Ethan ; ce serait trop. Mais lorsqu'elle regarda son portable, elle vit que c'était Ben qui lui avait envoyé un message, et non pas Ethan.

B : Hey, tu vas bien ? Tu manques jamais les cours, donc je me suis dit que j'allais prendre de tes nouvelles. Je peux te passer mes notes d'anglais et d'histoire quand tu reviens. Et aussi, c'est pas très important, mais je voulais te reparler du bal d'automne du week-end prochain. Prends soin de toi.

Courtney avait oublié l'invitation de groupe de Ben au bal d'automne. Elle tapa sa réponse, consciente que ce n'était pas la chose à faire, mais elle se sentait audacieuse et impulsive après avoir changé son apparence, et il fallait qu'elle profite de ce regain de confiance.

· · ·

C : Oui, je vais bien. J'avais juste besoin d'un jour de pause. Merci pour les notes, je te les emprunterai demain. Je pense que oui, pour le bal d'automne. Je sais que t'as prévu d'y aller en groupe, mais si tu veux y aller juste toi et moi, ça pourrait être cool aussi. Peu importe ce que tu décides, je suis partante.

C'est cruel, se dit-elle. *Ton cœur appartient à Ethan... Ça va pas bien finir.* La logique de son cerveau était imparable, mais elle s'en moquait. Elle avait besoin de sentir que quelqu'un la voulait, et elle savait que Ben était une option peu dangereuse. Il n'allait pas la blesser ou prendre avantage d'elle, et pour le moment, elle n'avait pas la capacité émotionnelle de s'inquiéter d'autre chose.

B : Ok ? Comme amis ou... Désolé, je suis un peu perdu, là.

L'impulsivité de Courtney lui revenait en pleine face. *C'est pour ça que tu devrais te taire.* Maintenant, il fallait qu'elle s'explique.

C : Amis... ou pas. On peut en parler davantage plus tard si tu veux :)

Et maintenant, tu flirtes avec des smileys ? Sérieux, Courtney. Mais son côté rebelle se réjouissait. Elle n'avait aucune raison de se sentir coupable. Ethan l'avait poussée à agir ainsi. Elle connaissait et appréciait Ben, elle n'était plus avec Ethan, et elle méritait d'aller à son bal d'automne. *Donc le reste, on s'en fout*, lui dit la petite voix dans sa tête.

. . .

B : Ok, ça marche, je vais aller prendre des tickets aujourd'hui, et on peut en parler plus demain. Je suis content d'avoir redemandé.

C : Moi aussi. À plus.

Elle ignora sa conscience et reporta son attention sur sa mère.

— Ça te dit de faire un dernier arrêt avant de rentrer ? lui demanda-t-elle.

— Bien sûr. Tu veux aller où ?

— Il me faut une nouvelle robe pour le bal d'automne. Pas de marathon shopping cette fois, promis. Juste un magasin. Et je vais regarder que ce qui est à prix réduit. Tu peux même attendre dans la voiture si tu veux.

Courtney dut admettre que son cœur se brisa un peu plus lorsqu'elle réalisa qu'elle ne serait jamais capable de remettre la robe noire. Elle l'adorait, mais l'idée de la porter lui était insupportable. Sa mère commença à formuler une question, mais dut réaliser la même chose que Courtney car elle tourna la voiture en direction du centre commercial sans un mot.

CHAPITRE VINGT-NEUF

♫ *Long Day* – Matchbox Twenty

Elles finirent par rentrer, et Courtney se retrouva à court de distractions. Ses devoirs étaient faits, la composition de son équipe pour le match du soir suivant aussi, et elle était à jour dans sa liste de lecture. Elle erra donc dans sa maison à la recherche de comment s'occuper, s'amusant à surprendre son nouveau reflet dans les surfaces réfléchissantes.

Elle arpenta le devant de sa porte de chambre sans réussir à y entrer, consciente que lorsqu'elle le ferait, elle allait devoir prendre une décision quant à quoi faire de toutes les choses qui lui rappelaient Ethan et qui s'étaient incorporées à son univers.

Courtney fit tourner la bague à son doigt. Elle ne l'enlevait jamais. L'anneau était devenu un accessoire permanent, et elle n'arrivait pas à décider quoi en faire.

D'un coup, elle ouvrit la porte de sa chambre et y pénétra, déterminée à faire ses choix sans pleurer.

Elle commença à rassembler ses photos sans les regarder et à les fourrer dans une boîte à chaussures vide. Le fait ironique que la boîte soit couverte de cœurs et d'étoiles aux couleurs vives ne lui échappait pas, mais elle n'était pas capable de déjà en sourire.

Elle saisit la lettre pliée avec soin qui était posée sur sa commode depuis le jour où elle était rentrée chez elle, l'été passé. Le souvenir des promesses inscrites sur cette feuille lui serra le cœur, et elle résista à son impulsion de la relire. Elle finit également dans la boîte à chaussures.

Le CD qu'Ethan avait gravé pour elle suivit le même chemin, après qu'elle se soit assurée qu'il avait bien retrouvé sa place dans le boîtier. Les chansons sur son téléphone devront être effacées également. Ainsi que presque toutes les chansons qu'elle avait jamais écoutées.

Ses émotions menacèrent sa mission de se créer un espace libéré d'Ethan. Elle s'occuperait du problème de la musique plus tard. Ou bien, elle pourrait commencer à n'écouter rien d'autre que du rap violent. Courtney s'imagina brièvement porter de grosses chaînes en or, mais se repencha très vite sur la tâche en cours.

Elle ouvrit son placard et rangea sa robe de bal noire dans sa housse avant de la cacher tout au fond. Puis, elle examina sa garde-robe et réalisa que la plupart de ses tenues estivales allaient devoir disparaître. La jupe en jean de la fête de Vanessa, la robe d'été rouge et la robe longue blanche à perles. Elle repoussa les flash-backs qui tentaient de s'échapper du plus profond de son subconscient, et fourra les vêtements dans la boîte à chaussures qui débordait déjà, avant d'essayer d'en refermer le couvercle. En vain. Il n'arrêtait pas de glisser, comme pour se moquer d'elle.

Courtney était déterminée à prouver qu'elle pouvait forcer tous ses souvenirs d'Ethan à cohabiter dans cet espace réduit. Elle courut quasiment jusqu'au rez-de-chaussée, dépassant son père dans la cuisine.

— Il est où, le scotch ? demanda-t-elle aussi calmement que possible, malgré tout consciente qu'elle devait paraître légèrement hystérique.

— Euh, dans le garage ? Tu vas bien ? lui demanda

son père d'un ton hésitant en passant une main dans ses cheveux grisonnants.

— Super. Merci.

Toujours focalisée sur son but, Courtney retourna dans sa chambre, armée de la clé de son succès. Elle entoura la boîte d'une quantité exagérée de scotch gris, et son moment d'anxiété commença à se dissiper. Elle grimpa ensuite sur une chaise et cacha le tout sur l'étagère la plus haute de son placard.

Mais Courtney n'était toutefois pas encore prête à retirer la bague. C'était idiot, mais c'était la seule partie de lui qui lui restait, et elle n'arrivait pas à se forcer à la laisser s'envoler. *Demain, peut-être.*

Elle observa sa chambre, et il devint évident que ça n'avait rien arrangé. La chambre paraissait juste vide. Toutes les émotions avec lesquelles elle avait cohabité ces derniers mois persistaient, presque comme des fantômes. Elle n'était pas suffisamment naïve pour croire qu'elle pourrait se forcer à se sentir mieux juste en rangeant sa chambre, mais elle avait espéré que ça l'aurait aidée davantage.

Sans rien pour l'occuper, son esprit la poussa automatiquement à appeler Ethan, comme elle l'avait fait à chaque moment libre des quelques derniers mois. Elle voulait savoir comment avait été sa journée, s'il allait bien. Juste entendre sa voix. *Comment tu vas t'en remettre ?*

Elle s'assit au milieu de sa chambre et laissa tout ce qu'elle avait retenu depuis le matin sortir en un bazar de larmes et de sanglots étouffés. Il lui manquait tant que ça en devenait physiquement douloureux.

Elle saisit son téléphone, se moquant que ce ne soit pas une bonne idée, prête à lui envoyer un message. Mais elle vit qu'elle avait manqué un appel de Vanessa, ce qui était très rare. Elle se força à se reprendre suffisamment pour pouvoir parler au téléphone, et la rappela.

— Meuf, qu'est-ce qui se passe ? demanda Vanessa immédiatement.

— Euh… Il pourrait y avoir plusieurs réponses à cette question, mais je vais assumer que tu parles d'Ethan et moi.

— Hm, ouais, je parle d'Ethan et toi.

— Eh bien, je crois qu'on a rompu. Non, je suis sûre qu'on a rompu. Désolée, c'est pas facile à dire, avoua-t-elle, la voix tremblante.

— Oh, mon Dieu. Tu vas bien ? Pourquoi tu m'as pas appelée ?

— Je sais pas. J'avais besoin de l'accepter par moi-même. Comment tu sais qu'il y avait un problème au fait ? Il a dit un truc ?

Elle se mordit la lèvre, se détestant de déjà demander de ses nouvelles, mais elle avait besoin de savoir s'il allait bien.

— Pas vraiment. Je sais pas. Tu veux savoir ? Ce qu'il s'est passé, je veux dire ? Est-ce que je devrais le détester et me venger pour toi ? Je suis pas trop sûre de ce que je suis censée faire en tant que ta meilleure amie, là.

— T'as pas à le détester. Je le déteste pas. Je comprends. C'était dur, et il avait plus envie de continuer. Donc ok. Je déteste que ça se soit fini comme ça. Je déteste de pas réussir à arrêter de pleurer. Et je déteste que tout irait bien si j'habitais là-bas plutôt qu'ici. Mais je peux rien contrôler de tout ça. Donc oui, dis-moi.

— Il est arrivé défoncé au lycée ce matin, ce qui est *vraiment* pas dans ses habitudes. Ok, ça l'était peut-être un peu quand il a emménagé ici, mais cette année, enfin, depuis qu'il t'a rencontrée, il a été super sérieux au lycée et il se débrouillait bien, donc j'ai compris que quelque chose allait pas quand je l'ai vu.

L'estomac de Courtney se noua. Elle voulait l'appeler. Non, elle voulait le voir et lui dire qu'il n'avait pas à s'auto-détruire.

— Il… Il s'est fait suspendre ou autre ?

— Non, heureusement. J'ai envoyé Luke l'intercepter sur le parking avant qu'il entre, et il l'a ramené chez lui. Il aurait détruit tous ses efforts s'il avait été chopé. Abruti.

Courtney laissa échapper un soupir de soulagement. Au moins, il n'aura pas de graves problèmes.

— Je suis contente que Luke ait été là. J'aimerais bien pouvoir faire quelque chose, mais je pense juste pas pouvoir gérer…

— Arrête. On va s'occuper d'Ethan. Qui va s'occuper de toi ? Je suis tellement désolée, Court. J'aurais pas dû vous faire vous rencontrer.

— Dis pas n'importe quoi, c'est pas de ta faute. J'ai passé le meilleur été de toute ma vie grâce à toi.

Une pensée lui traversa l'esprit.

— D'ailleurs, j'aimerais bien te rendre la pareille.

— Comment ça ?

— J'ai économisé pour venir vous voir pour le Nouvel An, mais y'a juste pas moyen que je revienne si vite et que je le croise ou rien du genre. Mais qu'est-ce qui m'empêche de te payer le ticket pour que tu viennes ici ?

— T'es sérieuse ? Ça serait trop génial ! J'aurais pas à gâcher ma super tenue du Nouvel An en portant une parka !

— Nan ! Peut-être juste une petite veste.

— Laisse-moi en parler avec ma mère, mais perso, je m'y vois déjà.

— Cool ! Ça me ferait super plaisir, admit Courtney.

— Meuf, je t'aime, l'oublie jamais. Appelle-moi si t'as besoin, ok ? Je sais que t'essayes de faire bonne figure là, mais je sais aussi à quel point il comptait pour toi. Donc appelle-moi, peu importe l'heure, et je répondrai, ok ?

— Ça marche. Je le ferai, dit Courtney, la voix étranglée. Juste, hm… Assure-toi qu'il aille bien aussi, ok ? Je peux pas être là pour lui, mais j'ai besoin de savoir qu'il est…

— Arrête d'y penser. Je m'en occupe. Je te tiens au courant de ce que ma mère dit pour le Nouvel An. Prends soin de toi.

— Merci, je vais essayer, promit Courtney avant de raccrocher.

Elle savait que sa meilleure amie était la seule qui pourrait comprendre ce que cette situation lui faisait. Aucun de ses amis ici n'avait rencontré Ethan ; ils n'avaient pas vu à quel point il la rendait heureuse. Ils n'avaient vu que les moments où il lui manquait et où elle était misérable.

Courtney soupira. Généralement, parler avec Vanessa la faisait se sentir mieux à propos de tout. Mais cette fois, ça n'avait fait qu'intensifier son débat intérieur sur si elle devrait contacter Ethan ou non.

Elle commença à composer un message.

C : Et si on oubliait ce que j'ai dit sur le fait de pas parler ? Je sais que je devrais pas, mais j'ai besoin d'entendre ta voix.

Elle ne l'envoya pas. Sa capacité à prendre des décisions n'était pas digne de confiance, donc elle choisit de laisser le message tel quel et de transférer la décision à son moi futur. À ce moment exact, la seule décision qu'elle arrivait à prendre était de dévorer un pot de glace au beurre de cacahuètes et de regarder *Pretty in Pink*.

Mais alors qu'elle ouvrait le pot, la sonnette de la porte d'entrée retentit. *C'est une blague ?* Dans un premier temps, elle l'ignora comme elle n'attendait personne, mais on commença ensuite à tambouriner contre la porte.

Elle avança dans l'entrée d'un pas lourd et ouvrit brusquement, préparée à se comporter horriblement avec cette personne qui l'empêchait de se morfondre. Mais son expression s'affaissa lorsqu'elle trouva Ashley et Molly devant elle.

— Mais non ! Ta coupe est géniale ! C'est pour ça que t'étais absente aujourd'hui ? commenta Ashley en tendant une main pour toucher les cheveux de Courtney.

— T'es jamais absente, donc on s'est dit qu'on allait passer. Tu… Tu vas bien ? demanda Molly en faisant glisser son regard des cheveux de Courtney à ses yeux gonflés.

— Ouais. Bien. Merci.

— Hm, tu mens. On entre, déclara Ashley en la dépassant pour aller dans la cuisine.

Courtney soupira, peu d'humeur à déjà retracer les événements des dernières 24 heures.

— Ouais, c'est bien ce que je pensais… On est en alerte de niveau trois. Ou cinq. Je connais pas la terminologie, mais c'est du sérieux, reprit Ashley lorsqu'elle vit le pot de glace ouvert sur le comptoir.

Molly semblait presque désolée, mais laissa Ashley réclamer des réponses.

— J'ai juste… Lui et moi. On a rompu.

Les mots sortirent tout seuls dans un murmure.

—Pourquoi ? La dernière fois qu'on a parlé, tu semblais tellement convaincue…, remarqua Molly avec douceur.

Courtney laissa l'histoire entière franchir ses lèvres. Elle n'en avait pas eu l'intention, mais une fois lancée, elle n'arriva pas à s'arrêter. Même si elle aurait préféré que son récit puisse se faire sans pleurs, elle se transforma en fontaine au beau milieu de sa cuisine.

— Hm, pardon ? dit Ashley, qui se forçait à contrôler sa voix. T'essayes de me dire qu'après que t'aies passé les deux derniers mois en mode « copine parfaite », il a *l'audace* de se plaindre que, quoi, il peut pas draguer d'autres filles ? Mais genre, c'est une blague ?

Ses traits délicats étaient animés d'une colère incrédule.

— Je suis d'accord avec elle, là, dit Molly. Ce mec a l'air d'être égoïste et un abruti complet. Il comprend pas que tu traverses la même merde ? Genre, c'est juste ridicule qu'il se plaigne à *toi* que sa vie est dure. L'espèce masculine entière me tue, sérieux.

— Je sais pas. Je pense pas qu'il avait l'intention d'être égoïste. Je pense qu'il essayait de…

— Ouais, non, le défends pas alors que t'es en train de pleurer dans ta cuisine. Il mérite pas ça. Mais toi, tu mérites quelqu'un qui va mieux te traiter. C'est juste dingue, gronda Ashley.

— Tu lui as parlé depuis hier soir ? continua Molly.

— Il m'a envoyé plein de messages aujourd'hui… J'en ai renvoyé un, mais je sais pas… C'est dur de pas lui parler. J'ai juste…

— Tu devrais absolument pas lui envoyer de message, sous aucune circonstance. C'est juste réclamer d'avoir le cœur encore plus brisé. Ma mère dit toujours : « Il faut que tu enseignes aux autres comment te traiter », donc lui enseigne pas que c'est ok d'agir comme ça. Ça l'est pas, dit Ashley avec fermeté.

— Je suis d'accord à 100 %. Il faut que tu sortes d'ici. Sors avec nous, ou encore mieux, sors avec Ben. Il est, genre, amoureux de toi, et c'est un mec chouette. Pas un abruti qui se croit être le cadeau de Dieu aux femmes parce qu'il peut jouer quelques accords, continua Molly, de plus en plus énervée.

La mention de Ben rappela à Courtney qu'elle allait au bal d'automne avec lui. *C'était vraiment irréfléchi comme décision*, se réprimanda-t-elle. *À quoi tu pensais ?*

Mais maintenant que les conseils de ses amies commençaient à se faire une place dans son esprit, elle se demanda si elles avaient raison. Est-ce qu'Ethan était toujours le « Pêcheur » et qu'elle ne le réalisait que maintenant ? *Chassez le naturel et il revient au galop, non ?* Elle voulait croire que tout ce qu'il lui avait dit était vrai, qu'elle avait changé sa vision des choses. Mais peut-être que c'était seulement incroyablement naïf. *Peut-être que tu es juste vraiment idiote*, pensa-t-elle, les larmes menaçant à nouveau.

— Est-ce qu'on peut rester et manger de la glace avec toi ? On pourra te raconter le moment où M. K a fait remarquer à Leah qu'elle était une grosse lèche-cul. C'était le meilleur cours de tous les temps, tu vas adorer, blagua Ashley.

Courtney acquiesça et observa ses amies sortir des bols et des cuillères pour l'accompagner dans sa décision de noyer son chagrin dans les calories. Elles parvinrent à lui remonter provisoirement le moral avec leurs histoires, et son message presque envoyé fut oublié.

CHAPITRE TRENTE

♫ *I Want You To Want Me* – Letters to Cleo
Kiss Me – Sixpence None the Richer

Courtney survécut à la nuit et à la journée suivante avec seulement quelques petites pertes de contrôle espacées.

Tout le monde à l'école remarqua sa nouvelle coiffure, donc il lui fut facile d'éviter de parler de sujets trop sérieux. Elle parvint même à discuter avec Ben du bal d'automne sans pleurer ou se ridiculiser.

— Waouh. Donc c'est ça que tu faisais hier. T'as l'air… différente. En bien. Ça me plaît, lui dit-il avant leur troisième cours de la journée.

— Donc tu penses qu'avant, c'était moins bien ? le taquina-t-elle sans trop d'enthousiasme.

— Non ! Enfin, je veux dire, j'ai toujours pensé que t'étais, euh… belle. C'est juste… nouveau.

Courtney rougit, peu habituée à ce que Ben la complimente aussi ouvertement.

— Oh. Merci, répondit-elle avec sincérité.

— J'ai, hm, acheté les tickets pour le bal hier, donc c'est fait. Tu veux aller quelque part en particulier pour dîner ? Ou…

— Si tu veux aller manger avec tes amis, peu importe où ils vont m'ira. Et au fait, j'ai acheté une robe hier.

Elle se força à paraître excitée à propos du bal et à ne pas visualiser la robe noire brillante qui reposait au fond de son placard, des souvenirs d'Ethan tissés dans son étoffe.

— Ok, je vais demander aux autres où ils vont. Elle ressemble à quoi, ta robe ? demanda Ben, curieux.

— J'ai opté pour un style années 80 avec un ensemble rose bonbon. Mais pour plus de détails, il va falloir que tu attendes le week-end prochain.

Malgré son cœur brisé, ou peut-être en raison de ce dernier, elle appréciait de flirter avec quelqu'un qui se trouvait juste devant elle.

— Ok, alors, je vais pas me plaindre, dit-il avec un sourire flatteur. Et... Juste pour qu'on soit sur la même longueur d'ondes, euh... Ce bal, enfin le fait qu'on y aille ensemble... C'est, euh... Mon Dieu, j'ai l'air idiot. Enfin, je veux pas me mêler de ce qui me regarde pas, mais je suis juste pas sûr de ce qui s'est passé avec...

— C'est fini, répondit-elle simplement.

— Ok. Désolé. Je voulais pas...

— T'inquiète pas pour ça, t'as tous les droits de demander.

Courtney se força à retrouver son sourire et fut reconnaissante quand Ben n'insista pas davantage.

Elle sortit ses affaires pour être prête pour le début du cours, mais ne put ignorer que Ben souriait toujours quelques minutes plus tard. *Peut-être que c'est de ça dont j'ai besoin. Ça serait simple avec Ben si je laissais les choses se faire*, se dit-elle, malgré tout consciente qu'elle ne retrouverait jamais ce qu'elle avait eu avec Ethan.

Son cœur se serra au souvenir de la nuit de leur rencontre et de leur baiser manqué dans la cuisine de Vanessa. Elle était presque certaine de ne pas pouvoir retrouver cette étincelle un jour, ce qui la fit se sentir très seule.

Elle soupira doucement et se prépara pour la prise de notes intense qui l'attendait.

La journée d'école se termina plus ou moins comme elle avait commencé, et le match du soir aida Courtney à se distraire. Elle doubla ses heures de travail du jour suivant pour ne pas être seule avec ses pensées. La fatigue la submergea dès qu'elle arriva chez elle tard dans la soirée, mais elle fut contente de réussir pour une fois à s'endormir facilement.

La semaine suivante lui donna l'impression d'être piégée sur un manège sorti tout droit de l'enfer.

Courtney s'arrangea pour être si occupée qu'elle se sentait sur le point de s'évanouir à tout moment. Lorsqu'elle faisait une pause, le manque qu'elle ressentait pour Ethan la submergeait, et elle ne pouvait empêcher la peine de se diffuser en elle.

Elle n'avait pas eu de ses nouvelles et n'était pas certaine de si elle en était soulagée ou non. Elle se laissait régulièrement entraîner dans un trou noir de pensées terribles, s'imaginant qu'il avait déjà trouvé quelqu'un de nouveau. Kim était généralement la fille qu'elle visualisait dans ce scénario.

Vanessa lui avait assuré qu'Ethan semblait aller bien, même s'il n'était pas redevenu lui-même. Elle promit de ne pas le mentionner à nouveau à moins qu'il ne meure ou que quelqu'un ne tombe enceinte par sa faute. Courtney se dit qu'être contactée dans ces circonstances était acceptable, bien que l'idée qu'il soit avec une autre fille la rendait malade. *Peut-être que tu es juste quelqu'un d'horrible si cette possibilité te gêne plus que celle qu'il meure.* Elle décida qu'elle pouvait vivre avec ce défaut dans sa personnalité.

Vendredi soir avait lieu le match de rentrée, et Courtney avait travaillé d'arrache-pied pour que son équipe soit prête. Leur performance à la mi-temps allait être incroyable s'ils arrivaient à parfaitement effectuer toutes les figures qu'elle avait incorporées à la routine. Elle se repassa cette dernière un million de fois dans sa tête, mais fit de son mieux pour apparaître confiante devant ses coéquipiers.

À la fin du spectacle, elle s'autorisa enfin à souffler pour la première fois de la semaine car ils avaient parfaitement réussi toutes les figures. En prise à l'adrénaline du moment, elle se laissa aller au bonheur un instant. La deuxième mi-temps lui sembla plus amusante maintenant qu'elle pouvait se détendre, et elle accepta même d'aller à Desert Ridge avec ses amies une fois le match fini.

Ébouriffer ses cheveux courts était une sensation nouvelle et agréable, et elle se sentit un peu plus sûre de sa nouvelle image lorsqu'elle arriva dans la cour du centre commercial plus tard dans la soirée.

Elle avait enfilé un haut bleu vif et un jean sombre et portait même une paire de talons compensés argentés, ce qui était rare pour elle. Elle appréciait la façon dont ses reflets blonds apportaient un petit quelque chose en plus à son apparence, et se prépara à faire un effort pour s'amuser. Elle aura tout le temps de se morfondre lorsqu'elle sera seule.

Courtney repéra vite Ashley et Molly ; elles planaient toujours de la victoire de leur équipe. Comme d'habitude, Courtney était affamée, donc elle décida d'aller chercher des burgers et des frites pour ses amies et elle. Elle sursauta légèrement lorsqu'elle sentit une main sur sa taille alors qu'elle faisait la queue.

— Désolé, je voulais pas te faire peur, s'excusa Ben.

— Oh non, c'est rien, dit-elle avec un soupir. Je suis toujours tendue après un match. Tu vas bien ?

Elle accompagna sa question d'un sourire sincèrement intéressé.

— Ça va, oui. T'étais super ce soir.

Ben parlait d'un ton hésitant, comme s'il n'était pas sûr que ce genre de commentaire soit approprié.

— Je vais supposer que tu parles de ma routine de mi-temps soigneusement élaborée, comme tu as observé attentivement les niveaux de difficulté et la synchronisation des figures, et pas juste à quoi je ressemblais en uniforme.

Elle lui lança un clin d'œil charmeur. Sa conscience peinait à décider si elle devrait la faire se sentir coupable ou non de la façon dont elle s'était comportée avec Ben ces derniers temps. Elle était si perdue qu'elle ne savait plus ce qu'elle ressentait. Tout ce qu'elle savait était que flirter avec lui était facile et que cela lui donnait moins l'impression que son cœur était en train de se désintégrer.

— Oh oui, absolument. J'ai à peine remarqué la petite jupe courte, répondit-il avec un sourire, prenant en confiance.

Il se redressa bien droit, marquant sa taille haute et faisant son T-shirt des Horizon se tendre contre son torse. Courtney fut prise de l'envie subite de toucher le ventre de Ben pour s'assurer qu'il ne portait pas une sorte de ceinture imitant des abdos sous son haut. *Tu es tellement bizarre.*

Elle refoula rapidement cette impulsion et tenta d'agir comme une personne normale.

Ils avancèrent ensemble dans la file en discutant tranquillement, puis il l'aida à transporter ses sachets débordant de nourriture jusqu'à la table des filles.

— Tu veux t'asseoir ? Ou tu dois retourner voir tes copains ? demanda-t-elle en indiquant son groupe habituel d'un geste de la main.

— Non, je peux rester un peu, dit-il, visiblement ravi.

Ashley et Molly les amusèrent avec des anecdotes de lycée, puis elles posèrent énormément de questions à Ben sur la saison de basket et sur ce qu'il pensait des chances de l'équipe des Horizon. *C'est sympa. Je suis bien ici, avec eux. Peut-être que j'irais bien finalement*, se dit-elle tout en faisant tourner la bague à son doigt d'un geste absent. Elle baissa les yeux lorsqu'elle réalisa ce qu'elle était en train de faire et soupira discrètement. *Ou peut-être pas déjà.*

Elle fronça les sourcils et se concentra à nouveau sur la conversation en cours en donnant son avis sur le futur de l'équipe de basket.

Alors qu'elle parlait, Ben prit sa main dans la sienne. La main du jeune homme était grande comparée à celle de Courtney, et cette dernière ne put s'empêcher de remarquer combien c'était une sensation différente que de tenir celle d'Ethan. Les mains de Ben étaient comme des pattes d'ours ; elles étaient masculines et protectrices. Au contraire, les doigts d'Ethan étaient longs et fins et avaient naturellement trouvé leur place entre ceux de Courtney.

Ben resta avec elles un peu plus longtemps jusqu'à ce que la semaine surchargée de Courtney ne la rattrape. La fatigue la frappa brusquement, et elle savait qu'il fallait qu'elle se repose si elle voulait pouvoir être en forme pour les festivités du lendemain.

Ben proposa de la raccompagner à sa voiture.

— Ça marche, merci, répondit-elle.

Courtney dit bonne nuit à Ashley et à Molly, et partit avec Ben vers la sortie. Elle fit semblant de ne pas voir le regard ravi que ses amies échangèrent lorsqu'elles remarquèrent qu'ils se tenaient la main.

— C'était cool, ce soir. Tes potes sont drôles. J'avais jamais vraiment traîné avec elles avant, mais je comprends pourquoi tu les aimes bien.

— Ouais, elles sont marrantes. C'était chouette de juste pouvoir faire une pause après cette semaine de dingue, donc merci d'avoir supporté nos trucs de filles.

— Quand tu veux.

Ils arrivèrent à sa voiture, et Courtney se tourna lentement pour faire face à Ben. Elle essayait de trouver quelque chose à dire quand il s'avança vers elle et se pencha. Ben déposa un petit baiser sur sa joue, et elle le laissa faire, mais elle fit un pas en arrière lorsqu'il chercha à se déplacer vers ses lèvres.

— Désolé, dit-il en reculant à son tour. J'aurais pas dû…

— Non, non, c'est rien. C'est juste moi. Enfin, je t'aime bien, dit-elle brusquement, elle-même surprise de cet aveu. Je crois que peut-être, je t'ai toujours bien aimé, mais je pense juste pas être prête à… Je sais pas. Désolée. Maintenant, j'ai tout rendu gênant, finit-elle, le visage écarlate.

Je veux juste disparaître dans un trou.

— T'excuse pas. Tu viens de dire que tu m'aimais bien, donc ça me va, dit-il avec un sourire en secouant la tête. Je sais que tu viens juste de sortir d'un truc, et t'as pas à te justifier. Mais juste, dis-moi quand tu te sentiras vraiment prête, ok ? Parce que je t'aime bien, Courtney.

Elle réussit à lui sourire malgré ses émotions contradictoires.

— T'es un mec bien, tu le sais, hein ?

— Arrête, c'est un arrêt de mort romantique, cette phrase ! dit-il en riant.

— Non ! C'est une bonne chose, lui assura-t-elle. Je le ferai. Je te le dirai, je veux dire. Ok ?

— Ok.

— Et on se voit demain.

— Absolument. À plus, Court.

Il retourna vers le centre commercial, son pas habité d'une assurance nouvelle.

Courtney inspira profondément avant de monter en voiture. *Ok, c'était pas si terrible, même si un peu gênant. Tu peux le faire. Être une lycéenne normale qui sort avec un mec sympa qui t'aime bien et qui vit dans la même ville que toi. C'est possible,* essaya-t-elle de se convaincre.

Mais lorsque Ben eut disparu au loin et que ses portières furent verrouillées, Courtney éclata en sanglots. Aucun conseil ou récitation de mantra ou méditation ne pouvait l'aider à oublier la sensation des mains d'Ethan sur elle et la façon dont il lui avait donné vie.

Elle laissa ses larmes couler jusqu'à ce que ses sanglots se transforment en hoquets, et décida que si après le bal la nuit suivante, elle ressentait toujours la même chose, alors elle appellerait Ethan. Peu importe le résultat, elle avait besoin de savoir si elle pourrait jamais retrouver ce sentiment.

Elle rentra chez elle, son corps épuisé ne réclamant rien d'autre que d'être au lit.

CHAPITRE TRENTE-ET-UN

♬ *Save Me* – Hanson

*L*orsqu'elle arriva dans sa chambre, Courtney enfila rapidement le premier pyjama qu'elle trouva et repoussa sa couette. Mais alors qu'elle s'installait confortablement, son téléphone vibra sur sa table de nuit. *Erg. Je veux juste dormir.*

Elle attrapa son portable et vit la photo d'Ethan sur l'écran. Le cœur battant à tout rompre, elle s'assit d'un coup dans son lit et répondit en essayant de sembler calme.

— Ethan ?

— Heyyyy bébé, répondit-il.

Il était saoul. Courtney paniqua.

— Écoute, si t'as besoin qu'on te ramène chez toi ou autre, je peux appeler…

— Chuuuut, non. J'ai pas besoin qu'on me ramène. J'ai besoin de toi. Je suis vraiment débile, Court-né. T'es mon ours, tu sais ? Juste, chuut. Juste, *écoute-moi.*

— Ethan, s'il te plaît, fais pas ça. Je peux pas supporter…

Il lui disait ce qu'elle avait désespérément voulu qu'il lui dise avant. *Pourquoi est-ce qu'il faut qu'il soit bourré pour le dire* ? Ce n'est pas comme ça que les choses auraient dû se passer.

— *Courtney* ! l'interrompit-il en hurlant presque. Tu comprends pas ce que je *dis*. J'ai été avec une autre fille ce soir.

Sa voix se brisa.

— Ça voulait rien dire, je voulais pas… J'ai juste besoin de toi. S'il te plaît.

Elle avait arrêté d'écouter après sa confession. L'air avait été expulsé de ses poumons, et son cerveau se retrouvait privé d'oxygène.

Quand le choc initial se dissipa, la colère s'installa à sa place.

— Mais pourquoi tu m'appelles pour me dire ÇA ?! cria-t-elle.

Elle ne lui avait jamais crié dessus auparavant. Jamais. Pas même lorsqu'ils avaient rompu. Elle avait cherché à comprendre le raisonnement d'Ethan, malgré la peine qu'elle avait ressentie.

— J'allais bien, j'arrivais à *faire face* sans toi. Qu'est-ce que tu pensais qui allait se passer ? Que tu m'appellerais pour me dire que t'as couché avec quelqu'un d'autre et qu'on se remettrait ensemble ? Comment est-ce que t'as pu même…

— Non ! J'ai couché avec personne, c'est pas ce que je voulais dire ! C'est juste un malentendu ! Si tu pouvais juste *écouter* et que le monde pouvait arrêter de tourner, sérieux…

— Peu importe, ça n'a plus d'importance maintenant ! dit-elle sans pouvoir retenir ses larmes plus longtemps. On a rompu d'une manière décente, Ethan. Je t'aimais toujours. Au fin fond de ma tête, j'espérais que peut-être, les choses pourraient être différentes. Je sais pas à quoi je pensais, mais comment est-ce que je pourrais même envisager la chose maintenant ? T'aurais pu te taper qui tu voulais, mais que tu m'appelles et que, genre, tu t'en vantes ? Que tu me jettes au visage que t'es redevenu qui t'étais avant ? Que tu dragues d'autres filles et pas moi ? Comment je suis censée me remettre de ça ? Comment je peux oublier que t'as fait un truc comme ça juste dans le but de me blesser ? finit-elle d'une voix éteinte.

Avant cet appel, Courtney avait pensé que son cœur ne pouvait pas accueillir plus de douleur, mais elle avait eu tort.

Une nausée violente se réveilla en elle. Elle se força à pleurer aussi silencieusement que possible, désespérant de ne pas avoir davantage de contrôle sur sa réaction. C'était si différent de lorsqu'elle s'imaginait qu'Ethan était passé à autre chose. Son esprit était maintenant attaqué d'un flot d'images qu'elle ne pouvait pas arrêter.

— C'était pas mon intention ! s'écria Ethan. J'ai juste… J'ai réalisé que je voulais pas de ça. Qu'on soit séparés, passer une terminale horrible… Sans toi, rien n'a de sens. Je veux pas être qui j'étais avant, je déteste ce mec. Je veux être avec toi. S'il te plaît. Viens pour le Nouvel An, et on pourra recommencer comme avant.

Elle savait qu'il essayait de ne pas bafouiller ses mots pour paraître sobre. C'était un échec complet.

— J'ai pas eu besoin de coucher avec qui que ce soit d'autre pour savoir que je t'aimais et que je voulais être avec toi. Pourquoi est-ce que t'as besoin de me faire me sentir comme *ça* pour comprendre ce que tu voulais ? Je pense même pas que tu saches ce que tu veux. Tout ce que j'espérais, depuis le moment où tu m'as dit que tu pouvais pas continuer, était que tu réalises que je valais le coup de supporter la distance, mais tu l'as pas fait, dit-elle d'une voix étranglée par les sanglots. T'étais triste et maintenant, tu te sens coupable parce que t'as fait quelque chose que tu regrettes, peu importe ce que c'était, et tu veux que je te fasse te sentir mieux. Mais je peux pas. T'as juste signé l'arrêt de mort de peu importe ce qui existait toujours entre nous.

— Courtney, dis pas ça ! Je t'aime, tu sais que je t'aime.

Il pleurait aussi.

— Je t'aimais aussi, répondit-elle.

L'usage du passé était un mensonge, mais elle espérait lui faire ressentir ne serait-ce qu'une fraction de la douleur qu'il lui avait infligée.

Elle raccrocha et balança son portable par terre, puis couvrit sa tête d'un oreiller et relâcha un sanglot.

Tout ce qu'elle voyait dans son esprit était Ethan en train d'offrir le sourire espiègle qu'elle aimait tant à une autre fille. À Kim. Et très vite, son imagination se déchaîna hors de tout contrôle : elle vit les mains d'Ethan sur la taille d'une autre fille, ses lèvres sur son cou, entendit ses murmures à son oreille…

Le souffle lui manquait. Il fallait qu'elle fasse autre chose que de rester simplement allongée ; aucune de ses techniques habituelles ne l'aidait à se calmer.

Elle entra dans sa salle de bain et fit couler l'eau aussi chaude qu'elle pouvait le supporter.

Son pyjama abandonné par terre, Courtney s'assit dans la baignoire et laissa l'eau couler sur son dos. Elle était prête à affronter n'importe quelle sensation si elle pouvait apaiser sa peine quant à ce qui venait de se produire. Elle n'aurait pas pensé qu'Ethan puisse détruire encore plus quelque chose qui était déjà brisé, mais son cœur était la preuve du contraire.

L'eau coula longtemps, si longtemps que Courtney fut finalement obligée de sortir de la baignoire lorsque l'eau chaude manqua.

Elle enveloppa son corps frissonnant dans une serviette avant de tituber jusqu'à sa chambre, sa vision brouillée par un mélange de douleur et de fatigue.

Brisée, elle alla se coucher, ses cheveux mouillés trempant encore plus son oreiller déjà humide de larmes. *Comment est-ce qu'il a pu me faire ça ?* se répéta-t-elle encore et encore et encore.

Courtney commença à nouveau sa journée avec les yeux gonflés. Elle voulait croire que les événements de la nuit passée n'étaient que le fruit de son imagination, mais la réalité la rattrapa quelques secondes après son réveil.

Son miroir se moqua d'elle lorsqu'elle jeta un regard à son reflet après s'être tirée du lit. *Tu vas arrêter de le laisser te faire ça. Plus de pleurs et plus de cœur brisé. C'est fini.* Elle parvenait presque à croire la petite voix dans sa tête. La rage était une émotion puissante, peut-être même assez forte pour combattre le poids dévastateur de son cœur brisé.

Pour la première fois, elle retira la bague d'Ethan de son pouce. Elle la jeta sur l'étagère la plus haute de son placard, dans la vague direction où elle se souvenait avoir rangé la boîte. Elle aurait aimé avoir la force de la balancer dans le canal, mais elle ne s'en sentait pas capable.

Courtney se fit un inventaire mental de sa situation. *Donc c'est ça, la conséquence de manger des donuts avec un garçon qui joue de la guitare.* Elle avait toujours su qu'il y avait une possibilité que les étincelles entre eux finissent par véritablement s'enflammer ; cela avait été confirmé dès la première fois qu'il l'avait touchée. *On dirait que j'avais raison, donc.*

CHAPITRE TRENTE-DEUX

Lorsque Courtney revint dans sa chambre, elle réalisa qu'elle allait devoir faire un effort considérable pour reprendre apparence humaine d'ici le bal.

La matinée était déjà bien avancée. Elle décida de passer le temps en coiffant ses boucles et en jouant avec les accessoires pour cheveux. Elle en essaya plusieurs qu'elle n'aima pas particulièrement, puis se décida pour une simple barrette ornée de petits diamants qui retiendrait ses mèches les plus courtes.

La nouvelle robe qu'elle avait achetée était rose vif, comme elle l'avait dit à Ben, et composée de deux pièces : le haut à encolure épaules nues était en satin et montrait un soupçon de son ventre, tandis que la jupe comportait plusieurs épaisseurs de tulle rose et la faisait se sentir comme une ballerine.

Cette fois, elle se décida pour une paire de chaussures plates couvertes de petites pierres brillantes, bien que Ben aussi soit grand. Ses pieds ne supporteraient pas des talons toute la soirée, et elle savait que Ben se moquerait de quelles chaussures elle choisirait de porter.

Courtney plaça sa tenue sur son lit, prête à être enfilée en fin d'après-midi.

Quelques temps plus tard, son téléphone vibra. Elle vit avoir reçu quelques messages qu'elle n'avait pas lus, mais le plus récent confirma ses inquiétudes.

E : Courtney, je suis tellement, tellement désolé pour… tout. J'ai aucune excuse valable. Je voulais te le dire au téléphone, mais j'ai supposé que tu répondrais pas et je peux pas t'en vouloir. Je vais te laisser tranquille quelques temps parce que je veux juste pas te blesser à nouveau. Je suis désolé.

Courtney se laissa dix minutes pour se perdre dans la vague d'émotions causée par ce message. Elle ne voulait pas lui pardonner, mais elle ne voulait pas non plus qu'il disparaisse de sa vie pour toujours, peu importe à quel point elle essayait de se persuader du contraire. Il n'y avait pas de bonne solution. Cela semblait avoir été un composant de base de leur relation, donc elle ne savait pourquoi elle devrait en être surprise maintenant. Elle remit à nouveau en question sa décision de ne pas se battre davantage pour lui.

Vingt longues minutes plus tard, elle repoussa toute pensée d'Ethan. Elle allait s'amuser à son bal d'automne, même si ça devait la tuer.

Les autres messages qu'elle avait reçus lui servirent de distraction.

A : Hey ! Si tu veux que je te fasse ton maquillage pour ce soir, viens chez moi.

. . .

Courtney lui répondit rapidement.

C : Je pars dans 15 min.

Ashley était une vraie artiste du maquillage. Si quelqu'un pouvait faire disparaître le gonflement de ses yeux, c'était bien elle.

L'autre message était de Ben.

B : Hey Court, je voulais juste te dire que je passe te prendre à 18 h, si ça te va. On retrouve tous les autres à North. À toute :)

C : Super, on se voit à 18h !

Courtney se dépêcha pour être sûre d'avoir suffisamment de temps pour revenir chez elle et se préparer avant que Ben arrive. Elle prévint ses parents d'où elle allait et courut hors de la maison.

Elle avait pensé qu'être chez Ashley lui permettrait de se changer les idées, mais elle finit par uniquement se défouler contre Ethan. *Apparemment, j'avais besoin de vider mon sac.*

— Ok, il est officiellement sur ma liste de mecs à détruire, lui dit Ashley. Je rigole pas. Genre, je veux imprimer sa face sur le capot de ma Volvo.

Courtney rit doucement, appréciant cette démonstration de solidarité.

Ashley lui redonna forme et même Courtney ne put nier, quand elle partit pour rentrer chez elle, que ce maquillage glamour lui allait vraiment bien.

Ben sonna à sa porte pile à l'heure.

Courtney se regarda une dernière fois dans le miroir. D'une certaine manière, elle se trouvait un petit air rebelle dans cet ensemble en tulle rose. Elle descendit les marches d'un pas léger et sourit lorsqu'elle vit Ben dans son costume gris avec une cravate rose vif. *Il est trop mignon.*

L'expression qu'il affichait fit rougir Courtney ; il ne semblait pas pouvoir la quitter des yeux.

— J'aime bien le rose, ça te va bien, lui dit-elle en tirant doucement sur sa cravate.

— Franchement, je doute que quelqu'un regarde ça quand je vais me tenir à côté de toi, remarqua-t-il avant de la faire tourner sur elle-même pour admirer la robe dans son ensemble.

La mère de Courtney prit des photos d'eux à l'intérieur et dans le jardin, mais il n'y avait pas toute l'excitation de son premier bal d'automne. Elle en était heureuse.

Ils se dirigèrent ensuite vers la voiture de Ben, une Jeep Cherokee noire, et Courtney croisa son petit doigt à celui de son cavalier. Elle en avait assez de ressentir des remords à propos de peu importe ce qui se passait entre eux. Les choses étaient clairement terminées avec Ethan, et elle voulait se sentir heureuse. Son cœur réclamait quelque chose de simple ; il était fatigué que tout soit toujours si compliqué. Courtney voulait une connexion qui la fasse se sentir protégée, pas ensevelie. Quelque chose qui ne la briserait pas si ça se terminait.

Ben lui ouvrit la portière et l'aida à ranger tout le tulle de sa jupe dans la voiture.

— Tu es magnifique. Je voulais pas le dire devant ta mère, mais je le pense vraiment, confessa-t-il, ses yeux marron rencontrant ceux de Courtney.

— Merci, tu es très chic aussi, lui assura-t-elle.

Et elle était sincère. Elle n'avait jamais ressenti la même attirance pour Ben que pour Ethan, mais elle l'avait toujours apprécié. Même quand ils étaient en 5ème et qu'il avait cette coupe au bol ridicule et des vêtements dépareillés, elle l'avait trouvé mignon.

Sur le trajet vers North, un excellent restaurant italien situé dans un centre commercial, ils parlèrent principalement d'école et un peu de leurs familles.

Quelques personnes étaient déjà arrivées, donc ils allèrent les rejoindre. Courtney connaissait vaguement tout le monde, et une fille de son équipe était présente, ce qui la soulagea. Elle s'appliqua à rester concentrée et à se joindre à la conversation quand la soirée commença, et elle se détendit lorsque Ben prit sa main sous la table. Heureusement, elle appréciait vraiment les autres personnes présentes, et elle se réjouissait à l'avance à la perspective du bal.

Elle bondit presque du parking à la cour du lycée, sa jupe rose accompagnant ses petits sauts. Ben se contenta de lui sourire et de jouer le jeu.

Le temps était toujours suffisamment agréable pour que la soirée ait pu être organisée dehors, sous les étoiles. Et c'était même le thème. *Super original*, se moqua-t-elle.

Ben et elle se firent prendre en photo, puis se rendirent droit sur la piste de danse. Courtney ne pouvait pas imaginer Ben se lancer dans du breakdance, mais il était décidé à faire plaisir à Courtney et accepta de danser autant qu'elle en avait envie. Il était le pro du secouage de tête en rythme, mais son effort de rendre Courtney heureuse était apprécié.

Elle n'était pas sûre de quand elle avait pris cette décision, mais à un moment entre *YMCA* et *Cupid Shuffle*, elle avait compris qu'il fallait qu'elle réfléchisse à ce qu'elle attendait de Ben et se lance. Elle n'avait aucun intérêt à le faire espérer si rien n'existait entre eux.

Pendant l'un des slows, elle se rapprocha de lui autant que possible. Il réagit en resserrant ses bras autour d'elle et en se penchant légèrement pour répondre au problème de la petite taille de Courtney.

Elle leva les yeux vers lui et sut que le moment de clarifier les choses était arrivé. Courtney tira doucement sur la cravate de Ben pour approcher son visage du sien, puis se leva sur la pointe des pieds jusqu'à ce que leurs lèvres se rencontrent.

Elle fut surprise par la sensation. Il n'y avait pas l'électricité qu'elle avait ressentie avec Ethan, mais il y avait quelque chose malgré tout, qui l'invitait à continuer.

Les lèvres de Ben étaient douces, et le baiser agréable. Ben la laissa prendre le contrôle et la suivit, mais à aucun moment il n'hésita. Il ne questionna pas les motivations de Courtney ; il semblait savoir qu'elle faisait ce dont elle avait envie, et ce sentiment était encourageant.

Finalement, elle s'écarta.

— Oh. C'était pas mal, ça, dit-elle.

Ben rit. Il avait un rire agréable. Chaud et sincère.

— Ouais, en effet. On peut recommencer ? demanda-t-il, son sourire se reflétant jusque dans ses yeux.

Elle sourit à son tour et le rapprocha d'elle à nouveau.

Ashley croisa son regard quelques instants plus tard et lui fit un pouce en l'air très peu discret, mais Courtney n'en fut pas dérangée.

Ils dansèrent et s'embrassèrent tout le restant de la soirée, et Courtney n'hésita pas avant d'accepter d'aller à l'after-party dans un hôtel chic du quartier.

Quelqu'un avait réservé une suite, et Courtney supposa que l'Amex du père de la personne était à remercier.

Ben et elle se mêlèrent aux autres un instant, mais elle finit par s'asseoir sur les genoux du jeune homme dans un énorme fauteuil blanc, les mains de ce dernier effleurant son estomac nu. C'était étrange d'essayer de s'habituer à ce quelqu'un la touche ainsi. Irréel, même.

— Je t'ai déjà dit que j'aimais cette robe ? dit-il avant de lui chatouiller légèrement les côtes.

— Une ou deux fois peut-être, mais je me plaindrais pas si tu recommençais.

Sa tête posée sur l'épaule de Ben, elle fut surprise de se sentir si petite entre ses bras. Elle essayait de se forcer à rester éveillée, mais il commençait à être tard.

Ben proposa de la ramener chez elle. Elle accepta, grimaçant au coup de poignard dans son cœur lorsqu'elle se remémora la dernière fois qu'elle avait dépassé son couvre-feu. Elle essaya de refouler ce souvenir pour le moment et tint fermement la main de Ben pendant le trajet de retour jusqu'à sa voiture.

— Je crois que plusieurs de mes potes vont prendre le petit déj' à IHOP demain matin, ça te dirait ? lui demanda-t-il alors qu'il lui ouvrait la portière.

— Il y aura des pancakes ?

— Y'a de fortes chances, oui.

— Tu y seras ? continua-t-elle, prise d'un accès de confiance en elle.

— Absolument.

— Alors oui, ça me dit.

Ben se pencha en avant pour l'embrasser doucement avant de refermer la portière. *Tu peux le faire, tu vois ?* se dit Courtney.

L'aise avec laquelle la soirée s'était déroulée l'émerveilla. Elle ne pouvait pas ignorer que l'intensité qu'elle partageait avec Ethan était absente, mais peut-être que c'était pour le mieux. *Regarde où ça t'a menée. Peut-être que c'est plutôt comme ça que les relations devraient être. Simples.*

Il la ramena chez elle, et bien que chanter à tue-tête aux chansons qui passaient à la radio lui manquait, elle appréciait l'énergie de Ben.

En bon gentleman, il la raccompagna jusqu'à la porte, dix bonnes minutes avant le couvre-feu.

Ben passa une main dans ses cheveux courts et bruns, les ébouriffant.

— J'ai, hm… J'ai passé une super soirée, admit-il d'un air incertain.

— Moi aussi, répondit Courtney en faisant tournoyer sa jupe. Je suis contente que tu m'aies proposé d'y aller ensemble.

— Honnêtement ? J'aurais jamais pensé que tu dirais oui. Mais je suis content que tu l'aies fait.

— Pourquoi ça ?

— Je sais pas trop, j'ai toujours eu l'impression que tu ignorais les compliments que je te faisais, et on n'a toujours fait que parler à l'école. Mais cette année, t'avais l'air, je sais pas… différente ? Donc je me suis que j'avais peut-être une chance ? Mais Ashley a dit que t'avais un copain donc…

Courtney voulait s'écarter du sujet « copain » aussi rapidement qu'il était humainement possible, donc elle s'avança et passa ses bras autour du cou de Ben, se dressant sur la pointe des pieds.

— Eh bien, on en est là maintenant, et t'as une chance.

Il la surprit en la soulevant et en l'embrassant droit sur la bouche. Courtney rigola et battit des pieds avant de l'embrasser à son tour.

— On se voit demain matin, ok ? Je crois qu'on s'est donné rendez-vous vers 10 heures avec les autres, dit Ben.

— Ok, à demain.

Elle entra chez elle alors que Ben se tournait pour partir.

— Rentre bien, reprit-elle. Merci pour ce soir.

Courtney referma la porte et laissa échapper un soupir. Ses propres émotions étaient devenues un véritable mystère pour elle.

Elle alla voir si sa mère était toujours éveillée, et elle

l'était, installée dans un fauteuil crème confortable du salon avec un livre. Son père, lui, dormait déjà.

— Alors ? C'était comment ? demanda sa mère en bâillant.

— C'était... bien. Je me suis amusée, et Ben est sympa.

— Bien, amusée et sympa. Ça, venant de ma fille, le dictionnaire ambulant ?

Courtney rit. Elle admit que cette description était plutôt générique.

— Je sais pas. C'était mieux que ce à quoi je m'attendais. Je crois que c'est tout ce que je peux t'offrir pour le moment.

Mais en vérité, cela lui donnait quelque chose auquel se raccrocher. Quelque chose qui ressemblait à une lueur d'espoir et qui pourrait lui permettre de se tirer de cette phrase creuse dans laquelle elle se trouvait. Cela lui donnait également la réponse à un autre problème.

— Mais maintenant qu'on discute, je pense que j'ai pris une décision pour la fac. Enfin, Ethan m'a facilité les choses, d'une certaine manière. Je vais rester ici et aller à l'université d'Arizona.

Courtney attendit que sa mère l'acclame ou pleure ou lui donne une réponse enthousiaste. Au contraire, elle ferma son livre et prit une grande inspiration. *Pourquoi est-ce qu'elle serait déçue que je reste ici ?*

— Je pensais bien que tu pourrais en arriver à cette conclusion. Mais je ne peux pas en être heureuse tant que je ne saurais pas que tu le fais pour les bonnes raisons. Choisir de ne pas aller à la bonne école à cause d'Ethan est aussi terrible que choisir d'aller à la mauvaise école à cause de lui. Tu comprends ce que je veux dire ? Il faut que tu prennes cette décision pour toi et que tu le laisses en dehors de ça. J'ai vu ta tête quand on était sur le campus de Dayton, et j'étais aussi là pour la visite de la fac d'Arizona. Tu as eu des réactions très différentes, Court. Si Dayton est l'endroit qui te convient, ne laisse pas passer cette opportunité à cause d'un garçon.

— Je pensais que tu serais contente que je reste ici, dit Courtney alors qu'elle essayait toujours d'absorber les paroles de sa mère.

— Je serais folle de joie si c'est ta décision finale, mais prends-la en te basant sur toi, et pas Ethan ni Vanessa ni Ashley ou Molly ni Ben. Tu as travaillé dur toutes tes années d'école, donc vas où tu veux aller. Si c'est Dayton, alors je pourrais te rendre visite. Ne t'inquiète pas pour moi.

Courtney était surprise. Elle ne s'était pas attendue à un tel discours, mais plutôt à des pleurs et à un câlin.

— Ok, répondit-elle lentement. Je vais continuer à y réfléchir.

— Bien. Je suis contente que tu aies passé une soirée amusante et sympa avec Ben. Je l'ai toujours bien aimé, tu sais, dit sa mère avec un sourire. Allez, je vais dormir, je suis trop vieille pour être debout à une heure pareille.

Sur ces mots, elle monta péniblement à l'étage.

Courtney alla se servir un verre d'eau et suivit l'exemple de sa mère. Son esprit était préoccupé par trop de décisions en attente et une impression soudaine de n'avoir aucune idée de quoi faire.

Elle décida que le sommeil lui porterait conseil et s'installa confortablement sous sa couette.

CHAPITRE TRENTE-TROIS

♫ *In This Diary* – The Ataris

Courtney dormit sans rêver d'Ethan pour la première fois depuis leur rupture. Au lieu de ça, l'appel des pancakes la réveilla, ce qui la motiva à se préparer plus rapidement.

Elle glissa des barrettes dans ses boucles pour essayer quelque chose de nouveau, puis elle enfila un T-shirt blanc ajusté et un jean taille basse, peu certaine de quoi porter pour un petit déjeuner post-bal d'automne à IHOP.

Ben passa la chercher juste avant 10 heures. Elle descendit vite les escaliers et sortit de chez elle pour aller le retrouver. Il se pencha afin de l'embrasser longuement pour lui dire bonjour, et elle dut paraître surprise car il s'expliqua immédiatement.

— Je voulais juste m'assurer qu'hier soir était réel et que j'ai pas rêvé le moment où j'ai pu t'embrasser, dit-il avec un sourire qui fit ressortir ses fossettes.

Courtney lui rendit la pareille, et ils allèrent retrouver leurs amis.

Étonnamment, elle se sentait bien. Pas à propos de tout, mais à propos du fait qu'elle allait manger des pancakes avec un garçon qui la regardait comme s'il avait gagné à la loterie. Il fallait qu'elle arrête de comparer. Si elle continuait ainsi, toute possibilité d'être avec quelqu'un d'autre serait étouffée à la naissance.

Elle essaya de toutes ses forces de ranger une partie de ses sentiments pour Ethan au plus profond de son esprit, dans une boîte fermée par du scotch. *Juste… pour le moment. Il faut que j'arrive à penser clairement sans l'avoir constamment en tête.*

Si Ben était choqué par sa capacité d'ingurgiter une quantité ridicule de nourriture, il ne le montra pas. Courtney appréciait ça chez lui.

Sans que ce soit vraiment prévu, leur nouveau peu-importe-ce-que-c'est devint connu de tous lorsqu'elle embrassa Ben sur la joue pour l'avoir laissée lui voler du bacon sur son assiette. Elle n'avait pas vraiment considéré le fait qu'ils prenaient le petit déjeuner avec la moitié des équipes de basket et de pom-pom. Les amis de Ben applaudirent avec un enthousiasme progressif, et Courtney rougit mais ne put se retenir de rire.

———

Sa relation avec Ben évolua librement. Elle n'avait pas besoin de trop y réfléchir ; les choses se développaient juste naturellement.

Ils finirent par parler davantage d'Ethan et progressèrent lentement au début, à la requête de Courtney. Il ne lui en voulait pas d'avoir pleuré quand elle lui avait raconté son histoire avec Ethan, bien que verser des larmes pour un autre garçon avait embarrassé Courtney.

Ben ne la poussait jamais, mais il ne questionna pas non plus sa décision lorsqu'elle lui annonça être prête à passer à l'étape supérieure avec lui.

Ils avaient tous deux des emplois du temps chargés entre l'école, le travail et le sport, mais ils faisaient tout leur possible pour trouver le temps de se voir. C'était ainsi qu'elle avait toujours imaginé une romance de lycée.

Ben charma même Vanessa lorsqu'elle vint pour le Nouvel An deux mois plus tard.

— Oh, il est *adorable*, Court, s'émerveilla Vanessa. Genre, je veux juste vous glisser tous les deux dans ma poche. Vous êtes trop mignons ensemble.

— Oh, mon Dieu, arrête.

— Non, mais je suis super sérieuse. Et t'as l'air vraiment heureuse, lui dit-elle avec sincérité. Je suis contente.

— Moi aussi, admit Courtney.

Vanessa et elle passèrent cinq jours géniaux avant que le séjour de son amie n'arrive à sa fin, et Courtney ne pensait pas qu'elle aurait pu mieux dépenser son argent. Elle avait besoin d'être avec sa meilleure amie.

— Alors, c'est quoi le verdict ? lui demanda Vanessa juste avant de partir. Dayton ou Arizona ? Tu dois pas envoyer ton dossier d'inscription, genre, la semaine prochaine ?

— Si, dit Courtney avec un soupir. Mais je sais juste pas. Je vais devoir me décider vite.

Cette fois, leur au revoir fut joyeux plutôt que triste. Courtney savait que leur amitié pourrait survivre à la distance entre elles. Elle était juste heureuse d'avoir pu voir Vanessa et de lui avoir fait découvrir son univers de Phoenix. Bien sûr, elle s'était posé des « et si » à plusieurs moments du séjour de Vanessa, mais elle avait appris à parfaitement les ignorer.

Le dernier jour des vacances d'hiver, Courtney se donna une mission. Elle allait choisir une université et transférer l'argent et sa demande de résidence d'ici 48 heures.

Ben avait obtenu une bourse partielle pour l'université de Californie à Irvine, donc bien qu'elle ait des sentiments pour lui, il n'était pas un facteur dans sa décision. Ils s'étaient mis d'accord pour profiter du temps qu'ils avaient ensemble et décider du reste plus tard.

Courtney resta assise devant son ordinateur pendant des heures à faire des listes de pour et de contre, et refit des visites virtuelles des campus, relut d'anciens numéros du journal universitaire de chaque fac et fit des recherches sur tout, des restaurants populaires aux taux de criminalité.

À la fin, elle avait le cerveau grillé et n'avait pas décidé d'un gagnant clair. Elle s'allongea sur son lit et repensa à ses visites de chaque campus.

Elle se souvint d'avoir bien aimé l'université d'Arizona. Le campus était joli et était assez loin de chez ses parents pour que ça compte comme une aventure, mais suffisamment près pour qu'elle puisse rentrer rapidement si l'envie lui en prenait. Molly y allait également, ainsi que d'autres personnes qu'elle connaissait du lycée. Cela semblait le choix le plus simple.

Lorsqu'elle repensa à sa première visite de Dayton avec Vanessa et sa mère l'été passé, c'était complètement différent. Elle se rappelait s'être sentie chez elle, comme si elle pouvait s'imaginer construire quelque chose là-bas. Elle regrettait de ne pas pouvoir être certaine que ces sentiments n'étaient pas liés à ce qu'elle ressentait pour Ethan à l'époque.

Déménager seule lui paraissait aussi terrifiant qu'exaltant. Elle repoussa sa prise de décision d'encore une journée, pour se laisser le temps de songer davantage aux deux possibilités.

Le matin suivant, Courtney s'assit avec ses parents et annonça son choix. Ils la soutinrent tous deux, et bien que ce soit la décision la plus importante qu'elle ait eu à prendre de ses dix-huit ans d'existence, elle devenait progressivement convaincue d'avoir fait le bon choix.

Une fois que ses projets furent validés, elle se prit à espérer que le temps pourrait ralentir. Il devint alors très important pour elle de profiter de chaque moment de son dernier semestre de lycée et du temps passé avec Ben et ses amis.

Elle se sentait enfin à l'aise dans sa propre peau, et elle n'était pas prête à ce que tout se termine.

ÉPILOGUE

♫ When You Were Young – The Killers
Drops of Jupiter – Train

Courtney eut besoin d'une minute pour se souvenir d'où elle se trouvait. La lumière filtrait dans la chambre à travers une fenêtre peu familière, et elle était entourée de cartons. Elle inspira l'air humide du matin et se souvint joyeusement qu'elle était dans sa nouvelle chambre, dans sa nouvelle maison.

Le parquet grinça lorsqu'elle descendit les escaliers à la recherche de café. Elle trouva Vanessa déjà assise dans la cuisine, ses cheveux blonds couvrant son visage ; elle semblait aussi fatiguée que Courtney. Cette dernière n'avait pas prévu que déménager serait si éreintant.

— Donne, dit Courtney en pointant la cafetière du doigt.

Le café l'aida à un peu plus se réveiller, et son humeur s'améliora.

La cuisine était petite, mais lumineuse et bien agencée. Courtney était impatiente de voir ce que Vanessa pourrait faire avec la maison.

Sans en parler à personne d'autre qu'à Luke, Vanessa avait soumis un portfolio à une école de design locale plus tôt dans l'année. Elle avait déclaré ne pas avoir voulu être embarrassée si elle n'était pas acceptée, mais elle n'avait pas eu l'occasion de l'être.

Courtney était si fière de Vanessa pour avoir trouvé quelque chose qu'elle aimait, et le fait que son école soit à peine à 15 kilomètres de la fac de Dayton était un point positif, car cela signifiait qu'elles pouvaient vivre ensemble.

Courtney s'était préparée à habiter en résidence U, mais sa mère avait d'autres projets pour elle. Ses parents l'avaient surprise lors de la remise des diplômes en lui donnant les photos d'une maison située juste en dehors du campus. Sa mère s'était justifiée en disant avoir besoin d'un endroit où dormir lorsqu'elle viendrait lui rendre visite et qu'elle n'allait pas se contenter d'un futon dans une chambre universitaire. Son père avait simplement déclaré que c'était un investissement immobilier intelligent.

Courtney était restée sous le choc. Elle n'en revenait pas de recevoir sa propre petite maison victorienne et de pouvoir vivre avec Vanessa. C'était comme si tout ce qu'elle avait imaginé l'année passée devenait réalité.

Elle avait choisi d'emménager un mois avant le début des cours pour pouvoir trouver un travail et faire quelques aménagements dans la maison.

Son téléphone vibra. Elle ouvrit le message que Ben venait de lui envoyer pour lui dire qu'il était arrivé à Irvine et qu'il se rendait à la clinique spécialisée dans le basketball.

Il lui manquait terriblement. Ils s'étaient séparés à la fin de l'année, se promettant de rester amis et de garder le contact, mais elle ne savait que trop bien que ça deviendrait plus difficile au fil des mois qui les garderaient séparés. Il avait été le petit ami parfait, et elle n'était pas certaine de jamais retrouver quelqu'un qui la traiterait si bien.

— C'est à quelle heure, ton orientation ? demanda Vanessa, la tirant de ses pensées.

— Hmmm, dans une heure.

— Tu veux aller faire du shopping pour la maison après ? J'ai quelques idées et je veux voir ce qu'on pourrait trouver.

— Grave. Et on pourrait peut-être aussi déballer le reste des cartons. Je trouve pas qu'ils flattent la déco intérieure.

Elle les indiqua d'un large geste de la main.

— C'est qu'un détail, ça, répondit Vanessa avec un sourire amusé, ses mèches blondes lui tombant dans les yeux.

Courtney retourna dans sa chambre pour choisir une tenue adéquate à sa première journée officielle en tant qu'étudiante. Elle savait que la photo pour sa carte allait être prise, et elle voulait avoir l'air de l'étudiante parfaite. Peu importe ce que ça voulait dire.

Ses cheveux avaient un peu repoussé, mais elle avait choisi de les garder courts et de conserver les reflets blonds. Elle enfila un jean boyfriend et un débardeur jaune et ample qui suivait ses mouvements. Une paire de ballerines dorées vint parfaire son look, et elle mit à ses oreilles les petits clous en diamant que Ben lui avait offerts pour la remise des diplômes. Elle essaya de ne pas laisser le manque qu'elle ressentait pour lui assombrir son impatience quant à l'orientation.

— À plus, V, je vais sur le campus !

— Amuse-toi bien !

Courtney sortit de chez elle et admira son nouveau petit porche avant de se diriger vers l'université.

Elle avait essayé de mémoriser les endroits où elle devait aller pour ne pas avoir l'air d'une étudiante de première année perdue, mais elle avait malgré tout glissé le plan plié dans sa poche, en cas de besoin.

Courtney inspira profondément, sentant l'incertitude quant à sa décision réapparaître. Elle longea plusieurs allées pavées, puis traversa l'une des cours principales. Elle était si impatiente d'avoir son emploi du temps et ses livres, et si ça faisait d'elle une première de la classe, elle s'en fichait complètement.

Lorsqu'elle arriva devant le bon bâtiment, elle passa s'acheter un café glacé avant d'entrer pour se trouver une place.

La première partie de la journée devait se dérouler dans un grand amphithéâtre. Peu de gens étaient déjà arrivés, et elle en était heureuse. Elle voulait avoir un moment pour regarder autour d'elle et s'habituer à son nouvel environnement.

Elle s'assit et but une gorgée de sa boisson, qui était bien meilleure que ce que Vanessa avait préparé plus tôt. *On devrait peut-être investir dans une machine à cappuccino.* Elle remarqua vaguement que quelqu'un venait de s'asseoir juste derrière elle. *Sérieux ? L'amphi entier est quasiment vide, et tu viens squatter mon espace personnel ?* s'irrita-t-elle.

— Laisse-moi deviner, un mocha glacé avec double shot de café et des paillettes sur le dessus ? commenta une voix derrière elle.

Un étau familier se resserra autour de son cœur. Elle inspira avant de se tourner, sachant déjà ce qu'elle allait trouver.

— T'as une bonne mémoire, répondit-elle en inclinant la tête sur le côté pour observer son premier amour.

Il était toujours incroyablement attirant. Ses cheveux étaient plus longs, mais en majorité cachés sous un bonnet gris légèrement détendu. Il portait un pull anthracite à rayures par-dessus un T-shirt blanc ainsi qu'un jean sombre, et semblait tout droit sorti de la couverture d'un magazine. *Bon sang.*

— Seulement pour les trucs importants, commenta-t-il. Je peux ?

Il indiqua le siège libre à côté de Courtney pour savoir s'il pouvait s'y asseoir.

Courtney avait imaginé le croiser par hasard plus souvent qu'elle ne s'autorisait à l'avouer. Mais chacune de ces rencontres imaginaires se terminait différemment. Elle n'était pas sûre quel tournant la réalité allait prendre. Elle haussa les épaules mais déplaça son sac pour libérer la place. Ethan enjamba gracieusement la rangée.

— Donc on dirait que t'as choisi Dayton ? demanda-t-il, bien que la réponse soit évidente.

— On dirait, oui.

Courtney savait qu'elle devait paraître froide, mais elle ne pouvait pas s'en empêcher. Son cerveau n'était pas préparé à ça. Elle voulait seulement récupérer son emploi du temps.

Ethan lâcha un soupir audible.

— Ok, pour être honnête, je savais que t'avais décidé de venir ici, mais je te jure que je l'ai appris qu'après avoir déposé mon dossier d'inscription. Luke l'a laissé échapper quand je lui ai dit que j'avais été accepté. Si tu veux que j'aille m'asseoir ailleurs, je peux. Je, euh, eh bien… J'étais même pas sûr que c'était toi quand je suis entré. Tes cheveux sont super, j'aime bien. Je crois que… je suis juste… Je suis juste heureux de te voir, finit-il d'une voix sérieuse.

Courtney secoua légèrement la tête. Le voir agir avec tant d'incertitude, de vulnérabilité même, lui semblait irréel. Il lui avait volé la possibilité amusante de le traiter avec détachement.

— Non, ça va, reste. Comment tu vas ? Je suppose que tes résultats aux SAT ont fait leur effet vu que t'es là ? Ta mère doit être contente.

Courtney se creusa la tête pour trouver d'autres sujets de conversation neutres alors qu'il lui répondait. Elle en oublia de l'écouter.

— Tu vis sur le campus ? demanda Ethan, la tirant de ses pensées.

— Non, euh, en fait, mes parents ont acheté une maison près du campus pour que V et moi, on leur loue, lui dit-elle, se réprimandant intérieurement de lui donner tant d'informations. Et toi ?

— Je vis chez ma mère pour économiser de l'argent. En plus, je pouvais pas m'imaginer partager une chambre avec un autre mec pendant un an. C'est cool en tout cas que vous ayez une maison. V a été prise en école de design, c'est ça ? On n'a pas beaucoup parlé depuis, hm… Mais je l'ai appris je sais plus où. Faudra que tu la félicites de ma part.

— Oui, elle a été prise. Elle est super excitée. Je lui transmettrai.

Ethan la regarda un instant et tendit une main vers son visage. C'était un geste si naturel qu'elle ne pensa pas à reculer. Il passa son pouce sur sa pommette, et Courtney sentit une vague de frissons dévaler son dos.

— Désolé, t'avais un cil, s'excusa-t-il, son expression trahissant qu'il pensait avoir peut-être franchi une ligne invisible.

Le cœur de Courtney s'était accéléré à la seconde où il l'avait touchée, et un courant électrique avait fusé en elle, exactement comme l'année passée. *Non, non, non, non, non, te fais pas ça,* lui ordonna son cerveau.

Elle regarda Ethan dans les yeux, conservant le silence entre eux un peu plus longtemps, puis s'éclaircit la gorge. Elle se força à respirer calmement pour apaiser les battements de son cœur.

— Donc qu'est-ce que t'as fait d'autre…

— Courtney, écoute, l'interrompit-il. Il y a tellement de choses que je devrais te dire, et je sais que c'est pas le moment ni l'endroit pour le faire, mais sache juste que je veux l'opportunité de pouvoir les dire. Je le mérite pas, et franchement, le fait que tu sois assise là et que tu me parles est bien plus que ce à quoi je m'attendais, mais s'il y a une chance pour que tu m'écoutes, j'aimerais bien la saisir.

— Ethan, t'as pas à te justifier auprès de moi. Tout ça, c'est dans le passé, mentit-elle en fixant le sol.

— Et si ça incluait des tickets pour le concert de Train ce week-end ? lui demanda-t-il d'un air penaud, conscient qu'il lui faisait du chantage.

Courtney se figea et le regarda d'un air suspicieux.

— T'essayes de me dire que, comme de par hasard, t'as un ticket en plus pour le concert de Train ce week-end ?

— Hm, non, c'est pas un hasard. Mon nouveau groupe a gagné une compétition, un genre de bataille des groupes, il y a quelques semaines, et maintenant, on va jouer en première partie de Train. Donc j'ai des tickets et des pass coulisses. Ils sont à toi si tu les veux, et tu peux amener Vanessa aussi, ou peu importe.

Courtney savait qu'elle devrait dire non et demander à Vanessa en rentrant pourquoi elle n'avait pas été tenue au courant qu'Ethan allait aussi étudier à Dayton.

Elle expira, les dents serrées, et Ethan lui adressa son sourire le plus innocent.

— Tu réalises que c'est vraiment super injuste, hein ? Enfin, genre, tu secoues une espèce de carotte devant mon nez et tu sais que je peux pas ne pas l'attraper. Je rêve de voir Train en concert depuis toujours, et tu le sais très bien.

— C'est possible que je m'en sois souvenu, oui.

Il affichait toujours cet air plein d'espoir.

— Ok, je vais venir, dit-elle d'une voix neutre, secouant à nouveau la tête lorsqu'elle sentit son cœur battre follement contre sa poitrine.

Je suis vraiment, vraiment idiote. Ethan lui lança un soupçon du sourire espiègle dont elle se souvenait. Il savait exactement ce qu'il lui faisait en la regardant comme ça.

Le mur qu'elle avait prudemment construit autour de ses sentiments pour lui commençait à s'effondrer.

— Si tu veux venir plus tôt pour rencontrer le groupe pendant les balances, je peux passer te chercher ou…

— Abuse pas. Vanessa et moi, on te verra là-bas.

Il leva les mains en signe de défaite et sourit.

— Compris. C'est super.

Comment est-ce qu'une seule personne peut être si belle ? C'est complètement injuste pour le reste des mortels.

D'autres étudiants commençaient à s'installer dans l'amphithéâtre, et Ethan baissa une main pour faire remonter la tablette de son siège. Ses doigts effleurèrent Courtney, réveillant chaque cellule de son corps.

La présentation commença peu après. Courtney rassembla toute sa volonté pour se forcer à y payer attention et à prendre des notes, bien qu'elle pouvait sentir le regard d'Ethan sur elle de temps en temps et qu'elle le voyait sourire du coin de l'œil. Peu importe combien elle essayait de le nier, être si proche de lui la faisait se sentir vivante.

Elle fut soulagée quand la session de groupe se termina et qu'il était temps pour elle de rencontrer son conseiller. Ethan sortit de l'amphithéâtre avec elle.

— C'était super de te voir, Court. Genre, vraiment super.

— C'était super de te voir aussi, réussit-elle à dire.

Elle n'était pas convaincue que « super » était le mot adapté, mais ce fut celui qu'elle prononça.

À contrecœur, elle lui donna sa nouvelle adresse pour qu'il puisse déposer les tickets avant le concert, consciente que c'était une mauvaise idée qu'il se trouve à une proximité réduite d'elle sans supervision adaptée.

Avant qu'elle ne parte pour sa réunion, Ethan attrapa sa main, ce qui diffusa les frissons familiers en elle.

— Je te promets que tu vas pas regretter d'être venue

au concert ou de m'avoir écouté. Merci de pas m'avoir balancé ton café au visage ce matin. Je suis pas le même mec que l'année dernière. Tu veux bien au moins croire ça ?

— Ça aurait été un gâchis total de café, rétorqua-t-elle avant de reprendre son sérieux. Et j'espère que t'as raison. Bravo, au fait. Je l'ai pas dit plus tôt, mais ouais, bravo d'avoir gagné la compétition. Faire la première partie de Train doit être dingue pour vous. Donc bien joué.

— Merci. Ça signifie beaucoup venant de toi.

Courtney se prit à lui offrir un petit sourire avant de s'éloigner.

Elle passa le reste de la matinée dans une sorte de brouillard, incapable de dompter ses pensées. Elle manqua de perdre l'esprit plusieurs fois sur le chemin entre le libraire et le bureau du comptable. *Peut-être que j'irais pas. J'ai pas à y aller juste parce qu'il va me déposer des tickets,* se dit-elle, entièrement consciente qu'elle se mentait à elle-même.

Courtney ouvrit la porte de chez elle d'un geste brusque et commença à déballer tout ce qu'il s'était passé avant que son cerveau ne puisse réagir. Vanessa sortit de sa chambre en courant, inquiétée par ces cris, et Courtney réussit finalement à obtenir l'histoire complète.

— Pourquoi tu m'as pas dit qu'il étudiait ici ? J'aurais pu mieux me préparer !

— Honnêtement ? J'étais pas sûre à 100 % que c'était vrai. On s'est un peu éloignés après l'histoire de la rupture-slash-incident au téléphone, et je me suis dit que ça te ferait juste paniquer et que tu flipperais à chaque fois que t'irais sur le campus parce que tu te demanderais quand vous alliez vous croiser. Maintenant, au moins, c'est fait. Tu vas bien ?

— Oui. Non.

Courtney soupira.

— Allons juste faire du shopping, reprit-elle. Il faut que je pense à autre chose. Genre, à des rideaux.

— Ok, répondit Vanessa après un petit silence.

Elles se lancèrent dans un marathon shopping, et comme souvent, Courtney fut impressionnée par le talent de Vanessa pour assembler les choses.

Elles achetèrent plusieurs objets de décoration, dont des rideaux légers en coton blanc pour les pièces communes, des pots en verre de toutes sortes pour la cuisine, mais aussi des peintures de paysages vivement colorés et de vieilles clés en fer pour les murs. Courtney était impatiente de voir le résultat final. C'était ce qu'elle attendait depuis si longtemps.

Lorsqu'elles arrivèrent chez elles, Courtney vit un sachet en papier blanc posé sous le porche. Elle le ramassa avant d'ouvrir la porte, mais l'avait reconnu de loin. Une grande enveloppe était agrafée sur le devant et contenait leurs tickets, leurs pass coulisses et ce que Courtney supposa être un CD enregistré des chansons du nouveau groupe d'Ethan. Il y avait aussi un message qui disait : « Juste au cas où tu veux écouter en avance. On se voit ce week-end. – E »

Vanessa lut par-dessus son épaule.

— Je l'ai déjà dit, mais ce mec sait s'y prendre, remarqua-t-elle, quelque peu impressionnée.

Dans le sachet se trouvaient un donut à paillettes sucrées et un beignet fourré. Courtney sourit malgré elle. Elle repensa à la boîte à chaussures couverte de scotch, rangée quelque part dans le bazar qu'était sa nouvelle chambre, mais aussi à la boîte métaphorique dans sa tête, et son cœur papillonna involontairement.

Elle sortit la pâtisserie couverte de sucre du sachet avant d'entrer chez elle, prête à incorporer les morceaux de son ancienne vie à sa nouvelle.

REMERCIEMENTS

Écrire ce roman a été l'une des meilleures expériences de toute ma vie. J'adore cette histoire et ces personnages, qui me font (presque) regretter de ne plus avoir 17 ans. Tant de personnes ont rendu la naissance de ce livre possible :

Mon mari et mon fils, tous deux merveilleux, qui m'ont laissée passer des heures avec mon MacBook chaque soir sans jamais se plaindre. Ma sœur au talent incroyable, Taylor, qui a imaginé les photos pour ce livre et m'a fait remarquer chaque faille dans la première version. Certains de mes plus anciens amis, Micah, Zac et Melissa, pour avoir répondu à mes e-mails et à mes appels bien qu'on ait presque pas parlé en dix ans et qui, en plus, ont accepté de m'aider sans la moindre hésitation. L'une de mes nouvelles amies, Jessica, qui a bien voulu prendre le temps de discuter playlists et marketing autour de cafés. Mes premières lectrices, Tamara et Gisele, qui ont réussi à ignorer les défauts de la première version et ont aimé les personnages malgré tout. Ce livre n'aurait jamais été fini sans votre aide à tous. Et enfin, tous mes amis et ma famille qui n'ont jamais remis mon bon sens en question mais m'ont offert des mots d'encouragement et de soutien. J'ai tellement de chance d'être entourée de telles personnes.

Merci à tous, et j'espère que vous aimerez le résultat fini car il n'aurait jamais vu le jour sans vous.

Cher lecteur,

Nous espérons que vous avez passé un agréable moment avec *La conséquence de manger des donuts avec un garçon qui joue de la guitare*. N'hésitez pas à prendre quelques instants pour laisser un commentaire, même s'il est court. Votre avis est important pour nous.

Bien à vous,

Nicole Campbell et l'équipe de Next Chapter

À PROPOS DE L'AUTEURE

Écrire un livre était l'une de ces choses que j'ai toujours considéré faire mais sans jamais avoir véritablement l'intention de me lancer. Un jour, lors d'un cours d'écriture créative, je discutais avec une élève de 5ème de ma classe d'anglais à propos de l'idée pour ce livre, et elle a insisté pour que je l'écrive au moins sous forme de nouvelle. J'ai pris sa requête comme un défi et me suis assise la même après-midi pour définir l'intrigue dans l'un de mes trop nombreux carnets. Exactement quatre semaines plus tard, j'avais terminé la première version. C'est devenu une véritable obsession pour moi ; je ne pouvais plus m'arrêter d'écrire. À partir de ce moment, j'ai peiné à me souvenir ce qu'était ma vie avant que je ne commence à écrire, et je suis tellement reconnaissante d'avoir eu cette fameuse conversation avec l'une de mes élèves (qui est maintenant ma favorite). *Poursuivre la gravité* est la fin de l'histoire de Courtney et d'Ethan, et je publierai un autre livre de la série *Gem City*, écrit du point de vue de Vanessa (ce préquel sera publié dans le courant du printemps prochain). Je dois avouer être plutôt impatiente d'être dans sa tête pendant un long moment ET de pouvoir plus écrire sur Luke. Je l'adore. Mais en résumé, je ne peux pas imaginer ne pas écrire et je suis pressée de me lancer dans ma prochaine série ainsi que de m'éloigner légèrement du style contemporain/romance. J'adore discuter avec mes lecteurs, donc n'hésitez pas à laisser un commentaire sur mon blog ou mes réseaux sociaux, je répondrai avec plaisir !

Facebook : https://www.
facebook.com/whatcomesofeatingdoughnuts
Instagram : @ncampbellbooks
Blog : nicolecampbellbooks.com

NOTES

CHAPITRE 3

1. « Ton corps est un monde merveilleux »

CHAPITRE 14

1. Test passé pour l'entrée à l'université aux États-Unis.

CHAPITRE 17

1. Émission de télévision américaine animée par un médecin.

CHAPITRE 26

1. Jeu américain consistant à jeter un petit sac rempli de grains de maïs dans une plateforme inclinée dotée d'un trou à cet effet.

La Conséquence De Manger Des Donuts Avec Un Garçon Qui Joue De
La Guitare
ISBN: 978-4-86750-188-7
Édition De Masse De Poche

Publié par
Next Chapter
1-60-20 Minami-Otsuka
170-0005 Toshima-Ku, Tokyo
+818035793528

6 Juin 2021

www.ingramcontent.com/pod-product-compliance
Lightning Source LLC
LaVergne TN
LVHW031428170726
843492LV00010B/2906